朱彝尊 辑録

明詩綜

第七册

中華書局

明詩綜卷七十

小長蘆　朱彝尊　録
越來　徐如玉　緝評

吴惟英二首

惟英字國華，襲恭順侯爵。有《墨響齋集》。

《静志居詩話》：國華累葉珥貂，風流獨擅。崇禎中，與鞏都尉永固并留心圖史，與諸朝士極文酒讌游之樂。家有墨響齋，摹拓金石文字，裝池插架，不減歐、薛、洪、趙之富。孫舍人國敉采其詩入《燕都游覽志》甚多。其後都中大疫，國華死爲冥官，時降於室。龔尚書孝升、曹侍郎潔躬每述其遺事，以爲可載鬼董狐。

西湖長隄

斜日長隄迴，村煙接帝京。路從溪外轉，人在樹中行。野草石橋短，沙鷗春水輕。回看游賞地，晴色萬山明。

蓮花庵

去年花外客，今復到長隄。淺水兼天闊，新蒲與岸齊。鐘傳高閣遠，柳覆小橋低。指點村煙起，歸心促馬蹄。

茅元儀二首

元儀字止生，歸安人。崇禎初以薦授翰林院待詔。尋參孫承宗軍務，改授副總兵官，守覺華島。旋以兵譁論戍。有《西崦》《又峴》諸集。

《詩話》：止生宣力戎行，富有撰述。其論詩云：「今人與古人，欲合當先離。」其言誠是，特下筆未能醇雅。蓋竟陵之派方盛，又與友夏衿契，宜其染素爲緇矣。

感懷二首

步出齊東門，朝霞一何絢。須臾晴作雨，雨過雲光爛。攬轡登牛山，感彼人代换。樂此匪爽鳩，豈獨雲霞幻。君子矜晚節，志士慎初建。

長途經一月，倌倌坐檀車。有若作新婦，三日不自如。一朝得快馬，奮迅凌雲衢。肢體既以適，心神亦以愉。解鞍造前驛，路險馬復瘏。欲騎苦無鞍，翻復思筵輿。謀生願難足，已歉人有餘。貧賤慕富貴，富貴慕畋漁。

葛一龍七首

一龍字震甫，吴縣人。由貲生選授雲南布政司理問。有《尺木齋》等集。

李本寧云：震甫詩傳誦吴市，洗濯里耳，還歸大雅。

沈子勺云：震甫詩汪洋超忽，窅然覃思。

陳仲醇云：震甫詩以陶、韋、王、孟爲宗。

《詩話》：包山林麓之勝甲於三吴，而詩人產斯土者，前有蔡孔目，後有葛理問，一時均有盛名。讀其全集，未免有楓落吴江之憾。麻城劉同人序之，比於反舌無聲之日，鶡旦不鳴之夜。

是亦微辭也。繼震甫起者，有顧子超。

初晴過孔先生園居得泥字

一雨百憂集，新晴好杖藜。偶從樵採去，言訪石林棲。屋角蜘蛛網，簷牙燕子泥。留歡自初日，不道夕陽西。

偶作

山中春雪消，澗底寒泉響。谷口無人行，嶺頭明月上。

張氏隱居

老臥空山裏，窮交若箇存。風吹春草長，麋鹿到柴門。

舟夜獨酌

吳江明月出，照我烏程酒。酒盡無處沽，明月空在手。

東園村

曾聞東園公，住此不復出。年年開白花，猶是漢初橘。

渡石湖

風攬帆陰亂法幢，山懸塔影墮吴江。白鷗慣聽横塘曲，來往翻飛自一雙。

野橋懷郭聖僕

白板斜飛曲岸通，朱欄照見緑波中。故人别處猶堪憶，楊柳西邊蓮葉東。

趙舜舉 一首

舜舉字虞臣，蘭谿人。工部郎中。有《日下秋聲》。

中元對客

京國中元日，微風暑乍收。鵲飛明月樹，人汎洞簫舟。且喜深杯滿，休嗟大火流。盂蘭僧社近，鐘鼓襍更籌。

史能仁一首

能仁，河南鹿邑舉人。崇禎中知濟南新城縣事，調淄川，遷兵部主事。

王貽上云：史公清正而才，剛柔互用。來爲縣令，庚辰辛巳歲大祲，人多流亡。時邑境甘露降，地生羊肚菜。公賦詩以示百姓，至今人誦之。

新城示百姓

上天降甘露，徧地生羊肚。飢食羊肚菜，渴飲甘露乳。涕泣告吾民，慎勿去鄉土。

《詩話》：仁人之言溥，吉人之辭寡。

文震亨 二首

震亨字啓美，長洲人。崇禎中，官武英殿中書舍人。有《文生小草》。《詩話》：啓美相君介弟，名挂黨人之籍，後以善琴供奉思陵。跡其生平，於閩則周章甫爲賦長歌，於皖則阮集之爲作詩序。王尚書覺斯有言，湛持憂讒畏譏而啓美浮沉金馬。吟咏徜徉，世無嫉者，由其處世固有道焉。當時以善琴同入供奉者，有太常寺丞雲南楊懷玉、會稽伊爾弢。

次姚永言都諫左官詩

只此乾坤裏，何方可即安。江湖雖浩蕩，涉履正艱難。聖主乘春令，孤臣保歲寒。青山無限好，莫近夕陽看。

柳色

點染憑誰力，東風著意吹。自無攀折恨，猶較淺深時。金粉銷難盡，樓臺遠更宜。卷簾愁少婦，望遠更成絲。

徐電發云：「樓臺遠更宜」一語，非工於畫者不能道。

張世偉二首

世偉字異度，吴縣人。萬曆壬子舉順天鄉試。尋以賢良方正薦，不就。崇禎甲申贈翰林待詔。有《自廣齋集》。

《詩話》：異度籍甚，詩名庸庸，絶少高調。

題畫竹卷

淇澳紀衛風，渭濱存漢官。彼美君子德，致用非一端。何來託根非，遂覺據地難。或欲拔千條，或須斬萬竿。人情夫豈遠，忌等當門蘭。湫隘匪所宜，根株貴得完。可以傾朝陽，可以淩風湍。無爲人所媚，無爲物所干。庶幾松柏朋，相將保歲寒。

居園即事

牆東堪避世，新卜野人居。巷隘難旋馬，池寬好種魚。閒情雲澹處，爽氣露零初。但解蓬蒿趣，窮愁可著書。

歸昌世九首

昌世字文休，崑山人。崇禎末以待詔徵，不應。有《假庵詩草》。

《詩話》：歸熙甫長於筆而短於詩，讀季思、文休作，覺後來者勝。

秋懷二首

壁蛩收殘音，哀蟬振餘響。圖書盈座隅，覽古歎其往。揚子千載知，鍾期並時賞。窮通非巧拙，徒爲增頫仰。

不雨竹猶響，未露草先濕。齋空覺風來，石暝如人立。旅客有歸夢，柝驚夜何急。舉酒酹桂業，言旋會將及。

秋日懷獻之

小齋褋林木，前後任栖息。幽境静裏過，秋光閒處得。天風動琴書，澹然白雲色。思與故人共，惆悵空相憶。

偶成

出户事如織，不若深閉關。只緣長貧賤，遂覺心神閒。有時静看雲，目數飛鳥還。栽花既云勞，灌畦亦孔囏。不有田園樂，何方駐衰顔。

叔父季思别業

性本躭幽寂，自然愛丘園。時復執道書，獨坐當南軒。清風池上來，有客閒叩門。共坐竹林語，蕭然酌一尊。隔溪聞犬吠，褋以樵者言。斜日返深巷，鳥雀林中喧。出門忽自得，緩步忘遠村。歸途殊眇眇，月白蘿陰繁。

題古社圖

玄陰窮短晷，凄風號北林。伊人美無度，高會愜我心。願言振《騷》《雅》，一返太古音。斯意空千秋，玄覽一何深。高堂羅群英，前除鳴素琴。含情同慨慷，對酒不能斟。紆鬱今古間，曠焉發高吟。久要意何許，睇彼青山岑。

偶成

無薪安用魚，無魚亦廢薪。漁樵俱川隱，異業還共親。儒墨更相嗤，千載仇其人。大道本坦坦，岐之乃不仁。衡門有閒士，醉醒忘昏晨。長嘯慨終古，曠世皆吾鄰。纍纍丘中子，此理將安陳。

槎溪道中

蒼茫岐路色，立馬一踟躕。樹到高原合，村臨大澤虚。孤雲懸野鳥，落日返樵漁。數點青山外，依稀是故廬。

旅懷

亦有嵇康癖，偏宜謝奕狂。酒中遺往事，夢裏失他鄉。野曠雲開樹，窗明月在牀。扁舟生計好，最苦夜猿長。

劉孔和 一首

孔和字節之，長山人。大學士鴻訓子。有《日損堂詩集》。

王貽上云：公子文章豪邁洞達，詩尤奇恣。

《詩話》：節之豪士，當寇陷京師，破産結客，起兵長白山中。有衆三千人，執僞縣令狗於軍。旋聞王師破賊，乃率衆南下，駐軍河北，以兵屬劉澤清。澤清武人，不知書，既爲藩鎮，強作韻語示坐客。節之慷慨言曰：「國家舉淮東千里付足下，未聞北面發一矢而沾沾言詩。詩即工，何益國事？矧未必工邪。」澤清大恚，推案起，坐客皆震懾。節之不爲動，拂衣徐出。澤清立遣壯士二十輩，追及舟中，拉殺之。時年三十一爾。福藩遥授副總兵官節之，已死三日矣。其詩好排硬語，大約以孟郊、邵謁爲宗。

傷心吟

一日百痛哭，天地不我容。永隨光景夜，願先萬物冬。釀愁爲醇酎，鑄憂爲劍鋒。味漓刃亦摧，憂愁無終窮。

黄翼聖九首

翼聖字子羽，太倉人。崇禎中辟授新都知縣，升安吉知州。有《蓮蕊居士詩選》。

錢受之云：子羽詩如幺絃哀玉，自有天韻。

徐元歎云：子羽心匠經營，撰語卓絶。

陳言夏云：先生弱冠時尚鍾、譚之學，已而宦游，簿書牒訴、干戈戎馬之間，發之於詩，激昂磅礴，無非忠君愛國、勤勞王事之語。迨棄官歸里，杜門謝客。其詩哀而不傷，怨而不亂，有《小雅》之遺。

寇警襍詩三首

聖主勤焦勞，盪寇屬元老。專閫既歷年，捷書苦弗早。餘氛難遽消，川峽復擾擾。掠食日漸深，鄰境多不保。顧瞻斗大城，捍禦悉草草。伶仃茨簷下，何處出牙爪。殘毒既已酷，憤厲忽矯矯。白面山澤臞，擁之建旗旐。殫力答衆心，身名總非寶。

荒縣數十家，十年再罹厄。嗟此鋒鏑餘，寇耗復孔亟。孤城寡所援，群計在竄匿。顧惟封疆義，招撫竭心畫。割稰募壯士，八口不遑惜。大義一再伸，呼一應者百。人心自有良，如鐵附磁石。刑牛告穹蒼，下令明勸激。毋或貳乃心，毋或靳乃力。天則有雷霆，吏則有斬馘。妻孥甘共危，僮客盡持戟。以身爲衆先，相期見勞績。

兵氣動荒野，黄雲黯城隅。名義所共激，孱民皆壯夫。長鎗襍大棒，角技繁有徒。披氈當堅甲，揭裙爲旌旟。結聚各以類，約束仍弗疏。危樓圮雉間，氣燄光四衢。苦口相戒命，各各念前車。官民同賞僇，殺賊勿踟躕。

《詩話》：賊兵臨新都，崇禎庚辰十二月事也。先是，十月張獻忠渡昭河，薄成都，城中將士登陴以守，遠近人民皆避難奔赴，苗莠粟粃，襍糅莫辨。從祖君永公諱大定，通判成都，請以蜀王所發米五百石爲粥，以食餓者，且潛察其蹤跡。有可疑者，以術羈縻之。全活數萬計，群疑亦釋。俄而寇猝至，圍城。公與布政使侯安國分守北門，當賊衆來路。於時文武將吏皆膽落。

公見城下一賊衣朱衣騎馬巡軍，用強弩射之，中其胄，錚然有聲。謂安國曰：「賊雖多，未及整，可擊而走也。」乃同參將鄒鳴率壯士八十人出戰，殺三人，俘二人，奪馬十疋。入見巡按御史陳良謨，提二賊頭顱，血濡縷漉堂上。御史大驚，離席曰：「别駕相門子，乃能殺賊，可敬也。」是夜賊退，屯柳溝浦，去城二十里而遥。事定，御史上戰功，止及煮粥活民之勞而已。此事長編、野史俱不載，録子羽詩附記之。

春夜宿草堂寺

最愛臨江寺，殘春始一行。落花隨水汲，亂竹過墻生。雨帶新泉響，燈摇古院清。如何聽鐘後，猶有未銷情。

渝城度歲

風俗他鄉異，巫歌達四鄰。江明無月夜，猿喚不眠人。眷屬生兼死，年光臘帶春。客中艱一醉，辜負物華新。

村居襍興三首

廿四番風取次來，梅花落盡杏花開。畫梁無數空巢在，社雨蕭蕭燕未回。
休誇紅紫鬭芳菲，開到荼蘼春已非。恥逐游蜂與舞蝶，別尋一徑緑陰歸。
閒花無數爛空庭，別有黄金綴決明。一自杜陵矜惜後，秋風秋雨獨關情。

文介石廣文

自古恩深責亦深，更誰清夜細追尋。官階最是青氊冷，十載猶懸故主心。

蔣臣二首

臣初名姬胤，字子卿。更今名，字一个。桐城人。崇禎中舉賢良，尋授户部主事。

《詩話》：一个早見知於太倉二張，注名復社。其後柴車北上，爲倪公玉汝所薦，召對平臺。甲申寇變，間道走淮陽，依史公道鄰。史公留參軍務，一个歎曰：「以一騶虞將五狼，其能久乎？」遂辭歸。其詩雖乏渾涵，亦自蕭散。

劉憲石招遊虎丘奉答

山川猶昨日，金虎氣全凋。萬事蹉跎盡，千秋涕淚遥。寒螿依畫舫，欹柳臥平橋。勝地欣相見，何年復此宵。

庚辰秋杪客清湖所期不至拈壁間韻

榛蕪悲故國，垂老更無家。寄壘如新燕，爲園學浣花。苔痕深没屐，菜甲淺含沙。即此堪終隱，人生會有涯。

吳日杲 一首

日杲字函三，桐城人。崇禎中中書舍人。有《寸箋宣言》。

拜墓

白下僑居久，身心亦漸安。秖因霜露感，不憚往來難。腰臘丁年改，流離丙舍寬。傷心無限淚，忍向寢門乾。

王廷宰二首

廷宰字昆翁，號鹿柴，松江華亭人。補嘉興縣學生。以貢任六安儒學教諭，遷沅江知縣。有《緯蕭齋集》。

《詩話》：鹿柴先生占籍嘉興，注名鴛水詩社。乙酉之春，過余外舅馮翁小飲，余陪末坐。忽問曰：「曾學詩否？」對曰：「未也。」先生乃言曰：「詩有一學而能者，有終身學之而不能者，洵有別才焉。」余問：「學詩何從？」曰：「試作對句。」酒至，先生舉古人名俾屬對。偶記憶顧野王對沈田子，鄭虎臣對沈麟士，蔡興宗對崔慰祖，蕭子雲對任伯雨，魏知古對顔相時，吉中孚對温大有，楊完者對晁補之，杜審言對蕭思話，貢師泰對齊履謙，任蠻奴對張惡子，金安上對鄭居中，劉辰翁對逄丑父，韓擇木對李栖筠，蔡有鄰對徐無黨，王巖叟對阮佃夫，李思齊對石作蜀，柳三變對張九成，鄭櫻桃對郭芍藥，王僧綽對馬仙琕，秘彭祖對庾黔婁，劉方平對徐圓朗，劉仁本對范遒根。先生見余應對之不窮也，語馮翁曰：「此將來必以詩名世，其取材博矣。」自遭喪亂，不復見先生，并不復見先生之詩。僅從社草中録其一二。回思知己之言，是亦蒙之李邕、王翰也。

鄴園

置酒娛清夜，西園騖華轂。素月升澄景，微露泫佳木。灼灼芙容姿，臨波漾輕縠。四顧命賓朋，灑藻競豐縟。感彼蟋蟀篇，勞生何局促。鼎鼎百年内，歡樂苦不足。列坐進芳醴，彈箏弄纖曲。霓旌遶層阿，鳳吹流深谷。遨遊及良時，庶以快所欲。

送高明水工部營桂府於衡州

楚塞衡陽壯，姬公叔父尊。三湘疏地脉，一柱表天門。桐葉圭初剪，蘭臺賦尚存。聖朝寬物力，採榷亦須論。

徐時勉三首

時勉字克勤，蘇州嘉定人。崇禎庚辰，以貢生特用知澄城縣事。有《蘧庵東歸稿》。

歸元恭云：克勤詩蕭然閑曠，有陸放翁之風。

《詩話》：崇禎庚辰，思陵留意人材，俾下第舉人及廷試貢士俱留特用，悉畀以民社之任。於是舉人史惇以下一百六十三人，貢士吳康侯以下一百人，許同進士出身。惇等請援例謁文廟，行釋菜禮，并立石太學題名。閣臣張四知持不可。思陵特允惇所請。大學士周延儒奉勑撰文，太僕寺少卿兼翰林院侍書朱國詔奉勑書丹篆額，工部營繕司郎中王灝監刻，立石於西南隅。蓋自萬曆丙辰，錢士升榜至魏藻德榜九科，有題名而無記。及是，始有記焉。特用榜死事者，户部郎中金壇徐有聲、兵部員外郎升貴州安平道副使臨川曾益金、滄道參議寶雞楊畏知、開封知府武進蔡鳳、黄州府同知弋陽王府輔國中尉朱統鍬、郟縣知縣贈河南按察副使安邑李貞佐、汾陽知縣西安山陽劉必達、大同山陰知縣慶陽衛李倬、鞏昌安定知縣臨海應昌士、四川興文知縣漢陽艾吾鼎、呈貢知縣鍾祥。黄卷立賢無方，未嘗不收國士之報。克勤復社耆宿，注名特用榜中，與陳孝廉瑚歸、處士莊敦，高尚之節亦不媿是科者。惇金壇人，官至九江太守。野史撰《慟餘襍紀》者，即其人也。

種柳和白香山

樹木十年事，吾衰計轉忙。小莊疏竹外，處處插垂楊。蘗短初成帚，身高欲過墻。年逾三五後，遮莫暑風凉。

上元日憶鄧尉光福諸山

東風殘臘早探支，改歲尋春較客遲。老興恰當全嬾日，梅花又過半開時。雪消最愛西山路，頭白重吟東閣詩。拄杖籃輿迷望處，年年摇蕩看燈期。

荷亭

輕風不送市塵塵，出水芙蓉面面新。莫道老年心易足，還思兩槳蕩舟人。

吳德操一首

德操字鑑在，桐城人。由諸生仕至大理寺丞。有《北征草》《過江集》。

秋興

莆田七月海風秋，誰到江東寫我憂。露冷芙蓉王儉幕，書藏夾漈鄭樵樓。卜居未有安危信，行路方知出入愁。笑指雙星河漢闊，明朝未必渡牽牛。

浦義升 一首

義升字朗公，無錫人。補常熟縣學生，崇禎辛未由歲貢生除海寧儒學訓導。有《赤霞集》。

石城

挂席秋江上，凉生薜荔衣。雨聲蘆葉偃，風色浪花飛。方度龍潭驛，隨過燕子磯。石頭城下泊，坐對月霏微。

徐同貞 一首

同貞字伯固，一字乾行，海鹽人。承父從治蔭，襲錦衣衛百户，歷官都指揮同知。

寒食郊行

二月春寒未減衣，嫩晴天氣日熹微。桃花落盡水初漲，燕子來時筍正肥。林外酒人浮白去，莎邊游女蹋青歸。却嫌輸與東京路，尚欠郊原綵索飛。

丘上儀 一首

上儀字維正，武進人。由武科進士官海鹽衞遊擊。經亂，隱居紫雲山。《詩話》：維正武人，恂恂若文士，雅歌高會，酒酣間一賦詩。其居官甚廉，或告之曰：「將者，知信仁勇嚴，不聞以廉，取一介亦何傷？」維正笑弗答也。晚躬耕紫雲山麓，有盜劫行舟。維正彀弩射之，百步外中其目，盜乃遁。舟人造謝，不見。又嘗負薪三百斤行山中，汛兵欲奪之，盡爲所縛。兵乞哀，縱之去。龍山祝眉老集隱君子十四人，計其齒盈千齡，目曰千齡社，維正與焉。席上詩成，以維正爲擅場云。

千齡社集詩

孤杖冒雨墊綸巾，一櫂衝寒破水淪。自是素心堪共侶，好將末俗使還淳。藏身曾學姚平仲，招隱誰呼祁孔賓。良會詎應誇競病，舉杯且盡甕頭春。

嚴煒 二首

煒字伯玉，嘗熟人。文靖公訥之孫。有《滄浪集》《蘿山草》。

《詩話》：伯玉始爲祁陽王客，繼入何雲從、瞿起田幕中。晚移家隱粵西獞人洞。其妾鄒淑芳，字曰蕙祺，吳江人，能詩。從伯玉入楚，轉徙蒼梧，年二十四而夭。有詩百五十首，題曰「三生石草」，句如「洗手自憐十平聲。指甲，何因又長雨三分」，「玉簫舊譜回文句，瑶瑟新絃續命絲」，「趙瑟欲調無奈嬾，楚腰先細不堪愁」，皆婉約可誦。至生日詩云：「笑采秋花斟壽酒，還愁薄命不禁霜。」則成讖矣。淑芳詩，病革自焚，此伯玉所記憶者。淑芳墓在端州，伯玉省母，曾一還里門。晚仍入獞人洞，不知所終。

秋日過萬里橋見朱雲子寄詩因憶舊事悵然有作

寥落天南雁，凄涼見素書。故人千里外，舊事十年餘。壯志愁銷盡，閒情賦久虛。不知憔悴者，錦瑟意何如。自注：雲子寄詩，有「舊恨青衫上，新詞錦瑟傍」之句。

過清溪驛和題壁韻

風塵天下滿，此地尚煙霞。叢篠臨江偃，寒花倚石斜。輕雲歸暮嶺，落日戀平沙。何限河山意，瀼西又寄家。

戴重九首

重字敬夫，和州人。由貢生除湖州府推官。有《河村集》。

劉伯宗云：敬夫詩學杜少陵，未嘗作唐以後語。

黎美周云：敬夫詩磊落孤憤，若鶴警高松，龍吟潭水。

張爾公云：敬夫詩感時諷俗爲多，以視西臺慟哭，異世同揆。

宿店

雞號扉，客披衣。客莫起，有風雨。店家驢馬官牽去，明朝御史來行部。

五月五日

蚤讀《離騷》經，無哀自流涕。今乃招其魂，折花臨水祭。忠信衆所疑，君臣道日替。九門未可通，九州其何濟。横江張水嬉，子女肆妖麗。俗歡移古悲，群狂重吾戾。但聞鶗鴂鳴，延望南山霽。

泊鎮江口

病髮搔皆落，長衾擁有餘。明星入江舵，濁酒出州廬。鹺海聞虧引，冰河説梗儲。舟喧愁不睡，呼火讀方書

烏江項廟

夕陽雙雀廟，孤舵繫烏江。病葉風相戰，寒潮夜不降。劍留蛇瘞井，轡絶馬號樁。如此千秋恨，霜鐘儘客撞。

烈山舟中

江火燒茶臼，山雲曳布帆。櫓摇紅荻澀，網挂白魚饞。淮麥炊難輭，吳鹽歠不鹹。家人同汎汎，十載

一黄衫。

半箇山

谷口三叉路，人家半箇山。驅將豪犬出，呼使角鷹還。去此歲未久，傷哉村已艱。偶爲先友卜，松柏水潺潺。

濠梁

布衣多難客他鄉，結客千金計渺茫。萬卷讀書悔癡絶，十年磨劍拚徉狂。清天鴻雁月千里，白露蒹葭冰一方。不得故人書半紙，秋殘懷抱極淒涼。

陶隱居丹井

華陽舊井石泉清，酒記山中宰相名。攢有丹成堪辟穀，不曾一粒餉臺城。

春燈歌

年年人日到長干，取次看燈不忍看。十四樓邊新月夜，銀箏小袖歇春寒。

王時敏 一首

時敏字遜之，太倉州人。太傅錫爵孫。承祖蔭，官尚寶司丞。有《西廬遺稿》。

西田感興

自媿平生百不能，桑榆息影倚枯藤。微茫暝樹孤村杵，明滅漁舟遠溆燈。往事凄凉難再説，新愁襍沓最無憑。况今禾黍淹淫雨，白日秋來見未曾。

申繽芳 一首

繽芳字孝觀，太師時行之孫。承蔭中書科中書舍人。有《玄閒閣詩草》。

山中樂

山中之樂樂何如，莫樂朱明孟夏初。竹長雞頭新粉落，籬編麂眼晚花疏。提壺勸酒村村鳥，積雪繅絲處處車。最愛田田小荷葉，呼童量水種紅魚。

《詩話》：舍人《山中樂》，四時皆有之，而夏日一首，有醇無疵。

汪珂玉 一首

珂玉字玉水，徽州人，僑居嘉興。崇禎中，官山東鹽運使判官。

《詩話》：玉水不卑小官，留心著述，所輯《珊瑚網》一編，與吳下張青父品題並駕。惜乎詩草甚富，泯焉無存。

題孟蜀宫妓圖用唐子畏韻

芙蓉城裏試仙衣，詩酒留連坐式微。莫恨李家降表熟，君王原愛著朝緋。

李自明 一首

自明字先脩，嘉興人。以歲貢除揚州訓導。城破，死於官。有《謫仙居稿》。

覽輝樓

雨後驚濤響石磯，望中煙樹轉霏微。湘江直北陽臺路，舊日行雲何處飛。

林徵材一首

徵材字魯生，連江人。以例貢授藩幕。

重過田公園

門巷春深碧草齊，花枝大半委黄泥。林鶯認得尊前客，依舊飛來恰恰啼。

許正蒙一首

正蒙字聖初，歙人。官中書。有《西陽近稿》。

舟經横塘憶桐江舊游

輕舟何摇摇，來自青谿曲。層崖落深翠，新波湛空緑。我家漸水東，一川接天目。對此頗相似，殊令幽思足。將攜素心人，共著《桐君録》。

陳紹英 一首

紹英字生甫，仁和人。承蔭仕至貴州按察副使。有《五石居詩草》。

吴宫詞

菡萏花香一水流，吴姬歌蕩木蘭舟。梧桐秋色關何事，長遣君王對樹愁。

蔣茂 一首

茂字鄧林，嘉善人。由監生官文華殿中書。

初夏

水沉煙裊翠參差，永晝窺簾燕語遲。簇簌桐花飛不已，鵁鶄啼過白蘋池。

陳濟生 一首

濟生字皇士，長洲人。官太僕寺丞。

《詩話》：皇士經亂歸田，緝啓、禎兩朝遺詩，又命工傳寫明三百年來忠臣義士象，裝以爲冊，可稱好事矣。惜其詩鏤板未終，而象亦爲蠹魚所蝕。覽觀者惜焉。

秋山和貫休韻

秋來秖是入山宜，坐到泉聲幽咽時。清淚欲零誰許見，峰頭惟有老猿知。

李士標一首

士標字霞舉，嘉興人。以縣學生選入國子監，除上林苑署丞，遷寧海州同知。有《蒼雪齋詩存》。

江行即事

渚鷗一一泛春聲，江面煙消萬里平。花月故臨楊子渡，布帆無恙潤州城。蒼茫曉色迷鴻雁，欸乃歌聲怨杜蘅。放眼正愁煙水闊，亂山天際忽縱横。

彭堯諭一首

堯諭字君宣，商丘人。南昌通判。有《西園公子集》。

過徐州見賊營

旅魂何日定，間道走彭城。路側人煙斷，山頭賊火明。鼓鼙連客舫，涕泗失歸程。親見河東岸，妖氛奪漢營。

陳洪綬 一首

洪綬字章侯，諸暨人。國子監生。

《詩話》：章侯四齡就婦翁家，見新堊壁，登案畫漢前將軍關侯象，長八九尺。翁見下拜，遂以室奉侯。蓋繪事本天縱也。崇禎間，與北平崔青蚓齊名，號南陳北崔。中年縱酒，狎妓自放。客有求畫者，罄折至恭，勿與。及酒邊召妓，輒自索筆墨，雖小夫穉子徵索，無弗應。晚混迹服僧衣，自稱老遲，亦稱悔遲，亦稱老蓮。有妾吳浄鬘，亦善花草。錢塘馮秀才硯祥詩云：「吳興公子工花草，侍制丹青步絶塵。三百年來陳待詔，調鉛殺粉繼前人。」余每覩其真蹟，所畫美女姚冶絶倫。今則贋本紛紜，多係其徒嚴水子山子、司馬子雨輩所倣，率皆蘧篨戚施矣。詩頗饒逸致，惜流傳者寡。《桃花馬上》一絶，亡友海鹽教諭金壽所誦也。

贈伎董飛仙

桃花馬上董飛仙，自擘生綃乞畫蓮。好事日多還記得，庚申三月岳墳前。

黄孔昭 一首

孔昭字含美，吴縣人。舉崇禎癸酉鄉試，選授大姚知縣。有《石衣翁南歸草》。

《詩話》：含美一命投荒，仳離天末，已不作歸田之夢。其子向堅端木有懷，二人眼枯足繭，蹈白刃尋之，卒御以全歸。吴中好事者編爲傳奇演之春秋之社。《南歸草》一卷，成於愴怳俶擾之中，無暇持擇。觀其紀述，恒有野史所未詳者，若夏呈貢之死事是已。夏諱祖訓，字仲有，秀水學生，以歲貢除知呈貢縣事。含美稱其起義師失利，一城屠戮殆盡，知縣被刑最慘。則余鄉黨多未之聞。含美有詩哀之，此宜亟發其幽光者也。夏君與先太傅鍾秀坊舊宅望衡而居，入門一徑繞至水榭。余童子時，從先子造君，獲聞講論畫义，書卷恍然在目。鄰有死封疆之臣，耄矣，讀含美詩，始克知之。附疏其略，庶後世有述焉。

哀夏呈貢祖訓

夏君一命均，奉檄入荒徼。合并五華寺，杯酒共吟眺。丈夫慨以慷，風雲坐談笑。何期受重圍，一死臣節效。吏無黄犢賣，路有青蠅弔。碧血何處藏，寒原走殘燒。

劉思祖 一首

思祖字長孫，永嘉人。官江西參將。

汪魯望孝廉軒

誅茅託林棲，結志在玄賞。芳荑歇春華，凉颸薦秋爽。鳴琴向寥廓，長嘯散蒼莽。明月揚素輝，疏篁發清響。尊中幸不空，方外恣獨往。偶坐興未闌，還思櫂煙榜。

朱茂時 五首

先世父字子葵，萬曆中補秀水縣學生。承蔭官至貴陽知府。有《咸春堂遺稿》。

《詩話》：城南放鶴洲，相傳爲唐相裴休別業，名曰裴島。然考《新舊唐書》，俱不言休流寓吳下。至元《嘉禾志》、弘正間儀真《柳琰府志》、萊陽于鳳喈《補志》，亦未之載。或曰南渡初，禮部郎中朱敦儒營之以爲墅，洲名其所題。雖不見地志，觀樵歌一編，多在吾鄉所作，此説近是。世父拓地百畝，自湖之田，有堂有亭，有橋有船，有岡有榭，有庖有湢。襍樹花果，瓜疇芋區菜圃，靡所不具。陳少詹懿典爲作記，董尚書其昌爲書扁，李少卿日華爲寫圖。後先觴咏者，題壁淋漓。今則大樹飄零，高臺蕪没，止存卧柳斷橋而已。

鶴洲夜歸

秋月清於水，孤舟放鶴歸。不知荷葉露，風卷上人衣。

黔中曲三首

疊嶂曾無三尺平，盤江狹處鐵橋横。短裙窄袖花蠻女，宛在鞦韆索上行。地無三尺平，黔中諺也。盤江鐵索橋，行者動摇，而蠻女不懼。

土風不改古牂牁，銅鼓迎神蹋足歌。一種黔南水西鬼，黑羅羅笑白羅羅。白羅羅比黑羅羅更剽險難制。

高髻纏鬃一尺長，淺藍裙子趁時妝。一春遠信雞難卜，暗祝心期拜竹王。黔女挽髻，襍以馬鬃，裙尚淺藍色。

茌平道中

殘星數點照人行，撲面凉沙惹去程。回首鵲華山盡失，又騎羸馬過茌平。

朱茂昭 一首

先叔行第三，字子藻。天啓初，補秀水縣學生。承蔭，官都察院照磨。

《詩話》：先叔柳下和光，長卿善病。營宅於真如寺西，夾岸紫藤萬條，寒玉當春，梅放不減鄧尉西溪。四方名彦争過，爲文字之飲。去世父鶴洲不遠，游者比之何家大小山。

楊明府龍友以山水畫扇見寄并訂游吳之約以詩代答

楊君黔州客，愛寫吳下山。沙中群雁起，天末孤雲還。橘柚經冬樹，楊梅銷夏灣。扁舟何日共，吹笛到吳關。

范長倩云：全詩清越。

明詩綜卷七十一

小長蘆　朱彝尊　録
歙州　汪立名　緝評

陳繼儒三首

繼儒字仲醇，松江華亭人，有《眉公全集》。

《靜志居詩話》：仲醇以處士，虚聲傾動朝野。守令之臧否由夫片言，詩文之佳惡冀其一顧。市骨董者如赴畢良史榷場，品書畫者必求張懷瓘估價。肘有兔園之册，門闐鷺羽之車。時無英雄，互相矜飾，甚至吳綾越布皆被其名，竈妾餅師爭呼其字。今遺集具在，未免名不副其實焉。

月下登金山

江平秋萬里，山靜月三更。彷彿寒烟外，瓜洲有雁聲。

春日訪殷東臯

櫻桃花開春可憐，何處游人不放船。却羨白頭殷處士，鵓鳩聲裏獨耕田。

山居雜詩

青草湖邊白石西，竹籬茆屋酒帘低。飛來飛去雙黄鳥，不到濃陰不肯啼。

王留 一首

留字亦房，吴人，穉登子。

淮北道中

沙灘高下浴鳧鷖，新出菰蒲緑未齊。移橘過淮應化枳，種楊當路半生稊。船頭鼓角頻逢驛，河上金錢浪築堤。醉後無端千里夢，直隨明月到深閨。

茅維 一首

維字孝若，歸安人。有《菰園集》。

屠緯真云：孝若天才絶高，於體靡所不合。

陳仲醇云：孝若詩韶秀清華，絶無累句。

梅季豹云：孝若陶鑄古人，篇琢句磨，情旨諧暢。

早秋寄允兆

秋風難作客，匹馬欲南歸。隴塞黄雲合，江淮紅葉稀。干戈愁獨卧，鄉國夢全非。已卜刀鐶約，滄洲可拂衣。

盧原 一首

原字原甫，南海人。有《五湖游草》。

甘露寺望金焦

北固山頭寺，崔嵬瞰大江。縱無甘露下，應有毒龍降。陳迹羊爲石，新雛燕入牕。望來浮玉近，遥對碧峰雙。

卜舜年 四首

舜年字孟碩，吴江人。嘉興縣學生。有《緑曉齋集》。

《詩話》：孟碩家居盛澤，幼赴嘉興童子試，時安福顔欲章知縣事，亟賞其文，拔置第一，遂補諸生。讀書東塔寺，尋游陳仲醇之門，負才傲世，恒衣茜衣入市，題其門曰「鄉人皆惡，國士無雙」。惟與同里張汝培端甫結契，時相和酬。孟碩既失意，坎壈不平，仿屈平《楚辭》作《滔滔章》，假帝誥河伯之文，有曰：「東聯淄汶兮，南絡沅湘。黑者錯白兮，弱者間强。災既淪於入坎兮，害乃基於剝牀。翹商羊之子舞兮，又安覩儀鳳之蹌蹌。固帝心之欣禍兮，亦今俗之好殃。」又聞杜松、劉挺二將喪師，賦長謡千餘言，以詬楊鎬。平居好結客，客至必留，坐是奇窘，或三日不爨，終不乞米於人也。詩尚崛奇，間有合律者。

村社迎神曲

旦旭兮曈曚，神鴉起兮雲中。沐予髪於蘭湯兮，振予衣於蕙風。潔齋俟兮土公，土公不來兮勞心忡忡。

黄浦晚度

殘照收黄浦，孤舟何處依。沙昏秋雁落，潮滿夜漁歸。薄海山川曠，前塗廬舍稀，帆輕天路近，直與鶴俱飛。

冬夜垂虹橋

卸馬垂虹畔，深宵感慨增。橋明霜正下，江遠月初升。吏醉城無柝，僧歸塔有燈。王風京路阻，欲詠媿無能。

湖上送别

西風奮枯林，潮沸盛湖晚。淚眼對殘陽，看君行漸遠。

姚士粦 一首

士粦字叔祥，海鹽人。國子監生。有《蒙吉堂詩集》。

薛潤孃七夕生日

生逢烏鵲渡河秋，乞巧今番免上樓。莫訝眼邊多俗物，天孫亦衹嫁牽牛。

邢昉 三首

昉字孟貞，高淳人。崇禎諸生。有《石臼集》。

陳伯璣云：孟貞詩無一暢懷語，讀之令人增感。

聞亡女訃寄内

垂老常嗟别，書傳江漢稀。青鬢憐弱息，秋草忽同歸。多病愁難共，還家興轉微。尚餘殘淚在，相對灑牛衣。

月

偶聽烏啼漏未殘，小池冰合夜深寒。最憐一片霜天月，已是離家十度看。

口號

蜀江船不到三巴，湖南船不到長沙。滿地干戈關塞裏，行人那不早還家。

張屈二首

屈字醒公，長洲人。處士，鄉里私謚貞節先生。有《醒公詩集》。

邢孟貞云：醒公詩高寒類孟東野，幽渺過之，讀之使人不歡。

金孝章云：醒公汲幽梯峻，返之沖澹，希夷不可方物。

山居懷金文裕

江光映林際，纖月微微落。冥冥靜夜鐘，沉沉響深閣。言念君子交，於道信不薄。空谷常感懷，終不我離索。

弔古

弔古不疾哭，欲哭聲已吞。嘗膽吾自苦，對世不敢言。中夜望星斗，失序何足論。至人竭精力，能使移崐崙。夏月落天霜，方報君子恩。

邵昇遠 一首

昇遠字□□，松江華亭人。

田家樂爲陳孟言賦

香稻收花穗已齊，幽棲渾似瀼東西。萬竿修竹千叢菊，十角黄牛五母雞。婦起炊糜朝出饁，客來留榻夜分題。橙黄蟹紫新醅熟，日日何妨醉似泥。

沈弘之一首

弘之字茂之，蘇州嘉定人。有《清溪草堂詩稿》。

李本寧云：茂之近體含蓄不露，得唐人之遺風。

濟寧舟中望月憶家

野曠天連水，登艫四望寬。家逾千里隔，月訝兩回看。客裏光相對，閨中影自寒。郵籤計程速，定已夢長安。

施武十三首

武字魯孫，別字百靈，長洲人。崇禎間游于滇，有《楚游草》《西覽篇》。《詩話》：魯孫孝子，佯狂翫世，善草書。鄭孝廉士敬謂曰：「君書直逼二王，不雜唐宋以下筆法。」魯孫大喜，於同人廣坐中徧題箋扇，呼士敬曰：「君頗知書，吾書究誰似？」士敬謬曰：「今日書不見佳。」魯孫瞠目左右視，擲筆而去。嘗語人曰：「吾於詩極力摹擬古人，僅可雜之王仲初集中耳。」今吳人罕有知之者。處士金侃亦陶藏其稿，經侯官曹能始墨筆點定，子亟録十三首，滇黔風景，可得其大槩焉。

烏雅關

朝上烏雅關，暮下烏雅關。老烏啼啞啞，行人還未還。

關索嶺

高嶺呼將軍，將軍祀其上。行人仰望時，白雲隔千丈。

相見坡

上坡面在山，下坡山在面。相見令人愁，不如不相見。

鳳羽詞

鳳羽，山名。

鳳羽低連鄧睒川，山頭流水屋邊田。額尖新様姑姑帽，五月羊皮帶汗穿。鄧睒，詔名。姑姑帽，滇人皆以羊皮繫額，寒暑皆披。

街子詞

滇中以作市曰街子，逢辰亥戌未日爲期。

豬街纔罷又龍街，蠻女牽羊入市來。背上擔兒嘗慣負，胭脂落盡小桃開。

土官出山詞

土官唯參謁官長始冠帶，居常但用皁綾青布裹頭。

嗚嗚牛角滿山陂，腰下横刀弩箭隨。雜部椎頭皆束帛，皁綾纏額長官司。

煮鹽詞

滇中鹽井四，唯黑白二井課稅甚多，餘不及焉。

使君不及鬱林廉，舊例逡巡新例添。白井爭如黑井好，一斤水煮半斤鹽。

出獵詞

秋高出獵草根枯，漫縱韓盧不用呼。新襲土官誇武健，側身馬上獲雙狐。

歸化詞

滇中山茶天下第一，唯歸化寺者其本合抱，花大如盂，國初已前物也。迸來宦游羈客留別交好，至此莫不墮淚。

鴛鴦夢斷綵樓空，馬首蕭蕭故向東。歸化寺前多少淚，年年三月蜀茶紅。

麗江詞

麗江府即古筰國地也。地寒，五穀希少，惟產良金毛布之類。方伯用貢金，必索其直，從來直指公皆不按其地，聽之而已。人皆耳上貫環，好衣紅，與西域相類。

麗江水繞雪山寒，郡縣羈縻異國看。千里羅歩地名。無貢賦，黃金有價不輸官。

永昌詞

永昌，古哀牢國也。國初流配，獨多吴人，故語言風俗宛似南都，爲滇之首郡。

漢武窮邊開永昌，哀牢部落散丁當。流人不學花蠻語，城郭風烟半建康。

寶井詞

寶井在姚關萬里外，非容易至，販寶者止于緬中交易。緬中多瘴癘，除三冬與初春，通夷者不敢出。

緬中花落滿蠻山，千兩鴉青馬上還。寒食雨飛防瘴癘，漢人不敢出姚關。鴉青，寶名，時適有是寶，重一兩三錢，價三十貫。

賣雪詞

大理蒼山雪，六月不化，市上女郎賣之，猶吴下之賣冰也。

雙龍關裏百花香，銀海逶迤抱點蒼。六月街頭教賣雪，行人錯認是瓊漿。

鄒潾二首

潾字中朗，秀水人。縣學生。

江行望廬山作

亦知山有寺，咫尺見雲封。瀑布千尋水，香爐何處峰。向晴微見樹，卓午詎聞鐘。來往驅塵事，深悲負短筇。

武陵

仙源應不記年華，洞口今開幾樹花。若使重來津可問，扁舟我亦願移家。

卓人月 二首

人月字珂月，仁和人。貢生。有《蕊淵集》。

《詩話》：珂月才情横溢，所撰《續千文》，穩帖而奇肆，詩亦不爲格律所拘。

泊烏鎮不寐作

逆風逗歸期，今夕寄淺港。月出人不知，閉戶若蠃蚌。遠寺燈微明，未罷老僧講。良久喔喔聲，荒雞引其項。

贈女鬟紅衣

石家醋醋喜穿緋，褭手擎觴率意飛。坐上恨無姜石帚，長歌一曲惜紅衣。

華淑三首

淑字聞修，無錫人。

雜詩

斲木爲車，其半爲輪。車自招揺，輪何苦辛。

洞庭西山

圓湖比滿月，青山猶挂影。晴陰網輕瀾，深翠積遥嶺。瀠洄柔櫓前，如魚狎藻荇。戀彼楓柚香，丹黄點妍靚。終期宅此居，一樓一舴艋。舴艋石公遥，樓當銷夏冷。竹木侍巾裾，烟霞開簿領。

消夏灣

平湖添一曲，風色遂全幽。晴泛亦疑雨，山居猶在舟。橘橙垂户户，菱芡聚洲洲。不信偏宜夏，暄涼儘可游。

林雲鳳三首

雲鳳字若撫，長洲人。

《詩話》：若撫當鍾、譚簽張之日，守正不回。詩篇極其繁富，惜知者寥寥。困阨終老，相如遺草已不可問矣。

行路難

上客且莫餐，聽歌行路難。茹荼知味苦，食梅知味酸。蜜中亦有螫，棘中亦有蘭，人情反覆君自看。泣者未必慼，笑者未必歡。曲如羊腸鬱以盤，令我喟然摧肺肝。

韓淮陰廟

韓侯遺廟在，過客不勝悲。未請真王印，先收大將旗。功忘百戰後，恩報一餐時。何似清淮上，終身把釣絲。

憂邊

綸綸閣下議東征，爲遣元戎出大明。邊月曉懸弓劍影，朔風秋散鼓鼙聲。滄溟萬里波臣國，紫塞三千浪子兵。奏凱未聞糧援絶，不知平壤幾時平。

項真 一首

真字不損，秀水儒學生，貢入國子監。有《西湖草》。

《詩話》：不損以門才自豪，兼綜今古文，深爲李長蘅、聞子將所賞。有御史巡按至浙試士子文，經書發題外，俾作一詩，題是「賦得多雨紅榴折」，不損書法絶倫，以行草縱筆寫之。同學慮御史必怒，咸爲不損危。而御史竟拔置第一。益自負，儻蕩不羈，入修門，坐事瘐死于獄。予嘗見其爲閨人銘梳奩曰：「人之有髮，旦旦思理。有身有心，奚不如是。」筆法極其飛舞。繹其語，殆亦非真狂生也。

社集分賦得竹林

入林非任誕，懷抱良有託。把臂愜同志，痛飲戀狂藥。修竹何蕭蕭，微風籜已落。故叢擢纖枝，碧影墮杯勺。盤桓不能去，嘯詠或間作。管絃非所好，況乃靈鼉咢。仰視飛鳥翔，醉眼空寥廓。契此考槃趣，謝彼彯纓縛。寄語道旁子，沉冥與爾各。

謝夢連 三首

夢連字孟草，長洲人。有遺詩。

陳玉立云：孟草詩使事必穩，標韻必諧。

金孝章云：孟草遠絶時調，詩以自然爲宗，不失唐人風韻。

送友人游天台

細雨蘼蕪緑，扁舟渡若邪。春流飛竹箭，暮靄隔桃花。仿佛何妨酒，游仙莫問家。儻憐人外癖，分我赤城霞。

治平寺寓友人攜酒見訪

吾友攜尊至，開門黄葉深。斷雲孤岫冷，斜日半湖陰。獨往無千古，相期有寸心。行行難以别，明月在長林。

秋夜

木葉始微脱，庭空薩薜蘿。誰云秋氣慘，我愛夜凉多。林逗纖纖月，雲浮澮澮河。坐深人境寂，新雁一聲過。

何大成一首

大成字君立，常熟人。

抵夔州覓少陵草堂

成都草堂今若何，且向西瀼飽經過。亂山不斷烟雨色，匹馬時聽巴渝歌。峽中長年布帆穩，驛路官長油衣多。吳趨老人真好事，貪訪遺跡空蹉跎。

邵濂一首

濂字茂齊，嘗熟縣學生。

馮已蒼云：邵君詩清曠玄澹。

雨

終日雨如絲，連山芳草碧。庭際孤雲屯，遥村暮烟積。野渡行人稀，圓沙一鷗白。寂莫想晤言，誰破蒼苔跡。

屠應韶 一首

應韶字韶甫，秀水人。有《松吟草》。

贈歌童

弱質偏姚冶，清歌意獨新。未須聞别調，梁上已飛塵。

李翺 二首

翺字時實，松江華亭人。有《樵雲居稿》。

感遇

幽蘭出深谷，冰雪揚芬芳。夭桃得春風，榮華耀朝陽。萬物各有時，盛衰詎可量。君子重制行，通塞夫何傷。對此遲日嘉，且進花前觴。

寓言

松柏有蔦蘿，生死共依附。柔弱不自持，垂垂百尺樹。草木匪金石，榮華寧久駐。摧折非所期，飄零更誰顧。

丘遂一首

遂字叔遂，嘉善人。初爲僧，字凡可。中年以口舌忤鄉里貴人，反儒服，補縣學生。有《丘叔遂詩草》。

江上雜詩

竹筏歸從柳外汀，鸕鷀隊隊晚風腥。漁師不避豆花雨，翻脱蓑衣覆酒缾。

吴拭 三首

拭字去塵，休寧人。有遺稿。

徐武子云：去塵忼慨重然諾，中年以結客傾其家，晚栖吴市，尋避兵虞山，困戹死。其詩自出機杼，決難泯没。

朱子蓉云：去塵夙饒于貲，破産結客，贈予手製麋丸，不啻沈珪對膠也。客金陵，遍題十寺廊壁，七言如「花雨已過寒食後，風箏又傍社壇斜」，「蠻鄉有夢三千里，閩海無書二十年」，「半偈歲深香積飯，一番春老木棉衣」，「移家轉近寒山寺，採籙惟餘秋水篇」，「衣上露凉飄柏葉，鬢邊霜重壓蘆花」，誦之神采溢目。

苦寒

嚴霜摧百草，北風何其凉。我愁豈在躬，憂此道路長。忽忽行役中，不復知景光。凝冰屬仲冬，萬物咸閉藏。吾非寒號蟲，乃思驕鳳皇。躊躇三歎息，落日照路旁。

無題和斗生二首

海外雲生碧浪陰，頳鱗蒼雁總浮沉。寥寥天漢雙星小，寂寂棃花一院深。貞玉有光還易見，明珠無定杳難尋。輕鸞欲繡愁無力，除是靈芸七孔鍼。

巫山遠在暮雲中，愁隔春燈一點紅。莫道金刀難翦水，須知紈扇也驚風。化爲蝴蝶飛纔并，除是鴛鴦睡不同。最是游絲無賴甚，又牽春去過牆東。

沈章六首

章字宗玉，嘉興人。國子監生。有《苧莊集》。

《詩話》：上舍爲亡弟千里婦翁，詩頗崛奇。所居苧莊略彴相通，環以水竹，余嘗讀書其地。

今其二子皆登鬼録，遺書莫可問矣。

示弟漣

蠭則有蛹，蠶則有績。矧伊人兮，胡不爾德。一解。昔我先人，實懋厥功，靡不夙夜，克纘其宗。二解。伊余懷兮，程是稼穡。一經不遺，以永朝夕。三解。朝斯夕斯，日月言邁。令聞或忒，我心匪懈。四解。人亦有言，聲類是求。相彼蒼鷹，氣化爲鳩。五解。淵冰在前，惕焉戾止。繩墨在御，敢以勗子。六解。

淮陰侯祠

淮水十㪷泥半石，行人入門三歎息。王孫功高天下疑，赤龍雌雉俱慚德。前有渭水後桐廬，進則不足退有餘，曷不歸釣城南魚。

靈谷寺看梅

下馬看碑度孝陵，山椒十里樹層層。半開香氣清於水，一路人家靜似僧。春動粉鬟都化蝶，夜寒花片欲成冰，思凴一枕羅浮夢，月白烟黄睡未能。

岱宗次吴秋圃師韻

四十里程半日行，下觀鄒魯井中耕。樹從樵口標秦漢，人與繩籃託死生。澡髮不知何處雨，曝衣猶及上方晴。東風無力吹雲去，抹斷齊州水一泓。

隋堤懷古

邗溝新碧晚濤平，楊柳曾遮殿脚行。誰道雷塘歌吹歇，月明重按玉簫聲。

天池寺

竊栗猿雛戲法幢，天池中劈石門雙。深山不是無燈火，解惜飛蛾夜觸牕。

邵德生二首

德生字大生，□□人。崇禎中儒學生。有《清聞軒稿》。

夜度清遠峽

枕上不見山，但聞水聲駛。自非山百尋，水急那如此。

楓亭

草樹隨方別，楓亭故有楓。故鄉烏臼樹，霜色更深紅。

陸壽國 一首

壽國字靈長，長洲儒學生。夭卒，鄉人私謚孝簡子。有《嶺雲集》。

虎丘春步

好鳥語芳樹，春山遠近看。攀厓振蘿策，度塔跨雲鞍。縞袖翔飛燕，青箋賦木蘭。雨餘客去後，新月上欄干。

吴道約 一首

道約字博之，一字亞侯，桐城人。縣學生。有《大易山房稿》。

懷方子恒

王孫别去草萋萋，江麓殘烟送馬蹄。我念故人腸斷絶，小橋流水夕陽西。

沈嗣貞 一首

嗣貞字紀常，秀水縣學生。有《茍草堂集》。

譚梁生云：紀常諸體俱臻典雅。

秋夜

適館聞衙鼓，歸家聽寺鐘。欲爲僧苦寂，未作吏先慵。夜永蘭膏減，秋深玉露濃。此中忘去住，城市有高蹤。

李肇亭三首

肇亭字會嘉，嘉興人。太僕日華子。有《寫山樓》《率圃》《夢餘》諸草。

《詩話》：吾鄉鮮巖壑之勝，然園亭之參錯，水木之明瑟，舟楫之沿洄，縱游覽所如而不倦。萬曆以來，承平日久，士大夫留意圖書，討論藏弆，以文會友，對酒當歌。鴛社之集，譚梁生偕，會嘉和之，先後賦詩者三十三人。事未百年，而閭閻故老已莫能舉其姓氏。玉杯錦席之地，皆化爲宿草荒烟。惟李氏寫山一樓，尚未椒飛粉落，宛然靈光之在魯。録珂雪之作，不禁憮然。

秋興

溪樓閒眺望，秋思滿林塘。潦水茨菇爛，西風穲稏香。晴光翻去鳥，野色動寒螿。問訊東籬菊，還須後夜霜。

題宋人江泊圖

愛見江邊樹，蕭疏落照前。遠峰分霽色，小塢共寒烟。雁迹留沙渚，猿聲到客船。十年湖海夢，今日倍依然。

西泠寓室

露氣橫疏柳，香風送晚荷。不知湖面闊，止覺四山多。

駱雲程二首

雲程字天游，一名雨禾，字穉孫。嘉興人。有《廣禽言》。

布穀

脱却破袴衣，著新莫著故，新人紈綺舊荆布。貴易交，富易婦。朝還朝，暮還暮，人生肯繫如匏瓠。

鳳皇

節節足足，雌鳴雄續。不集于梧，不集于竹。栖棘斯危，在籔則辱。雄兮雌兮，何德之衰兮？

譚貞和 一首

貞和字闇仲，嘉興人。贈太僕卿昌言次子。

社集分賦得金谷

日月長麗矚，溪山餘素期。别廬欣賞間，更復賓主宜。監軍曠高懷，祭酒澹塵思。盤礴澗道上，澗洌荇參差。竹柏既峭倩，藥草復繁滋。觥飛罍交錯，絃急管威夷。迢迢錦步障，晃晃珊瑚枝。姬侍列雲屏，倡舞喧相追。豪侈極人目，俱言此會稀。席終方奏序，興往各稱詩。遺韻珍當年，勝游示來兹。不負歲寒約，意氣歡足持。

譚貞竑一首

貞竑字立生，貞和、貞良之弟。有《清音閣詩草》。

南屏歸艇遇雨

望裏南宫潑墨山，小牕殘燭放舟還。從容畢竟輸漁父，藕葉菱花泊淺灣。

秦徵蘭八首

徵蘭字楚芳，常熟儒學生。

徐大臨云：近傳《天啓宫詞》百首，乃琴川秦秀才辭，而同里陳悰攘爲己作，公然鏤版行之。

《詩話》：德陵《實録》，爲黑頭爰立者所攫，天啓四年七年事，遂爾遺佚。秦秀才《宫詞》，捃摭禁庭瑣語，頗稱詳核。第合而觀之，嫌其述客、魏居多，而事關德陵者寡，不無微憾耳。

天啓宮詞八首

紅粉排班玉輦旁，西園花柳踏春陽。中宮侍從偏無幾，窄袖高鬟一樣妝。自注：張后性淡靜，愛憎稍與衆異。客氏教宮人效江南作廣袖低髻，尤爲后所厭薄。春秋佳日，駕幸西苑等處，坤寧宮侍從多不踰三四十輩，其妝束如圖畫所見古人像，客氏往往目笑之。

石梁深處夜迷藏，霧露溟濛護月光。捉得御衣旋放手，名花飛出袖中香。自注：乾清宮丹陛下有老虎洞，不知所始。洞背爲御街，洞中甃石成壁，可通往來。上嘗于月夕率内侍賭迷藏爲戲，潛避其内。諸花香氣，上所篤愛，時采一二種貯襟袖間，故聖駕數武外輒識之，以芳芬襲人也。

内河環遶禁城邊，疏鑿清瀾勝昔年。好是南風吹薄暮，藕花香拂白鷗眠。自注：神廟静攝年久，紫禁城内河壅淤不通，德陵復令疏浚之。春夏之交，景物尤勝，禽魚菱藕，儼若江南。

聖主多能絶代姿，罷朝常是運斤時。裕妃笑指燈屏問，雕到寒梅第幾枝。自注：裕妃未罹禍時，宸眷獨寵。上好雕鏤木器，護燈小屏八幅，手刻寒雀爭梅戲，畀諸少璫，令鬻之。仍諭以御制之物，價須一萬，翌日如數奏進，大悦。

瑠璃波面浴鷗鳧，艇子飛來似畫圖。認著君王親蕩槳，滿隄紅粉笑相呼。自注：上數偕中官汎葉舟于西苑，手操篙櫓，去來便捷。

美人眉黛月同彎，侍駕登高薄暮還。共訝洛陽橋下曲，年年聲遶兔兒山。自注：兔兒山即旋磨臺。乙丑登高，聖駕臨幸鐘鼓司，掌印官執板唱

《洛陽橋記》，攢眉黛鎖，不開一闋。次年復如之。宫人知書者，相顧疑怪。非特於景物無取，語意實近不祥也。不期月而鼎湖龍逝矣。

風掠輕舟霧不開，錦鱗吹裂綵鰭摧。須臾一片歡聲動，捧出真龍水面來。自注：乙丑端午，駕幸西苑，用綵繒飾小舟首尾爲龍形。上手持划具，同少璫劉思源、高永壽蕩漾橋北。怪風忽起，雲霧四塞。舟覆，二璫淬死。管事譚敬匍匐赴救，扶駕出水。

冰鴨銀苗院院同，鵲橋衣卸巧山空。晚凉供罷波羅蜜，去看河燈萬點紅。自注：七夕節，各宫立乞巧山子，宫眷衣鵲橋補，自初一起至十四止。中元節食銀苗菜，藕之嫩芽也。冰鴨，先一夕煮熟，凝成膏者。甜食房進供佛波羅蜜，西苑作法事，放河燈。已上數條，宫中舊例，惟宫人内官深夜相攜看河燈，則辛酉後事也。

吴天泰二首

天泰字謐生，秀水人。歲貢生。有《星帶草堂集》。

示族子

人生各分定，如面異黔皙。讀書求仕宦，運數杳莫測。不如事田畝，勤苦但食力。我家本清門，中葉浸流失。相將習游閒，遂乃離樸質。流覽五服遥，頗喜見諸姪。水國采菱魚，陸海種秔秫。上可奉高堂，俯足寧家室。少游嘗有言，款段與下澤。鄉里稱善人，庶幾念祖德。

題周仲吉畫

雪色滿天地，扁舟傍深谷。危峰入層雲，幽意動遐矚。溪橋凍未澌，老鶴立寒木。

吳麟玉一首

麟玉字稚禎，别號雪翁。秀水縣學生。有《醉月》《聽溪》二軒詩稿。

村居

屏跡市廛外，烟村聊索居。貧無乞米帖，嬾有絶交書。松下近調鶴，雨餘新種魚。更添數竿竹，遮却往來車。

徐淮 一首

淮字愛竹，嘉興縣學生。有《愛竹軒詩》。

宿金粟寺

昨歲曾游此，莓牆墨尚新。雨花長似粟，觀海更無津。下榻便行客，烹茶費主人。時查孝廉寓此讀書。年來稀戰伐，鼍鼓但迎神。鼓係孫權所留。

徐仲選 一首

仲選字華海，一字鶴友，海鹽人。國子監生。有《鶴友詩稿》。

《詩話》：鶴友近體，刻意學陸務觀。

水村

照檻晴光眼未迷，瘦藤斜影度橋西。沙頭白鴨黄鵝睡，籬畔瓜棚豆架低。屋似魚船疏荻繞，亭如僧笠稚松齊。此鄉風景真堪戀，只合攜鉼坐菜畦。

嚴紹宗 一首

紹宗字隨翁，無錫人。有《鳩緣集》。

新秋廷鳴移具小樓待月

秋至杳無跡，颯然風滿林。倚樓羈客思，呼琖故人心。紅葉疏簾冷，青蘋小院深。月明今共賦，心事兩浮沉。

曾元良一首

元良字君山，秀水人。有《烟波集》。

秋柳

俄驚摇落渭城邊，悵望遥隄絶可憐。病葉幾能禁驟雨，柔條猶自鎖寒烟。從教歌院頻翻譜，忍見郵亭更折鞭。凄斷新霜板橋曲，衰荷相伴曉風天。

高秉藻二首

秉藻字友葵，松江華亭人。縣學生。有《潤照堂詩》。

湖堤

舍舘意未安，游覽力已猛。披衣出芳原，蒼翠周四屏。琳宫千百尺，巀嶪吞顥景。蘭若非一居，鱗次若萬井。旋窺大佛寺，却失龍象整。其陽枕江濤，其陰負修嶺。步步異前蹤，行行惜去境。斷橋曾不斷，石堤相與永。緑柳何葳蕤，問之桃與杏。柔颸翦綺縠，密葉含藻荇。群秀欣有託，萬象紛然炳。歎息蘇長公，千載若俄頃。江山不改舊，風月誰爲領。撫景念往昔，令人發深省。

淨慈寺

維艄緑楊岸，爰命理輕策。從者四五人，鈎衣防亂石。南屏鬱岧嶢，琳宫寄崒嵂。杜礎錯互置，棁栱向背出。檻鳳威羽翔，幢龍鱗甲拆。法象有三身，應真計五百。伊昔壽禪師，于此布法席。言詮雖已繁，圓鏡乃歸一。我來祇樹下，髣髴天竺國。碧篠吐笙簧，青松韻琴瑟。口分茵陳飯，手展貝多帙。逆風發栴檀，香氣何馝馞。非無豪士豪，爲憚律僧律。徙倚澹忘歸，山空落紅日。

沈文煇 一首

文煇字履亨，嘉興縣學生。有《瓜田遺稿》。

西莊

乍喜人烟別，都無俗客喧。漸能諳稼穡，不復厭雞豚。仄徑苔梅古，疏籬竹屋存。東塍近僧院，清磬報黄昏。

繆師伋 一首

師伋字孟思，嘉興人。

九日

黄菊東籬下，還逢九日開。今朝尊酒盡，無復白衣來。

周青士云：調合。

顧玘徵一首

玘徵字文玉，嘉興縣學生。有《讀書臺稿》。

感舊

烏衣門巷舊游非，王謝堂前燕子稀。有客有客莫遑處，式微式微胡不歸。乾坤萬里愁雲合，風雨三秋落葉飛。極目天涯誰與語，釣篷思老一魚磯。

嚴焞二首

焞字子尹，嘗熟人。有《南虞小草》。

《詩話》：子尹詩律頗細，如《詠雪》云：「竹上有聲如雨夜，庭中無月亦明時。」令永嘉四靈見之，定把臂入林也。

長相思

長相思，在夢中，自君之出羅幃空。牕前淅淅來朔風，滿天霜雪鳴孤鴻。楓林青兮關塞黑，終然萬里魂難通。長相思，何時終。

初夏偕顧魏二子游西關

散步西郊任所之，雨餘新緑倍濃時。同游此日還同散，明日分飛各不知。

曹臣 一首

臣字野臣，歙人。有《鬼訂集》。

錢受之云：野臣詩冥搜苦索，不由康莊，轉入僻徑。自定其集曰《鬼訂》，以爲非時人所知也。

郝公琰墓下作

郝之壟，今已矣。憶君棄我已三年，一棺裹骨黄泉裏。我欲呼君君不起，慘柏悲松聲聒耳。幾莖瘦草不成叢，是我頻來淚澆死。

湯傳楹 二首

傳楹字子輔，更字卿謀。吳縣學生。有《湘中草》。

倚樓

天影一何澹，空庭無雜喧。暮山隨靄没，黄葉帶鴉翻。無徑不秋草，與鄰同小園。偶然搔首處，竟夕未能言。

渡口别

一水盈盈便渺然，夕陽摇落渡頭船。長堤燈火人歸後，回首西樓盡暮烟。

馮元仲 一首

元仲字次牧，慈谿人。有《天益山房詩集》。

題晏長侍祠

嗚呼晏長侍，石室存道統。上像皇帝三，其左周召孔。宋之四大儒，一一接其踵。峩峩殿三楹，像皆刻石奉。四壁龕者五，分標五經總。古人所未聞，此是我作俑。猗彼何人斯，卓哉儒者勇。

《詩話》：都城西山弘教寺，傳是正德間中貴晏忠所造。寺前有澗，過澗壘石爲門，題曰「道統門」。石殿三楹，上琢三皇五帝三王像，左鑿周、召、孔、孟諸聖賢，右鑿周、程、張、朱諸儒像，別一石龕以藏五經。殿外一石亭，壁列鐘簴、干戚、錢鎛、弁裳之屬，左龍馬，馬毛旋五十五數，具一如《河圖》。右龜，龜甲四十五數，具一如《洛書》。東堂三楹，壁列忠臣龍、比，以下孝子曾、閔，以下若干人。按《元史》泰定二年，中書省言養給軍民必藉地利，世祖建大宣文弘教寺，賜永業，當時已號虛費。今遺蹟已無可考。覩晏公祠石象，禮器制度渾朴，不類明時匠人所鑿。且元於儒、釋初無所分，疑寺即宣文弘教之遺址，晏忠特從而修飾之爾。金華姜給事應甲詩云：「空山石祠堂，落穆跨深壑。肖象古聖賢，高下坐淵漠。殿墀列龜龍，如出自河洛。煌煌先儒語，所爲忠孝作。性理累百卷，題壁見大略。歷覽感吾心，人傳晏公鑿。厥志在尼山，高邈得所託。媿哉彼檀施，釁血塗丹雘。」則竟以爲長侍所鑿，次牧亦沿其誤。至云「古人所未聞，此是我作俑」，不知祠宇列聖賢像始於文翁，踵於趙岐。漢之遺碑若司隸校尉魯恭，荆州刺史李剛從事掾武梁祠，皆有刻石聖賢像，非作俑比也。

丁元公 一首

元公字原躬，嘉興布衣。晚爲僧，號願菴。

《詩話》：原躬負奇，恒與俗齟齬。書畫俱入逸品，兼精繆篆，詩亦不屑作庸熟語。

題畫木芙蓉

吹遏鯉魚江岸風，露條霜蕊一叢叢。謝家池上秋容（一作空。）闊，十里長隄間白紅。

喻應益 一首

應益字叔虞，新建人。

滕王閣

飛閣千年勝跡留，層巒遠水檻中收。萋萋岸緑王孫草，湛湛江平帝子洲。煙樹尚含羅綺怨，風濤不散管絃愁。飄零莫縱登高目，門掩斜陽獨下樓。

馮夢龍 一首

夢龍字猶龍，長洲人。由貢生選授壽寧知縣。有《七樂齋稿》。

《詩話》：明府善爲啓顔之辭，間入打油之調，雖不得爲詩家，然亦文苑之滑稽也。

冬日湖村即事

蒹葭一望路三叉，遥認莊窩去路斜。舟響小溪過蟹舍，屋頹高岸露牛車。輕霜隄柳餘疏葉，暖日村桃早放花。平野蕭條聊極目，遠天寒影散群鴉。

明詩綜卷七十二

小長蘆　朱彝尊　録
虎林　汪泰來　緝評

張銓一首

銓字宇衡，沁水人。萬曆甲辰進士。除保定推官。擢浙江道御史，巡按江西，再按遼東，陣亡。贈大理寺卿，加贈兵部尚書。謚忠烈，有集。

宜春臺眺望

臺以宜春勝，登臨恰仲春。竹風如款客。花氣欲熏人。山色平依檻，江流曲抱城。昔賢棲隱處，覽古倍含情。

張振德 一首

振德字季修，崑山人。萬曆丙辰以選貢知興文縣事。天啓辛酉，死奢崇明之難。贈光禄卿，謚烈愍。

魚兒堡

逖矣南荒地，居然小有天。魚兒沉夾浦，龍洞閟靈泉。耕鑿番歌穩，追呼羽檄連。遠臣憂主辱，未敢賦歸田。

張可大 一首

可大字觀甫，其先孝感人。世襲南京羽林左衛千戶，中萬曆辛丑武進士。歷官都督同知，轉右都督，改南京左軍都督府管府事，鎮登萊。崇禎壬申，吳橋兵變，回攻登州，城陷自縊。謚壯節。

書邊事

無端小草出登壇，壯士徒歌易水寒。枉把全師輕一擲，遂令宿將盡三韓。腐儒誤國由房琯，野老吞聲恨賀蘭。豈是彼蒼開殺運，祇因人事自摧殘。

陸夢龍 一首

夢龍字君啓，紹興山陰人。萬曆庚戌進士。除刑部主事。歷員外郎中，出爲廣西提學僉事。轉江西參議，湖廣副使，貴州參政，廣東按察使。降補河南參議，轉山東副使，調陝西，以參政分守固原道。崇禎癸酉戰死，贈太僕寺卿，謚忠烈。

宿東林寺

禪房獨樹鳥爭棲，月色冥濛霧漸迷。曉起不知山路滑，西風吹雨過前谿。

孫承宗 六首

承宗字稚繩，高陽人。萬曆甲辰賜進士第二。除編修。歷坊局，以禮部右侍郎掌詹事府，拜兵部尚書兼東閣大學士。奉命督師，出鎮山海。加太子太保，尋加少傅，兼太子太傅、文華殿太學士。再加少師，兼太子太師，予告回籍。崇禎二年，仍起督師。又三年，復予告歸。七年，高陽失守，入城南老營，望闕拜，叱持繯者，縊死。贈太傅，諡文忠。有《南陽集》。

錢受之云：公生長北方，游學都下，負燕趙悲歌之節。爲詩不問聲病，不事粉澤，卓犖沉塞，元氣鬱盤。

魏環極云：孫公古風近體，靡不本英分攄。雄才高步作者之林，而究無泥於古。

《靜志居詩話》：先生自任天下之重，盡瘁師中，司馬之檄方馳，樂羊之篋已滿，見危授命，無媿全人。集中《三十五忠》詩，蓋有感於璫禍而作。三十五忠者：趙尚書南星、高總憲攀龍、周侍郎炳謨、楊副院漣、馮副院從吾、何總督士晉、左僉院光斗、李御史應昇、夏御史之令、周中丞起元、繆宫諭昌期、蘇考功繼歐、張尚書問達、汪侍郎煇、丁簡討乾學、鄧中丞渼、袁御史化中、吳總督用先、顧憲副大章、王尚書紀、魏給事大中、鄒總憲元標、王侍郎之寀、周主事順昌、夏文選嘉遇、周御史宗建、周冏少朝瑞、黄御史尊素、劉知府鐸、萬郎中燝、吳御史裕中、張都事汶、趙宗伯秉忠、公侍郎鼐、孟參軍淑孔也。東林之君子已得十八九焉。先生之言曰：「起三十五人于九京，未必人人大有勛烈，而有勛烈者，必此三十五人。」痛惜人才之至矣。

山海關

甲胄詩篇少，乾坤戎馬多。幻仍看海市，壯擬挽天河。塞上人先老，山頭月奈何。群雄驕語日，一劍幾經過。

潮

休嫁弄潮兒，潮今亦失信。乘我油壁車，去向錢塘問。

送友人

山城吹角月婆娑，一派秋聲向客多。已是愁中聽不得，那堪重唱《渭城》歌。

閒圃

閒身終日比雲閒，不爲秋風棲碧山。却訝枝頭雙白鳥，夕陽飛倦未知還。

秋日飲甯氏水亭

孤閣臨流混太清，烟波渺渺抱重城。西風莫卷枯荷盡，醉客重來聽雨聲。

哭門人李元治

海内交游已漸稀，眼前老友幾相依。夜來驚有西園信，淚灑東風滿客衣。

呂維祺一首

維祺字介孺，河南新安人。萬曆癸丑進士。除兖州推官。徵入爲吏部主事，歷員外郎中，告歸。崇禎初，薦起尚寶卿，改太常少卿，進本寺卿提督四夷館，升南京户部右侍郎，兼都察院右僉都御史，總督糧儲，進兵部尚書。流賊陷潁州，都督趙世臣守清流關，兵潰。廷議多咎之，奪職。辛巳洛陽陷，被執不屈，罵賊死。事聞，贈太子少保，尋謚忠節，贈太傅。

南庚即事

往事如譚虎，先憂甚喘牛。自煩前席召，屢切北宸憂。令甲漕難截，呼庚例始留。徙薪君不信，毋乃到焦頭。

劉振之二首

振之字而強，慈谿人。崇禎庚午舉人。署東陽儒學教諭，遷鄢陵知縣。辛巳十二月城陷，不屈，爲賊支解。贈太僕寺卿。有《畫溪近草》《冰壺先生遺稿》。

《詩話》：先生初署廣文日，以忠孝勉諸弟子，題官舍之柱曰「人熱難因，吾鼎可愛」。又曰「一片冰心堪贈友，滿腔熱血欲輸君」。其後捐軀最烈，不食其言。

闞湖即事

秋容到處好，碧水湛晴暉。嶺樹陰逾密，湖雲濕不飛。亭虛山易入，野曠鵲忘歸。戶外塵雖滿，那能上芰衣。

登青笑臺

樓陰倒映水潺潺，簾卷空青鳥乍還。一幅雲林難著筆，半沉半露霧中山。

汪喬年 一首

喬年字歲星，遂安人。天啓壬戌進士。除刑部主事，累官兵部侍郎，兼副都御史。總督三邊，死寇難，贈兵部尚書。

商於懷古

路入商源萬壑回，據鞍懷古思悠哉。茹芝高士墳猶在，徙木姦雄骨已灰。計絶楚援游客詐，詩題秦嶺逐臣哀。古今得失俱陳迹，惟有山花歲歲開。

蔡道憲二首

道憲字元白，號江門，晉江人。崇禎丁丑進士。除大理推官，改長沙。癸未八月，城陷被執，不屈，爲賊所磔。事聞，贈太僕少卿，謚忠烈。有《悔後集》。

《詩話》：江門自序《悔後集》云：「悔後者何？前日妄作詩，今而後悔也。悔後而復有集者何？吾但能焚前日之詩，今日之作且輯之以竢後日之再悔也。」其虛懷可見。詩雖音節未諧，而清婉越俗，如「移竹已抽三尺筍，種桃爭發一庭花」，又「湘水清紫藤，花落魚子生」，皆不失爲佳句。

送堵牧游入覲

十月迎君南，千里送君北。一歲雙酒卮，隨君變顏色。誰能入長安，便無故人憶。下有洞庭上湘江，爲我留君不可得。我在南，君在北，夢相思，見顏色。他鄉飯，君強食。歌再歌，中歎息。

歲暮

美人無信至，歲暮江梅白。家住嶺西東，何處寄相憶。

馮一第 一首

一第字棖公，長沙人。天啓丁卯舉人。崇禎癸未長沙不守，走湘鄉，將乞師酉陽，以圖殺賊。爲賊所獲，斷兩手置營中，一夕死。

野望

江岸閒行處，晴雲澹一天。微風生遠樹，吹送渡頭船。

蔡懋德 一首

懋德字公虞，崑山人。萬曆己未進士。除杭州推官，入爲禮部主事，歷員外郎中，升江西提學僉事，轉浙江參政。累官僉都御史，巡撫山西。太原城破，自經于三立祠。謚忠襄。

月下步朱龍橋

長虹何夭矯，獨跨萬山中。一道來飛練，千林壓冷楓。歸雲奔遠岫，涌月洗寒空。攬袂登高立，憑闌望莫窮。

金毓峒 一首

毓峒字鶴沖，保定人。崇禎甲戌進士。除中書舍人，擢湖廣道御史，監宣大軍。尋奉命督禁旅扼畿南要害，馳至保定，登陴固守，城陷投井死。

早春雜詠

繫馬河濱及早春，鳴鳩乳燕往來頻。故園風景知何似，自媿東西南北人。

范景文三首

景文字夢章，吴橋人。萬曆癸丑進士。授東昌推官，擢吏部主事，歷員外郎中，移疾歸。起太常少卿，尋以僉都御史巡撫河南。升兵部侍郎，轉南京都察院右都御史。尋升南京兵部尚書，坐劾，時相除名爲民。已復起工部尚書，拜東閣大學士。京城陷，拜闕號哭，投井死。初謚文貞，順治初定謚文忠，有《冰餐堂草》。

錢受之云：夢章羸弱，身不勝衣，論詩顧曲，每以江左風流自命。一旦持大議，抗大節，屹然與高陽、定興并峙，崆峒戴斗爲之生色。

陳皇士云：范公詩古直豪邁，稜稜露爽，遇國步艱難，故多悽戾之辭。

《詩話》：啓禎之際秦聲變，而至文天瑞楚調變，而至尹宣子越吟變，而至王季重，正音掃地矣。吴橋博綜舊章，領袖群雅，其詩發揚而不厲，新警而不佻，獨自成家，不飲狂泉之水。

有感

天啓嗣祚年，臺諫氣色盛。憂危叫九閽，所恃上神聖。何來連斥逐，無乃累新政。薄謫亦主恩，敢廢天子命。所虞端一開，庶言疑欲屏。中璫思乘墉，況可授以柄。於惟我神皇，高拱握金鏡。稍稍視下輕，釀成結轖病。今誰秉國成，借之弄機穽。罪人佚顯罰，反憾言官諍。漆室抱深懷，能不心怲怲。尚慎一怒加，撫茲萬邦正。

宿長清署中有感作

古驛昏鴉坐，長塗病馬饑。宵寒停柝早，時亟啓關遲。落月三更信，春風六日期。年年行役苦，兩度已於斯。

過維揚

游子關情處，江空白露秋。客程初問水，旅思怯登樓。非是瞻雲切，還應見月愁。鄉關歸夢裏，一夜下揚州。

倪元璐 一首

元璐字玉汝，號鴻寶，上虞人。天啓壬戌進士。改庶吉士，授編修。歷侍講，南京國子監司業，右中允，左諭德，右庶子，國子監祭酒。升兵部右侍郎，改戶部尚書，兼禮部尚書，翰林院學士。京師陷，自縊死。初謚文正，定謚文貞。有《憶草》。

《詩話》：曆日之頒，明太祖定於九月之朔，其後改十一月朔，繼又改十月朔，遂爲定制。是日帝御殿，比于大朝會，士民拜于廷者，例俱得賜。倪尚書天啓中賦頒律詩，最爲典重。他詩過於新奇，不然也。尚書晚築室于紹興府城南隅，牕檻法式，皆手自繪畫，巧匠見之束手。既成，始歎其精工。時方患目疾，取程君房方于魯所製墨塗壁，默坐其中。堂東飛閣三層，扁曰「衣雲」，凭闌則萬壑千巖皆在舄下。適石齋黄公至越，施以錦帷，張燈四照。黄公不怡，謂國步多艱，吾輩不宜宴樂。尚書笑曰：「會與公訣爾。」既北行，遂殉寇。難閣順治初尚存，曩嘗攜舍弟千里暇輒登焉，今已鞠爲荒草矣。

皇極門頒曆作

鳳闕開彤旭，猊爐散紫烟。六階齊度緯，七政轉璣璿。甲曆龍躔改，寅賓象魏懸。明時功在革，資始義承乾。黑帝威初試，青皇位早傳。周官新月令，甘氏舊星篇。人繼羲和後，書成蓂莢前。庚先三日戒，貞下一元旋。圖籙符垂赤，干支德應玄。興王惟省歲，太史又編年。賜出黄星曜，披看緑字鮮。因知天曆數，如日起虞淵。

孟兆祥 一首

兆祥字允吉，交河人。天啓壬戌進士。除大理評事，升吏部主事，歷郎中。謫行人司副，尋遷光禄寺丞，轉少卿，左通政，太僕卿，通政使，官至刑部右侍郎。甲申三月，守正陽門，城陷，不屈死。贈尚書，初謚忠貞，定謚忠端。

《詩話》：孟公峻節自樹，取忤中璫。卒殉節于正陽門。子章明顯之，以進士觀政吏部，視公殮畢，亦自盡。時論翕然，以爲三百年特見之事。初贈河南道御史，謚節愍。順治九年定謚忠僖。其詩文惜無存。

硤石

硤石分秦險，郵亭日欲低。未知山近遠，已失路東西。遠水看烟起，深林畏鳥啼。鳳城何處是，彌望草萋萋。

淩義渠一首

義渠字駿甫，烏程人。天啓乙丑進士。除行人，選授禮科給事中。歷兵科都給事中，升福建右參政，轉湖廣按察使，山東右布政使，入爲大理寺卿。京師陷，自經。初謚忠清，定謚忠介。有《使岷稿》。

《詩話》：凌公詩義，見者解頤。嘗與閔文學元京共排《纘湘烟録》，董上舍斯張稱其冷豔畢臚，比之吳均《入東記》。及官禮垣，封事四十餘上，皆切中時弊。温輔以吏才稱之，轉外。温既謝政，入爲大理。臨難之頃，從容就義。惟悉取平生撰述焚之，爲可惜也。公清介特甚，田廬一無所遺。身後二十餘年，猶未井椁。江都吳綺園次守吳興時，夫人閔尚存，園次肅拜堂下。秋深矣，尚衣葛衣練帬。退而歎息，恒以鹽豉魚菽遺之。且卜地葬公于驥村之北，爲文祭之。

鄴中詩

微風入樹冷修修，漳水依然咽舊流。何處高樓思落月，久傳疑冢有荒丘。佳人南國經春鎖，公子西園愛夜游。最是英雄多感慨，當歌今日好銷憂。

施邦曜一首

邦曜字爾韜，餘姚人。萬曆己未進士。武學教授，遷國子監博士。歷工部主事，員外郎中。出知漳州府，升福建參政。轉四川按察使，福建右布政使，南京光禄寺卿。擢左副都御史。殉國難。初謚忠介，定謚恭愍。

《詩話》：浙人不幸，萬曆以來執政者，前有四明，俊有烏程德清，以是朝士不附東林者，槩目之曰「浙黨」。此指一時阿比執政者而言則可爾，東林諸君子全倚浙人助之。人品蓋棺論定，試觀建文壬午、崇禎甲申殺身成仁潔己自靖者，惟浙爲多。順治九年，定謚甲申殉難文臣計二十人，而浙居其六。繼此授命者，更難悉數。「浙黨」之目，庶幾可以一洒矣。恭愍從容自經，書其案云：「慚無半策匡時難，唯有孤忠報國恩。」蓋初不以詩名而自饒方格。

暮望

返照開西嶮，穿林度遠塘。卑枝散高影，遠岫駐餘光。城市歸人急，江天宿鳥忙。自傷遲暮客，日日送殘陽。

馬世奇 三首

世奇字君常，無錫人。崇禎辛未進士。改庶吉士，授編修。累遷左春坊左諭德，兼翰林院侍講。甲申京師陷，自經死。初謚文忠，定謚文肅。有集。

陳皇士云：公詩春容穠麗，居然唐人風格。

《詩話》：馬公清德，奉使諸藩，餽贈一無所受。比還朝，夢中吟文信國詩「從今别却江南日，化作啼鵑帶血歸」，蓋殉國之志已素定，故先兆于夢云。

秦淮曲

萬騎南巡正德年，内家前隊鐵連錢。白衣舞罷乘鸞去，應有霓裳曲未傳。

贈曹元宰守漳州

靈查秋泛海天凉，五夜心懸燕寢香。總爲至尊憂社稷，漢臣何必薄淮陽。

贈鄭少府之任

宦薄無妨吏隱尊，清風一拂百年存。流移滿目誰堪繪，念爾監門舊子孫。

周鳳翔 一首

鳳翔字儀伯，紹興山陰人。崇禎戊辰進士。改庶吉士，授編修。遷南京國子司業，歷左春坊左諭德，兼翰林院侍讀。都城陷，自經死。贈禮部右侍郎。初謚文節，定謚文介。有集。

陳皇士云：公詩清灑，無館閣穠重之習。

《詩話》：甲申三月之變，文介授命獨遲，十九日城陷，語吳莊介云：「臣子義在必死，然必一視大行殯宮，縞素慟哭，方可無憾爾。」二十一日赴東華門茶棚下舉哀，復匍匐至邸自經。絶命詩云：「碧血九原依聖主，白頭二老哭忠魂。」時親猶具慶也。於時大學士宜城丘公瑜集議朝房，俄而賊入，亟走民家自縊。爲旁人所持，不死。次日賊蹤跡得之，挾入窩舖，求死不得。賊帥劉宗敏刑辱備加，猶嫚罵不屈，伺守者稍懈，乃就縊。論者責其濡忍，至受群盜之侮，不得與忠臣之列。文介東華之哭，既不受賊帥之拘，而萬舌一辭，免腐儒吹疵之論，是天所以成公大節，而公之素行交孚于鄉國故也。不其難哉。

舟中聞雁

一葦秋橫渡，三江雁引群。北來應幾日，消息可相聞。嘹唳孤雲迴，蕭疏夜色分。當前渾欲訴，木葉落紛紛。

劉理順 一首

理順字湛六，杞縣人。崇禎甲戌賜進士第一。授修撰，升左中允。甲申殉國難，初謚文正，定謚文烈。有《劉文烈公集》。

陳皇士云：考宋元以來狀元及第死事者，於宋得三人：何㮚、文天祥、陳文龍。於元得三人：李黼、泰不華、李齊。而明有五人，靖難之時則有黄侍中觀，土木之禍則有曹文忠鼐，北京之變則有劉公，而浙東有余庶子煌，江右有劉中允同升，先後皆死國事。此亦科名人物之盛，軼於前代者也。

《詩話》：劉公退朝，賊騎猝入，回寓舍書曰：「成仁取義，孔孟所傳。信公踐之，吾何不然！」暨其妻妾并縊。可謂不負科名矣。詩多直抒胸臆，不爲體格所拘。

錢塘江遇雨

微雨來江上，濛濛曉未收。故園千里隔，客夢一身浮。烏臼家家樹，魚榔岸岸舟。觀濤無不可，須上幾重樓。

吳麟徵二首

麟徵字來皇，號磊齋，海鹽人。天啓壬戌進士。除建昌府推官，丁憂起補興化，徵拜吏科給事中。歷都給事中，升太常寺少卿。京師陷，自縊。初謚忠節，定謚貞肅。有集。

《詩話》：磊齋在八舍，知無不言，又明於當世之務，不茹不吐。奈與執政齟齬，不用其謀。嘗與伯兄石匏書云：「朝廷之是非臧否無恒，而所號爲正人，專以門戶聲氣爲事，疆埸事日益決裂，安之若固，然惟一人焦勞於上而已。」又云：「近日用人，倏更倏換，當事全無確見。惟覘上意所在，其餘議論紛紜，封疆事所以日壞，良可歎也。」又云：「宜興敗後，大獄頻興，士大夫幾無生氣，而言路更甚。弟幸免風波，然欲積誠以冀匡救之萬一，則未可得也。」又云：「闖賊破潼關，直抵西安，秦督三萬師一潰無餘。獻賊破長沙，進逼袁州，江浙震鄰，吾鄉恐未能安枕。天下事有不忍言者，子姪輩敎以敦厚，毋事浮文，爲善于鄉黨足矣。」其言一一切中時弊。

臨終處置家事各有條理，從容不亂，尤人情之所難能。詩不甚敦琢，其工者每涉傷時。存其二首，吉人之言不在多也。

送王昆華前輩使節歸省由楚入滇

益部占星信，桐圭展萼親。水瀠湘畹碧，山入點蒼新。休沐西南里，諮諏遠近人。潘輿聞送喜，日望使車塵。

李子德云：全首清穩。

走筆招友人飲

玄亭今在否，竹馬舊過尋。尚憶人如玉，那禁雪滿簪。平湖秋水闊，板屋夜燈深。莫更疏還往，相看歲暮心。

送葛無奇侍御按粵

刺桐花發粵山青，一路争看豸繡經。回雁峰南望天北，五雲長傍使臣星。

汪偉 一首

偉字叔度，江寧籍休寧人。崇禎戊辰進士。除慈谿知縣，選授翰林簡討。甲申三月死國難，贈詹事府詹事。初謚文烈，定謚文毅。

旅次述懷

于役逢蕭序，停鞍已夕春。酒餘忘逆旅，湖外憶高蹤。挂壁留殘火，披衣候曉鐘。故園今漸近，白岳有雲封。

沈山子云：大曆十子遺響。

吳甘來 一首

甘來字節之，瑞州新昌人。崇禎戊辰進士。授中書舍人，擢刑科給事中，歷戶科都給事中。甲申死寇難。初謚忠節，定謚莊介。

《詩話》：思陵死社稷，周文介欲哭殯宮而後死，莊介口然其言而亟歸寓自縊。時因哭殯宮而受榜辱者，葢不止丘輔一人，是則莊介之識遠也。甲申之變，諫垣數一人，或竄或辱，或汙僞命，死節者僅莊介一人。假踐文介之言，安知不與丘輔同其辱乎？君子論吳、周兩公之死，則先時者得其正矣。

經彭澤

亦有東籬菊，何人尚隱居。夕陽催進艇，殘夜擬焚魚。物變看多異，名高謗未除。懷歸無長物，猶有一牀書。

許直 一首

直字若魯，如皋人。崇禎甲戌進士。除義烏知縣。以母喪歸補惠來，選授吏部主事，歷員外。甲申三月死國難，贈太僕卿。初謚忠節，定謚忠愍。

絶筆

投筆翻然辭世行，老親幼子隔幽明。丹心未雪生前恨，青簡空留身後名。

王章二首

章字漢臣，武進人。崇禎戊辰進士。除諸暨知縣，調鄞縣，徵授工部主事，選陝西道御史，以憂歸。服闋補河南道御史。京城陷，死之。初謚忠烈，定謚節愍。有《公餘草》。

《詩話》：王公赴義最烈，《公餘草》詩一卷，序者以「吉光一片」喻之。是年御史盡節者三人，公與鄞陳公良謨、零陵陳公純德也。聞有昆明趙譔字鎮所，天啓甲子舉人，除貴州龍泉知縣，以禦土寇功行取擢四川道御史。巡視中城，城陷，爲賊所械。瞋目大罵，賊刀仗齊下，殺於白帽衕衕。其死與王公相類，而遠方乙科無人爲之請卹，國史野紀闕焉，僅見於陳氏兩朝遺詩小傳，特附書之。

聖駕閲城

秋色當樓滿，崇闉奠帝居。虎門横雉堞，鳳吹導龍輿。峻坂雲臨近，封泉地絡舒。翠華回蹕處，高舞徧丹除。

讀書篁川偶詠

竹裏起茶烟，白雲堆滿屋。何處桔槔聲，園丁灌花木。

成德 一首

德字元修，懷柔籍霍州人。崇禎辛未進士。榜姓張，有旨復姓。除知滋陽縣事。被逮杖謫，久而赦還。補如皋知縣，入爲兵部主事，轉員外郎。甲申殉國難，贈大理寺卿。初謚忠毅，定謚介愍。

《詩話》：元修牽絲作令，不善事上官，爲守所揭，巡按以貪酷。聞被逮按臣及守，温輔私人也。元修母張具本聲冤於朝，隨温輔肩輿詬駡。温輔恚甚，言於思陵，杖之午門前，下錦衣衛獄。發遣時，留家人居順義。城破，衆爭匿地窖中，元修父文桂曰：「豈可男女雜入一窟中乎？」賊至，遂遇害。一妹二妾皆自經。及甲申就義，母張暨一妹一妾亦俱縊焉。絶句一首，蓋謫戍日太行道中作也。

絶句

出山已定盟心語，作令須思遣戍時。但卷琴書賦歸去，莫因狗禄乞身遲。

金鉉 一首

鉉字伯玉，留守前衞籍武進人。崇禎戊辰進士。選揚州府學教授，入爲國子監博士，升工部主事，尋改兵部。甲申殉國難。初謚忠節，定謚忠潔。有集。

《詩話》：思陵之去閹黨，無異拔山，曾不數年，命張彝憲總理户工二部錢糧，出帑金別建公廨，俾諸司以屬吏之禮見。金公再疏陳其不可，謂以陛下迪簡之臣，而令其磬折傴僂於刑餘之子，不亦羞朝廷而辱當世之士邪！思陵卒不允也。中官借驗火器，劾公落職，公笑曰：「吾去官遠此輩，如脱蟣蝨垢膩之衣，豈不愉快？」遂與諸弟講古文辭，尤精研《易》理。壬午七月晦，讀邵氏書，題其後曰：「甲申之春，定我進退。進雖遇時，外而弗内。退若苦衷，這而弗滯。外止三時，遠不卒歲。優哉游哉，庶畢吾世。」又語其弟曰：「吾平生寡所好，視弃官如揮涕唾。今以巡城，每過御河輒留連不能去，何也？」卒沉於是，從彭咸之所居。公志蓋已先定矣。

拜文信國祠下

復姤自天運，臣道無終窮。殉節士所恒，寧足矜子功。偉哉一文士，毅然任即戎。棘行若履坦，所在吟凄風。一息苟可奮，安忍即瘖聾。九死固所甘，但惜炎運終。堪嗟生祭者，不足語微衷。

申佳胤一首

佳胤字孔嘉，永年人。崇禎辛未進士。除儀封知縣，擢吏部主事，轉員外。降南京國子監博士，遷大理寺副，升太僕寺丞。都城陷，投井死。初謚節愍，定謚端愍。有《君子亭集》。

《詩話》：申公循吏，治最。中州及考牧近畿，聞寇逼居庸，郡縣望風奔潰。或勸毋入都，慷慨流涕曰：「固知京師不支，如天子孤立何？」疾馳以入，時三月十二日也。徧謁大臣畫戰守策，皆不省。城陷自投王恭廠井中。其詩娟秀，不囂不浮，近劉半舫一派。

贈郭子

下榻留征騎，燒燈共客吟。萬金烽火信，一夜故園心。世事風塵老，交情契闊深。此行須鄭重，兵氣滿山岑。

王與胤 二首

與胤字永錫，一字百斯，濟南新城人。崇禎戊辰進士。改庶吉士，授湖廣道御史，巡視河東鹽課，陝西茶馬，應天學政，引疾歸。甲申四月，聞京師陷，暨妻子登樓齊縊死。有《隴首集》。

陳伯璣云：侍御以建言忤執政，蕭然歸里。聞難之日，不以在野緩須臾之死。即其短歎微吟，已可知其嚴氣正性。

紀伯紫云：先生忠孝大節，日月爭光。詩集僅存，猶足挾風霜而鏗金石。

《詩話》：新城王氏，科第最盛，盡節死者亦最多。崇禎五年，吴橋兵變南趨時，則保定同知象復暨其子舉人與夔死焉。十五年，城再破時，則貢生與朋暨、其子舉人士熊、生員士雅死焉。至是，侍御暨妻子孺人子士和又死焉。王氏之門，才甲一世矣。

對餅梅作

鄉思那可禁，况復逢驛使。念我欲歸時，已結垂垂子。

西羌雜詩

紇干山下少人過，大將行師按突何。袖裏尚餘三尺練，歸來生繫角斯囉。

王士和 一首

士和字允協，御史與胤子。新城儒學生。

《詩話》：允協死不違親，與孟忠僖比烈。其妻於崇禎壬午城破時，先自經。忠臣孝子烈婦萃於一門，尤難得也。

絶命詞

痛余生之不辰兮，天滅我之立王。我父母一聞之兮，涕滂沱以彷徨。以身狥國難兮，維千古之臣綱。嗟反面而事讎兮，方臣妾之未遑。哀世溷濁兮，四維不張。大地無容身之隙兮，願隨我父毋歸于帝鄉。

許琰 一首

琰字玉重，長洲縣學生。贈五經博士。

《詩話》：玉重青衿，未受一命，無必死之義，而忠憤奮發。始縊于家，隨縊于福濟觀，皆爲人救解。復投胥門城壕，時潞王舟泊城下，遥望見之，亟命水夫掖起。抵家聞哀詔，至宛轉悲號，賦詩有「一箇書生難殺賊，願爲厲鬼效微忠」之句，絶粒七日而歿。先玉重死者，北京布衣贈中書舍人湯文瓊，聞帝崩煤山，書衣帶云：「位非文丞相之位，心則文丞相之心。」慷慨自殺。又聞金陵有丐者，聞北京變，搏膺大哭，赴百川橋下死。謝康樂詩所云「本自江海人，忠義感君子」是也。

妾薄命

妾本名家子，幼小受人憐。感君明珠贈，含羞意不前。左手執書策，右手揮鳴絃。皎皎明月光，苦憶嘗纏緜。恩情恨不久，韶華無盡年。忍作待嫁衣，甘爲他人妍。君故未相知，妾意殊不然。有聲當徹天，有淚當徹泉。待醒深閨裏，風光寧久懸。

王行儉 一首

行儉字質行，宜興人。崇禎丁丑進士。授南京戶部主事，歷郎中，出知荆州府，改重慶。甲申六月死寇難。

《詩話》：張獻忠奪佛圖關，用火具攻重慶時，漢中已破。瑞王來奔，關南道陳纁及隴右士大夫挈家從之。城既陷，賊俘巡撫陳士奇、知巴縣事王錫暨太守王公，縛之演武場將殺之。俄而雷電晦冥，獻忠對天詬曰：「我殺人與天何涉？」架飛礮向天齊擊之。既霽，諸公皆遇害。事載婁東沈荀蔚《蜀難紀略》。

軍中口號寄諸弟

重關烽火陣雲寒，回首鄉園道路難。忽憶高堂清淚落，還將尺素報平安。

沈雲祚 一首

雲祚字予凌，太倉人。崇禎庚辰進士。除華陽知縣。甲申死寇難。有《似郊居存稿》。

塗中悼亡

一水東歸百里津，每逢風雨便傷神。而今帷帳辭秦淑，誰憶江邊行路人。

尹伸 三首

伸字子求，宜賓人。萬曆戊戌進士。授承天推官，入爲兵部主事，歷員外郎中，出知西安府致仕。起補陝西按察副使，歷河南左布政使，尋遷太常卿。張獻忠陷成都，被執，罵賊見殺。

得黔報寄示兩子

仕宦通黔籍，時比於放流。頃者因戎馬，反名才見收。我昨權出處，曾慮當見投。未即猨奔林，已同鷹在韝。衰年履瘴鄉，病軀親戈矛。中子不樂聞，況使老妻憂。惟余性頗達，死生同一漚。炙額兼噴鼻，壯夫昔所羞。苟能了二甗，未必無一籌。世法今頗解，勉師老氏柔。冠軍當辦戰，都護或深謀。聲靈仗英主，小醜何足劉。虔勤奉簡書，功利不敢求。畸人儻天幸，爲我營菟裘。

敘南曲二首

七星歷歷面烟鬟，千佛巖頭翠岫班。水合雙江波浪闊，浮來塔影是東山。
鎖江北渡入涪溪，亂石叢篁路欲迷。太史遺文殘碣上，武侯荒廟夕陽西。

孫士美一首

士美字公粲，松江華亭人。天啓辛酉舉人。知深州事。崇禎戊寅十一月，州城被圍，力盡，死于官。一門殉難者十有三人。事聞，贈太僕寺卿。

守城作

鐵騎繞孤城，烽煙勢未平。君親本至性，南北總關情。地下難熏鼠，原頭絶救兵。一作「此日魚書急，何時鶴唳清」。寄言青史筆，莫載罪臣名。

王佐聖 一首

佐聖字克仲，一字魯生，長洲人。萬曆壬子舉人。除知遵義縣事。崇禎壬午城破，死于難。有《緘庵詩鈔》。

《詩話》：明季用人，專拘資格，吏部除目，乙科多投之遠方。如張公季修、王公克仲、劉公而强、馮公棖。公殉節皆最烈，豈惟千佛名經中人始可入《顯忠録》邪。

幽蘭篇送黄子羽應召入京

芳蘭生空谷，託根何孤清。恥與群卉伍，修然挺素莖。日月沐秀華，雨露滋芳英。一朝辭中阿，以之植蓬瀛。風姿益娟妙，紉佩當瑶瓊。允矣王者香，不隨蕭艾榮。

蘇瓊 一首

瓊字赤友，石埭人。崇禎甲戌進士。除知景州，移瀘州。張獻忠寇蜀，死于難。有《青城先生詩略》。

淮陰釣臺

駐馬淮陰道，王孫劇可憐。已無諸母漂，猶剩一臺偏。試問藏弓日，何如把釣年。我來倍惆悵，片石立寒煙。

吳爾塤四首

爾塤字介子，崇德人。崇禎癸未進士。改庶吉士。李自成陷京師，從賊中脱歸，依史可法軍，死揚州之難。有《滋蘭堂初集》《聶許堂遺草》。

《詩話》：先生間道潛行，依史閣部軍中，以身許國。遇鄉人祝孝廉淵南還，斷一指裹家書中，遺其親。誓不空返，卒死於兵。平居曾撰《死臣傳》，目曰仁書。傳有小序，各繫以古人，曰湛身，曰焚，曰炮烙，曰炙，曰自剄，曰不食，曰閉口，曰雉經，曰扼吭，曰立槁，曰沒陣，曰觸，曰墜，曰鴆，曰烹，曰葅醢，曰臠，曰斬，曰車裂，曰磔，曰鋸，曰囊撲，曰剥，曰剖，曰拉，曰杖，曰笞，曰鎚擊，曰刺，曰幽，曰凍，曰疽發背，曰慟哭，統論之曰：「諸死者或假手於人，或憤激自裁，或罵賊畢命。身死主痦者有之，身死敵懼者有之，身死家破者有之，身死名榮者有之。要與禽息烏視者遠矣。」其曰：「被犀甲，操吳戈，氣之雄，騰天河。鶩廣野，捐愛戚，志之決，頭匪恤。

我心赤，我血碧，長城雖壞，白虹貫日。」則先生自道也。先生之死，有故人殮其尸而寄棺於佛寺，寺燬於兵火，棺亦熸焉。其家函所寄指，葬之四明。葛編修世振入之《昭忠録》，并銘其墓。

我行其野 三章

我行其野，石田嶙峋。荒原黯澹，夐不見人。黄埃接天，有狐侁侁。陰風吹車，虜掣其輪。
相彼征駒，尚求果腹。嗟我人斯，終朝無禄。螟螣之生，不遺荏粟。哀哉雁戶，載行載哭。
我丁匪辰，紛此百罹。寇訌于郊，僉曰撫之。惟憸人是咨，俾大璫是司。我行其野，告哀以詩。

秋風辭

秋風颯颯兮切素肌，華林摧謝兮蛩螿啼。綺席陳兮清歌闌，美人去兮何當還。羽蓋飛兮龍媒乘，發激楚兮《箾韶》鳴。采三秀兮餐玉英，思緜邈兮遐征，歲華荏苒兮何時平。

明詩綜卷七十三

小長蘆　朱彝尊　録
淮陰　楊開沅　緝評

黄端伯五首

端伯字元公，建昌新城人。崇禎戊辰進士。除寧波推官，改杭州，歷禮部郎中。南京既下，死于市。有《瑤光閣集》。

《靜志居詩話》：元公近體瀏亮，雖注意逃禪，都無蔬筍之氣。《絕命辭》云：「欲識分身處，刀山是道場。」靈運可以作佛矣。

從軍行二首

萬里長城北，蕭條白草荒。風沙吹不去，秋色正茫茫。日冷行空壘，天低壓戰場。別來一回首，何處是家鄉。遼落蕭關外，陰風萬馬肥。至今勞北顧，何敢念東歸。列戍傳金柝，寒沙卧鐵衣。戰場春不到，白雪作花飛。

山陰道中

夙昔流觴地，回溪曲曲盤。遥憐沙月迥，漸覺海天寬。暮色横烟暝，春陰閣雨寒。自耽泉石趣，無夢到長安。

建德道中

青天霜氣迴，匹馬立平沙。遠道風千里，寒城月萬家。亂山盤徑險，深樹引堤斜。夙昔悲秋意，偏於作客賒。

夜泊龍湖登仙居閣

閣夜鳴風迅，江天度月寒。石林幽獨到，沙路暝相看。倒樹斜懸壁，驚濤急下灘。長懷仙境勝，便欲棄儒官。

徐汧 一首

汧字九一，長洲人。崇禎戊辰進士。改庶吉士，授簡討，歷贊善諭德庶子，升少詹事。家居投水死。

三月十九日

珍饌精鏐賜講筵，每逢令節主恩偏。十章書未陳金鑑，九逝魂猶戀細旃。社稷風雲誰奏曲，園陵霜露已經年。龍髯回睇橋山遠，玉匣珠襦不忍傳。

顧咸建 一首

咸建字漢石，崑山人。崇禎癸未進士。除錢塘知縣。死于官。

詠落葉

杖策滄江思不禁，乍逢搖落一驚心。迎風野鳥當枝坐，泣雨寒蛩抱葉吟。掃徑空餘千樹曉，卷簾獨對萬峰陰。幽居一夜聽蕭瑟，片片隨流不到林。

陸培 一首

培字鯤庭，仁和人。崇禎庚辰進士。除行人。家居死難。

《詩話》：大行風概自持，卒蹈桐隖之節。曩與陳公朱明，以文社不相能。大行既就義，陳公亦赴越江以死，曰：「吾生，何面目見鯤庭於地下？」今兩公并祀忠烈祠。

絶命詩

誰謂朝廷一命輕，行人使節本皇明。春秋官敘諸侯上，周禮班從司馬名。雍國尚慚收采石，荆胥無計泣秦兵。蕩陰徒有濺衣血，烈帝孤臣恨未平。

祁彪佳 一首

彪佳字幼文，紹興山陰人。天啓壬戌進士。除興化府推官，選授福建道御史，巡按蘇松。改南京畿道，以大理寺丞轉巡撫應天都御史。謝病歸。乙酉閏月，自投寓園池中死。

《詩話》：祁公美風采，夫人商亦有令儀。閨門唱隨，鄉黨有金童玉女之目。其司理莆陽也，慮閩人語近侏離，預遣人潛往買二粗婢，詢其鄉音。及升廳事，胥史多操土語侮公，公佯不知。浹旬後，按籍遍召在官，人至，一一聲其罪。衆驚，以爲神。迨入爲臺諫，即進封事，略云：「凡文武内外大小諸臣，必使之安其位而後各盡其心。邇來六卿九列之長，詰責時聞，引罪日見，因而周章急遽，救過不遑。竊恐當事諸臣悚於嚴旨，冀以迎合揣摩，善保名位。臣所慮於大臣者，此也。人材中下參半，藉上感發其忠義，鼓舞以功名。今司道有司，或欽案之累由人，或錢穀之輸未足，降級住俸，什居二三，必至苟且支吾，急功赴名之心不勝其掩罪匿瑕之念。

臣所慮於群臣者，此也。陛下聞鼓鼙而思將帥之臣，儻得真英雄即推轂設壇，夫豈爲過？一或獎拔之術未盡，則冒濫之竇將萌。臣所慮於武臣者，此也。陛下深懲惰窳，特遣内臣撫按之，事多令監視，正恐同罪同功，反使互蒙互蔽。開水火之端，其患顯；啓交結之漸，其患深。臣所慮於内臣者，此也。」其言切中思陵時弊，故其後亡國，卒由此數端云。公嘗治別業于寓山，極林壑之勝。乙酉閏月六日，坐園中，題其案曰：「圖功爲其難，潔身爲其易。吾爲其易者，聊存潔身志。含笑入九泉，浩然留天地。」又書曰：「已治棺寄戢山戒珠寺，可取以斂我。」是夜兄子鴻孫侍側，夜分不寐，公第曰：「君子之愛人也以德。」逮鴻孫倦隱几，步至放生碣下，投水。昧旦，猶整巾帶立水中。子理孫、班孫葬之園旁，舍池館爲寺，塑公像于堂，至今存焉。

豐莊

爲愛農家樂，莊居築圃場。秧鍼霑雨足，稻子過風香。北郭依桑樹，東皋接藕塘。主人多種秫，春酒足壺觴。

劉宗周 二首

宗周字啓東，紹興山陰人。萬曆辛丑進士。授行人，遷禮部主事。歷光禄寺丞，尚寶少卿，太僕少卿。引疾歸。尋補右通政，削籍。起順天府尹，再引疾歸。起工部左侍郎，以左都御史掌都察院事。乙酉六月，不食死。有《蕺山詩集》。

《詩話》：先生家居，恒服紫花布衣，士大夫爭效之，布爲長價。吴江趙士謂知會稽縣事，嘗問先生疾，造榻前，出而歎曰：「豈意今日得覩管幼安。」萬曆丁巳，京察議及先生，士謂時爲考功郎，爭曰：「劉大行之清修，人所不堪。此士謂之所親見者，乃止吾鄉。」吴太常磊齋於天啓壬戌登第之前，夢一隱者誦文信國「山河破碎風漂絮，身世浮沉雨打萍」之句，問其姓名，曰劉宗周也。太常不省。時念臺先生以儀曹郎知貢舉，相見驚訝，其後交契靡間。甲申之變，太常死之。逾年先生里居，絶粒旬有四日而終。遺詩云：「信國不可爲，偷生豈能久。」予嘗造先生廬，堂不過十笏。京兆干旌尚存思陵曾賜勅云：「蔬食菜羹，三月不知肉味；敝衣羸馬，廿年猶是書生。」先生當之，信可無怍。

出通州用友人韻

策蹇何所之，遭時亦云厄。一步一回首，四郊營壘迫。大道宜如矢，青天萬古闢。從此遂已而，身後令人惜。

酬别長安故人

弱柳千章鎖鳳樓，春風送客不勝愁。杜門重憶十年病，束髮誰先天下憂。銷鑠壯心吾自老，傍徨岐路子何求。却教空谷傳驪唱，落日浮雲滿帝州。

温璜 一首

璜初名以介，字于石，烏程人。崇禎癸未進士。除徽州府推官。乙酉六月死于官。有《貞石堂集》。

《詩話》：温公少孤，母陸孺人鞠之。破屋一間無帷帳，姑沈病且餓，同坐卧一板箱，種火煨粥以爲食，教其子讀書。姑卒，孺人哀毁如子。天啓七年，公請于有司，聞于朝，詔旌其節孝。又一十八年而公成進士，年六十矣。司李徽州，聞國難，恒引佩刀歎曰：「此身當付汝。」及城破，先殺其女寶德，次殺妻茅，妻女皆延頸就死。乃自刎。公初名以介，注名復社第一集，不以兄在相位見擯于清流。後禱夢於于忠肅祠，夢忠肅語之云：「子不當名以介，宜更曰璜。」遂更焉。陸孺人著有家訓行於世。

寄友

靈隱峰前手暫攜，千章新緑子規啼。眼邊流水春重到，别後停雲思幾迷。俯聽露珠傳點畫，驚聞藥裹急刀圭。殷勤簡付遺方法，茹澹安緣緩杖藜。

左懋第 一首

懋第字仲及，萊陽人。崇禎辛未進士。除澄城知縣，選授户科給事中。歷刑禮兵三科，升太常少卿。巡撫都御史，以兵部右侍郎兼都御史督師河北，充通問使。不屈誅。

《詩話》：左公將北行，貽書姜給事埰，大略謂：「國遭大故，二東不聞有斷頭穴胸以報故君者，彼鄒魯仁義之稱安在？懋第此行是懋第死日也。」既入燕，卒以閏月十九日死于市。新城王尚書士禛《池北偶談》云：公母徐寧海儒家女，甲申京城陷，從子懋泰載以歸。行至白溝河，仰天歎曰：「嗚呼，此張叔夜絶吭處也。」呼懋泰前，責以不能死國，且曰：「吾婦人，身受國恩，不能草間偷活。寄語懋第勉之，勿以我爲念。」言訖而死。蓋出都不食已數日矣。是母是子，前史亦不多見。

道上

歸鴻昨夜過，紅葉見秋深。念我籬邊菊，思君石上琴。舍車眺水色，倚樹聽風音。舊業荒東海，悠悠此際心。

徐石麒十五首

石麒字寶摩，青浦籍嘉興人。天啓壬戌進士。除工部主事，削籍。崇禎初起補南禮部，尋改吏部。升南尚寶卿，應天府丞，歷吏部尚書。有《可經堂集》。

《詩話》：冢宰歸田之日，築堂于郡，榜曰「可經」。人不解其故。及乙酉城被圍，公度必不能守，步自東門入，城破，自經于堂。始信公之就義立志已久，蓋與昔賢「止水」之意脗合焉。公古今詩俱新警，不作規橅蹈襲之語。鍾嶸《詩品》以「落花依草」喻丘遲，公實似之。

贈同鄉朱六符

予本同圃蒿，飄在天一端。咫尺枌與梓，邈若霄漢間。翔鳥憩前林，猛虎戀故山。傷兹遠游客，中夜積悲歎。忽遇故鄉友，驚喜相盤桓。把臂問舊事，耆舊半摧殘。憂根長愁條，淚下如奔湍。樽酒非不旨，安能起沉歡。幸君到故園，爲我傳平安。

憩古墓作

郊游無名山，荒丘且踏屣。古木既叢叢，豐草亦靡靡。隔葉隱幽禽，清音啼不已。石馬被文蘚，翁仲夾而侍。不能驅牛羊，朝暮齧其址。此中陳死人，井槨安足恃。所以楊王孫，裸身無乃是。

送錢車駕左遷歸里

依依鍾山雲，坦坦石城道。驅車出龍關，送我昔所好。舟子且停橈，聽我歌草草。巧仕有剡才，置身青雲表。夫子天下士，紉佩祇蘭藻。忽失上官意，飛章注下考。粲粲當塗子，片言由意造。散宜策獻姝，季路曾請禱。奈何堅弗應，深文任顛倒。平生久要者，棄置迹如掃。豈曰無蹇修，洵美非吾寶。長嘯《歸去來》，形容豈枯槁。君家錫山下，門逕鬱蘿蔦。雲乳發洌泉，雪花散香稻。潔白養高堂，此樂詎可討。臨别重躊躇，申言豁懷抱。

謝劉太史湛陸惠詩

予曾過大梁，臨風懷伊摯。秉耒耕莘疇，遽抱唐虞志。一民不時雍，内溝發深思。此道久已陳，夫子願躬試。文行動至尊，頭龍親簡置。既窮太乙奇，復發鴻寶祕。早晚宜相麻，天下乃得治。麒也呰窳人，所受盈其器。承乏白雲省，爰書失聖意。投荒分所宜，而況僅播棄。譬如纍碁者，纍高勢自墜。烽火滿近郊，逐臣正遷次。感君懷芍藥，題扇以相遺。奄然蓬蒿人，儼若佩華璲。此情何可酬，此念何可寘。頓令松柏心，白首欲自刺。

臨鏡

攬鏡照病顔，不知鏡裏誰。似鬼有微息，似人無雙頤。似客貌何似，是我何其羸？展轉不能視，掩鏡還自悲。頭顱今如此，百年寧所期。安仁三十二，玄鬢已成絲。而況三十三，於潘更長之。江南多早衰，昔人已如兹。假令彭與籛，臨歿等殤兒。夭壽何足異，尻輪惟所宜。昔人有明訓，樂天復奚疑。

苦寒行在句曲道上

天寒澈絮僵如鐵，車輪乍轉車聲咽。歷過千山萬山雲，時飄三點五點雪。皮膚蝟縮毛髮張，蹇驢蹄滑愁道長。暮烟一點青句曲，鞭梢遥指此中宿。

明月行懷王大基生

今年月是去年月，去年人作今年别。去年對月兩相將，今年對月腸斷絶。腸斷絶兮起徬徨，中庭重露如凝霜。緑錢盈階時草芳，縈予懷兮不能忘。丈夫骫髒寧有淚，已覺簌簌沾衣裳。歲如馳兮不我與，望美人兮天一方。仰天歌兮夜將旦，明月黯黯兮沉垂楊。

曉發新州

江抱新州碧，沙仍舊日黄。難期晴雨色，莫辨水雲光。逆旅便風俗，征人漸老蒼。平生我任達，久矣破行藏。

次團江

下馬團風滸，烏林舊戰場。楚弓沙月白，吳壘戍雲黃。鑑影涵天遠，襟流束地長。江聲疑有恨，如欲訴興亡。

黄州晚泊

赤壁雲初暝，烏林日漸紅。波摇兩岸火，人語隔江風。夢鶴捎天路，然犀逼水宫。天寒游子意，清夜月明中。

望匡廬

突兀此何處，匡君廬亘天。黛浮五老壁，青入九江船。慧遠林中寺，康王谷口泉。苻生今已老，誰與買山錢。

過安慶

百戰舒州地，英雄久寂寥。潯陽懸暮色，滄海落歸潮。楚竹然魚子，汀蘆宿雁寮。金陵行且近，不斷瑞烟飄。

池口有懷

黄鶴池邊鶴，金雞石上雞。乘雲千載去，落月幾回啼。不見仙人跡，空傳過客題。蕭條暮江上，腸斷楚天低。

次蕪湖

倚櫂鳩玆邑，山光雜水氛。估檣蟠郭遠，市語隔江聞。烟氣凝爲霧，歌風散入雲。古來佳麗地，無日不紛紛。

夜發靜海抵直沽

禾黍高低弄夕曛，檣燈零亂破黄昏。樹蒸夜氣三分雨，帆裹秋烟一葉雲。靜海金鉦鳴古戍，直沽牙闔駐新軍。援遼已竭東南力，何日辰韓報策勛。

張翃 一首

翃字叔韓，秀水縣學生。城破，整巾襴南向正席坐，兵以刃臨之。罵不已，遂遇害。

鶴夢

百禽正嘈雜，此鶴獨孤眠。奮翮豈無俟，藏神亦偶然。庭中人寂寂，松下月娟娟。知入寥天去，緱山何處邊。

項嘉謨 一首

嘉謨字向彤，一字君禹，秀水人。有《讀選堂詞賦集》。

譚梁生云：向彤，阮仲容、謝幼輿一流，詩篇都雅簡勝。

《詩話》：向彤投筆遠游，渡河出塞，尋入閩，登武夷。曹能始録其詩入《十二代詩選》。乙酉閏六月，城破，束平生所著詩賦于懷，投天星湖死。子翼、妾張從焉。向彤墨林之孫，賦性儻蕩不羈，中歲產落。歲辛巳，年飢糧絶，從父以五斗米貽之，妾張爲執爨，知向彤不甘澹泊，以二升米易乾魚進飯。向彤怒曰：「乾魚豈可下箸邪？」復以米三升易炙雞，乃飯。予家與向彤鄰，竈婦述之以爲笑，謂是帬屐子弟，栗果少年。而視死如歸，可敬也已。

晚次蘺溪

人家遠見女牆頭，客到城邊盡繫舟。薄暮寒蟬聲未歇，心隨楊柳送殘秋。

錢應金三首

應金字而介，一字仙上，嘉興縣學生。城破，走村居，游兵掠郊野，見其髮未開剃，遂見殺。有《古處堂集》。

《詩話》：而介雅以詩詞名，而今存者無幾。

屺閣贈周幼文

謖謖山上松，磊磊澗中石。託根非不深，所貴在貞白。白華志養親，陟屺怨行役。懷古徒悠悠，瞻毋時脈脈。綺疏闢南楹，抗言恣墳索。曲鍼不受磁，腐草不受珀。冰霜歲云晏，至理在琴冊。

沈甫受蝶花居秋色詩

沈郎八詠世爭誇，草色庭中不讓花。秋氣逼人清入夢，夢騎蝴蝶到君家。

邗溝

烟荒月淡古邗溝，淮水遥連江水流。六代繁華餘腐草，至今螢火照揚州。

侯峒曾 二首

峒曾字豫瞻，蘇州嘉定人。天啓乙丑進士。除南兵部主事，調吏部，歷郎中，出爲江西提學副使。轉廣東右參政，調嘉湖道，升順天府丞。歷左通政使。乙酉秋，縣城破，赴水死。

《詩話》：萊陽宋公繼登備兵嘉湖，夜有白猿竊其衣冠服之。擂鼓升廳事，時海寧袁秀才袾留公幕中。猿入臥室，披其帷，秀才大懼。公命隸卒環守，而猿之往來如故也。予童子日，偕諸昆弟行精嚴寺，街人爭聚觀，謂猿方坐鍾樓啖果。予審視，獨未之覩。其後納言至止，猿乃潛蹤。又嘗熟時敏知海寧縣事，夜草爰書，有女子侍側磨墨。問從何來，曰：「鬼也」。敏既擢給事中，代之者侯官林埿，鬼自是不復至。侯公、林令俱忠臣，以此知邪不勝正，理有然者。

晚行餘杭山中

解鞍一散步，群峰亂將夕。浮嵐羃遥青，喬柯拂深碧。須臾落霞散，銀紫紛狼籍。尋蹊得絶澗，鷩潀互歎射。有如翠蛟舞，飛下三千尺。一步一回顧，已覺耳目易。此景宜急追，一失難再獲。

送表弟楊維斗解元上公車

赴隴徵書有曠恩，仍偕計吏謁金門。時危漸覺科名薄，道在還知禮樂尊。老子甲兵今執仗，嗣宗臧否不輕論。冰霜歲晚孤征夜，襆被應知手綫温。

侯玄演二首

玄演字幾道，通政峒曾子。

雜詩

道喪向千載，百家日浸淫。如彼鍠磬歇，逐響遺其音。元宰何微茫，悠悠費追尋。世皆尚彫飾，未敢明此心。微言會將絕，太息空撫襟。

和新柳詞

秦淮雪濘緩春晴，十里烟堤緑未明。早是酒旗歌板地，隔江風浪卷蕪城。

侯玄潔二首

玄潔字雲倶，亦通政峒曾子。

癸未九日寓崑山

肺病經三月，秋深寄古祠。近山寒更早，多雨菊翻遲。漸減文章樂，能忘寇盜悲。今朝無客至，令節竟誰知。

示智含

天王十五年來事，孤客三千里外人。望闕尚留年少哭，哀時偏見異鄉春。坐愁南郡征輸日，行過江黄戰伐塵。直北大荒空草木，春風生事又黄巾。

黄淳耀 十二首

淳耀初名金耀，字蕴生，蘇州嘉定人。崇禎癸未進士。乙酉家居，城破自縊。有《陶菴詩集》。《詩話》：陶菴精於書義，融會九經諸史，審擇而出之。當崇禎之季，方以駢丽相尚，不知者以爲陳言。予叔父芾園先生獨賞心擊節，盡以其稿授予讀之。久之而漸有稱焉者。如《雅》《頌》得所，樂有堂上堂下之分，又孔子未嘗删詩，伯鯀未嘗誅死，皆至當之論。乃邇來選家以其未盡合乎朱子之《集注》《章句》，痛加塗抹，是何異於下士之聞道乎。詩亦堅厚無慊響，由不惑於楚人之咻然也。

和陶飲酒

朝光入山樓，棲鳥已驚喧。攬裘暴新陽，暖氣無頗偏。仰視天宇清，得我檐前山。山中出岫雲，變滅何時還。我心正惆悵，默與風鈴言。

和癸卯歲始春

舊穀滿場圃，知子良非貧。糟牀注春醪，酬汝四體勤。開軒一笑粲，莫適爲主人。荈牙花乳香，鱠縷銀絲新。咄嗟行酒炙，童僕皆欣欣。中原有格鬬，行子勞問津。不能濟時代，甘與農圃鄰。逝辭謝景夷，來就劉遺民。

和乙巳歲三月

西崦有佳花，首春烟霧積。良游阻塵鞅，耿耿懷在昔。野寺流晨鐘，雲林矯風翮。湖山光皎鏡，千里如不隔。之子天機深，平吟謝形役。一持金石韻，如與清賞易。幽悰方悁劬，況復暫離析。寄言山中人，參取庭前柏。

和歸田園居

家無環堵宮，所至思買山。何異俟河清，人壽期千年。安得如古人，采山復臨淵。敬受十賚文，賚以北阪田。巖棲高百層，老屋餘三間。湖江流東西，竹木榮後前。中央置講堂，文史浩如烟。歌風復蹈雅，樂志忘華顛。此意恐蹉跎，飛光去閑閑。畫餅不可食，詼諧聊復然。

和擬古三首

亭亭采桑女，清光映城隅。羅衣出纖手，皎若春荑舒。芳風何飄飖，薄暮歸重廬。行子皆歎息，願言與之居。空簾隔星漢，白露委蘼蕪。淵意不可道，蹇修定何如。

步上姑胥臺，悲風來大荒。古墳何嶕嶢，下有黄金堂。竇衣化寒灰，月露浩茫茫。前朝割據時，復作繁華場。侯王及廝役，聚斂歸北邙。感此拔劍舞，青山爲低昂。秉燭方視夜，欻忽明東方。我非好名人，亦起羊公傷。

弱年見承平，自謂長如兹。一從更事來，世已非前時。雕虎横井陘，黄流混澠淄。杖劍出門去，行行復狐疑。路逢季主儔，問彼龜策辭。龜策不我告，黽勉自研思。仁義心所安，皇天吾不欺。瀉水置平地，東西任所之。撫琴操猗蘭，亂之以俛詩。

野人二首

野人歎息年歲惡，池中掘井井底涸。飛蝗引子來蔽天，辛苦將身事田作。朝廷加派時時有，哭訴官司但搖手。歸逢吏胥狹路邊，軟裘快馬行索錢。

野人歎息朝無人，朝中朋黨如魚鱗。十官召對九官默，篋中腰下皆黄銀。不知何人理陰陽，頻年日食四海荒。我欲上書詆朝士，又恐人呼妄男子。

虞山喫虎肉作

猛虎入山山氣惡，腥風倒射巖石落。兩三村甿不識虎，謂是旄牛未生角。扼虎之吭掔虎尾，虎驚不及施牙觜。東海無煩赤刀制，南山已報白額死。老夫羈旅春盤空，短衣匹馬行山中。坐分羮臛飽欲死，拔劍四顧吾何功。村甿村甿莫倉卒，儒冠爲爾頻衝髪。人間真有猛於虎，勸爾拔身辭虎窟。

次韻酬别張子石

百丈牽江一線平，勞君客裏念歸程。即看去住誰能料，可是分離莫漫輕。白鳥背飛星子驛，朱旗遥颭石頭城。船牕日把詩篇坐，香草含風處處生。

張貞白有離世之志作别廬舍詩見示余及其意留之

瓜廬小結在塘坳，城市翛然即遠郊。谷爲愚公寧避辱，亭因楊子不辭嘲。鳴蛩秋盡猶緣砌，舞燕春深亦認巢。莫愛雲松棲絶壁，山中依舊要誅茅。

龔用圓 一首

用圓字智淵，蘇州嘉定人。天啓辛酉舉人，嘉興儒學教諭。

侯雍瞻云：先生司鐸嘉禾，先伯兄方應備兵之命，俾攝郡司馬事，寇盜屏息。迨聞南都不守，挂冠歸里。城破，兄弟赴水，家人入城蹤跡之，於大柳樹下有二尸相抱持，其一肘間懷印，則先生兄弟也。邈哉！先生千古爲烈矣。

顧端木云：疁城既破，龔博士智淵與兄用廣、弟用厚、猶子元韶、元朋、元增及闔閣殉節者五人。先生苦心學殖，篇章頗富，惜散佚不傳。

湖上遇同年朱子暇

一見相攜話舊遊，湖光汎汎斷橋頭。寒烟迷却西泠路，還向當壚問酒樓。

馬元調 一首

元調字巽父，上海儒學生。僑居嘉定，人稱簡堂先生。

從師遊棲霞寺

吾昔遊棲霞，同人催北渡。未識山中僧，那辨山下路。巖澗迷東西，欲記恒恐誤。先生理舊游，小子愜所慕。

黄毓祺 二首

毓祺字介子，江陰學生。有《大愚老人遺集》。

畫竹引贈朱白民

長風從天來，吹我魂飛飛。飛飛上謁天帝扉，天帝問我何所欲。不願爲人願爲竹。帝笑黄生，無乃太癡。竹有何好，而爾願之。我不願截爲竿，大魚小魚慘不歡。我不願截爲杖，化龍君山之湖上。我不願截爲簫，鳳兮鳳兮不可招。我亦不願娥皇女英哀哀攀我泣，重瞳馭遥叫不得。朱白民，朱白民，願伊爲我一寫真，貌我形似兼精神。所以願爲竹，不願復爲人。

不寐憶元兄南行

暗風吹雨夜蕭森，布被繩牀冷不禁。老别匪徒三日惡，淡交奚止十年深。案頭飢鼠縱横出，階下寒蛩斷續吟。遥憶孤舟蘆荻岸，有誰同我此時心。

夏允彝 二首

允彝字彝仲，號瑗公，嘉善籍松江華亭人。崇禎丁丑進士。除長樂知縣，以吏部行取補考功主事。旋歸里。乙酉南京下，自投池水死。

《詩話》：幾社六子，瑗公以經義見長，詩非專尚。然其撰《長樂志》，境有孝子節婦，必賦詩以旌之。集中樂府未嘗不合古人也。野史述瑗公授命在乙酉五月，第集有《練川五哀詩》，按練川城潰乃是年七月五日，瑗公尚存，則止水之投，當是松江失守之日爾。

襄陽踏銅鞮

辛苦襄陽女，織縑還織素。縑成身上衣，素作風帆布。

黄進士淳耀哀詩

黄子不偶生，大雅寡諧俗。羽儀乍高翥，結綬匪所欲。黄雲暗蒼梧，北風號大陸。烽火滿吳關，下邑勢彌蹙。緬彼二三子，登陴自躑躅。城郢既已乖，號秦又誰告。處死良獨難，苟生何能淑。吁嗟烈士心，伯仲互相勗。威鳳既在羅，恥與凡禽逐。未知没者悲，但見存者辱。存沒兩茫茫，思君不可贖。

眭明永 一首

明永字嵩年，丹陽人。崇禎壬午舉人。選授華亭儒學教諭。乙酉八月三日，松江城破，自經不死，投泮水，被執不屈，見殺。有《世經堂稿》。

臨江觀古意 即今懷闕樓。

煬帝飛樓屆紫霄，檻拍長江接海潮。三千殿脚南巡汴，百萬舟師東下遼。晉陽戈甲從天起，仁壽宫中泉作醴。檻外楊花依舊飛，千里桑田隔江水。

顧咸受 一首

咸受字幼疏，崑山人。天啓甲子舉人。縣城破，死于難。

落葉

天半淒清雁字斜，箇人無賴小牕紗。三分秋色三分雨，半似霜容半似花。忽送離愁迷曲逕，暗隨幽夢度平沙。無情最是堪腸斷，不爲蕭條惜物華。

梁于涘一首

于涘字飲光，江都人。崇禎癸未進士。除萬安知縣，陣沒。

竹西亭

茱萸灣，水渙渙，上有孤亭峙高岸。而今冷落荒烟斷，遊人不來蒼鼠竄。問竹西，人不辨，惟有隴上舊耕夫，五十年前説曾見。

麻三衡二首

三衡字孟璿，宣城人。選貢生。屯師姑山，兵潰被執，死于市。

《詩話》：孟璿注名復社，遽賦《無衣》：「陳安未克生還，狼瞫已得死所。」詩如「落日照荒野，亡猿懷故林」，「魂銷分劍日，心折覆巢時」，「草閣新寒入，江村落雁多」，「一身去鄉土，雙淚滿滄洲」，「吳兒望歲唯呼雨，楚客憂生盡憶家」，「夢回塞上雙流淚，家在淮南獨倚樓」，「萬山茅屋白雲滿，十里句溪紅葉飛」，殊自超超朗朗。

贈錢聖月

不寐成搔首，蕭然獨寤歌。霜天砧響急，庭樹雨聲多。酒力三更緩，愁心萬緒過。錢郎戀明主，獻賦意如何。

春興

二月新雨歇，春流始到門。叢筠連晝暝，新燕掠波翻。山静鹿無迹，林香風滿園。中原多轉戰，幾處欲招魂。

沈壽堯一首

壽堯字景山，宣城縣學生。死于難。

即事

幽棲如久客，日暮起啼烏。橘實寒猶在，梅花凍欲無。聞鐘山寺遠，聽雪夜燈孤。賴有牀頭酒，長吟可不沾。

王養正 一首

養正字聖功，泗州人。崇禎戊辰進士。除海鹽知縣，以憂歸。補秀水，謫河南按察司簡較。升襄陽推官，入爲刑部主事。歷員外郎，出知南康府，遷江西按察副使。建昌旣下，縶至武昌，遇害。有《漫吟》等集。

對菊

仙人授錦囊，中有百年草。本是駐顏丹，人間不知寶。

金聲 一首

聲字子駿，嘉魚籍休寧人。崇禎戊辰進士。改庶吉士，以山東道御史參軍務。升山東按察僉事，復起修撰。有集。

送雲莊師至吴門

斯文未墜地，夫子獨栖遲。論《易》真傳在，從先與俗移。片雲常自遠，孤鶴去何之。别後時相憶，雲山不可知。

吴應箕六首

應箕字次尾，貴池人。縣學生。乙酉死于難。有《樓山堂》前後集。

張爾公云：樓山人文似陳龍川，詩旨類屈正則，可以飛繁霜，泣鬼神。

《詩話》：先生羅九經二十一史于胸中，洞悉古今興亡順逆之迹。當崇禎中，預慮燕都之必不能守，聞者皆笑其迂，而先生持論侃侃不阿也。名雖不登朝籍，而人材之邪正，國事之得失，瞭如指掌。撰有《熹朝忠節傳》二卷，《兩朝剥復録》十卷，《留都見聞録》三卷，《東林本末》六卷，《讀觚不觚録》二卷。其書或傳或不傳，覽者可以當龜鑑矣。分宜張爾公稱先生人文似陳同甫，是誠知言。聞先生授命處，血迹至今猶存，洗之不去，萇弘、嵇紹而後不多得也。

歡聞曲

歡欲聞儂歌，儂意忽不樂。寧使歌未終，不忍歡淚落。

練鄉勇

舊營非無兵，府亦役健壯。何如更選士，不戰使敵創。我聞逐賊師，老弱匱轉餉。馳騁梁楚交，賊來不敢抗。過掠虐貧民，氣驕陵主將。官兵終驛騷，鄉勇新跌宕。古人驅市人，披靡隨所向。今匪素拊揗，信以死長上。里胥日催督，閭閻相耀誑。兵怒不可遏，塗膏飭資仗。區區賦幾何，歲亦五千兩。

悼吳門文相國

相國信公裔，大庭遭遇同。金閨十五載，凜冽標清風。一朝遘爰立，身通道反窮。時方工謠諑，安能久置公。去國懷明聖，憂心日忡忡。黯淡吳閶邑，淒涼象緯中。斯人不可作，世已摧華嵩。

何以

何以使兵消，莫如加派輟。何以使賊平，莫如官兵撤。不見十年來，請兵日不絕。兵多賦亦多，未見一賊滅。賊去兵肆掠，賊來兵不截。撫軍餙啞聾，鎮帥類蹩躠。塘報習爲欺，上下徒牽掣。終年庚癸呼，竭盡民膏血。我皇至神武，群臣亦憂惙。事勢久凌遲，相戒有卷舌。雖我懷區區，天遠何能說。

蘇州行

鱄諸要離死已久，墓旁宿草兼衰柳。斯民三代直道存，肯使端人畀虎口。諸生大哭軍門前，百姓呼號奮徒手。須臾緹騎鳥獸奔，天子之詔吾何有。爾時官長汗浹背，縲臣夜半單舸走。民間訛言屠一城，聖人憫亂殲渠首。嗚呼天下幾蘇州，藁葬五人名不朽。

耕田苦

耕田苦，耕田苦，插秧三月今無雨。吳中水利半人工，十里九見翻車舞。一車灌田畝二三，一車用力人六五。水田高下不相及，置車銜接凡數部。盡日戽水水盈寸，南風復吹作乾土。戮力安知晝還夜，赤體相對子與父。下濕上炎背欲裂，前呼後和聲邪許。東南歲輸四百萬，那知粒粒出脛股。桔槔幸有古人師，不然滿原成薄鹵。嗚呼耕田之苦難比數，有苦不聞動官府。中原鉏耰化爲兵，下邑催徵尚如虎。

胡甲桂 一首

甲桂字秋卿，崑山人。崇禎己卯副榜。除南昌通判，遷永州同知，以道梗未赴，改廣信。城破被執，不屈，幽之别所，自經死。

夜泊常山

淙淙灘響上舟遲，到面山容未即移。更喜月明迎短櫂，吴吟細聽隔船詞。

祝淵 二首

淵字開美，海寧人。崇禎癸酉舉人。有《月隱先生遺稿》。

《詩話》：崇禎壬午，先生伏闕申救劉公宗周時，未識劉公也。及公罷歸，始著録稱弟子，附舟南還。已而緹騎逮入詔獄，寇逼京師，有詔赦出者。城陷，太常卿吴公麟徵殉之。先生視含殮，護其喪歸。塗遇吴吉士爾壎，斷一指寄其家，先生爲攜歸。留都既下，先生葬其母，尋自經死。會劉公絶粒，公弟子王毓蓍自投柳橋下，遺書于公，謂「慎無爲王炎午所笑」，師弟之死，蓋不出三句也。

西湖月夜二首

落月鱗鱗水面浮，露華濃滴桂叢秋。不知何處鳴柔櫓，驚起一雙雪色鷗。

佛火漁燈漸寂寥，推篷起坐已中宵。夜來極浦灘聲急，知入西泠第幾橋。

李待問一首

待問字存我，松江華亭人。崇禎癸未進士。乙酉八月保松江城，中流矢死。

卧子招飲卧龍山蓬萊閣

故人留牘少，酒坐亦從容。俯視湖一曲，不知花幾重。澄煙天鏡水，哀壑禹陵松。身在蓬萊閣，千巖第一峰。

明詩綜卷七十四

小長蘆　朱彝尊　録
海昌　馬翌贊　緝評

黄道周 一首

道周字幼玄，一字螭若，漳州鎮海衛人。天啓壬戌進士。改庶吉士，授編修。歷中允，以言事鐫級，俄落職。尋起官，以諭德掌司經局。再遷少詹事，協理府事。與經筵講，隨謫江西布政司都事。逮至京，廷杖下詔獄，遣戍。福藩稱制，進禮部尚書。南京既下，猶督師出婺源。師潰，執繫故尚膳監，不屈，丙戌二月死于市。有《大滌函書》《浩然咏》。

《靜志居詩話》：詞臣無言責，居无咎无譽之地，需次待遷而已。迨石齋先生入翰苑，與上虞同年倪文貞公俱自任天下之重，崇正去邪，盡忠補過，引裾折檻，九死不回。先生詩所云「親從霹靂推車過，又得滂沱自在春」，蓋實録也。及退而講學，於杭則大滌洞天，於閩則蓬萊峽。少長咸集，遐邇具來，監史主賓，琴瑟鐘磬，庶幾濂雒之遺風焉。先生璣象之學辭義深奥，後生或昧其指歸，詩才亦未免踳駮，要其光燄不啻萬丈也。曲周路皓月過銅山弔先生詩云：「道德公自重，文章公自深。若夫軍旅事，似非公所任。」用違其才，此百世所惋惜者。

西湖忠烈祠迎送神曲

雷鼓闐兮龍在野，雲離披兮龍血下。龍上天兮星無光，椒糈媮兮蘭不芳。靈之集兮四國，鴻八蹄兮驎九翼。凌滄澥兮拍白日，蹌徂征兮何不得息。歸休兮此堂，水周兮中央。寒雞葅兮菖蒲，羅百珍兮瓊漿。驂素虯兮騑文鴦，梶靈車兮縶靈馬。執靈袪兮淚盈把，珮琚兮灑灑。晝不足兮宜宵，夜維舟兮鏤筵。新夫君兮王正年，靈參差兮無後先。澹眉鬢兮馭青天，靈何爲兮中悁悁。

袁繼咸 二首

繼咸字季通，宜春人。天啓乙丑進士。除行人，選授廣東道御史。謫行人司副，升禮部主事。由員外郎出爲按察僉事，累官兵部右侍郎，兼副都御史，總督九江軍務。有《六柳堂遺集》。

張爾公云：臨侯曾祖魯訓，中成化丙戌進士，年四十，退隱不仕。慕陶靖節，自稱六柳居士。

此臨侯以此名其集也。

《詩話》： 侍郎處危疑之際，内抑權姦，外調重鎮，備極苦心。晚授命於燕京，堪與左仲及比烈。若江州之焚，倉猝不能戢將士，當非其本心。近見野紀有誣公歸命本朝者，殆出怨家之口也。軍中自銘曰：「死事也易，成事也難。爲嬰弗克，爲臼維艱。張死匪先，許死匪後。臣心靡他，靖獻我后。嗚呼父母，有過則諫。諫而不從，則號泣旻天，撻之不怨。」晉陽之甲，豈可訓哉？既被獲，抵大勝關，親王傳語：「袁總督著隨行，與以大官做。」又自銘曰：「大官好做，大節難移。成仁取義，前訓是依。文山袁山，仰止庶幾。」袁山，侍郎自號也。

讀謝皋羽西臺慟哭記

南方有朱鳥，飛中虞人弦。飼以金精粒，對之不下咽。粒味豈不旨，不如南土泉。黃冠志弗遂，碧血流濺濺。有客感意氣，慟哭西臺顛。擊碎鐵如意，悲響震巖川。歸舟不成寐，髣髴語燈前。嗟彼積翁羅，我非雀與鳶。夢炎何足刺，知己殊未然。周粟不可茹，箕疇曾未傳。生死良非苟，忠孝各自全。謝子幽明契，聊以祕懷宣。言罷倏不見，月明高在天。

至日感懷

葭灰吹律動長安，猶記衣冠拜紫鑾。此日近臣新寵澤，貂裘駿馬不知寒。

吴易九首

易字日生，吴江人。崇禎癸未進士。有《東湖唱和集》。

《詩話》：啓、禎之間，風雅凌替，古風尤置不講。日生奮跡松陵，誦六公詠，原本杜老八哀之作。是時第知卧子有起衰之功，然卧子豐縟，日生戌削，各有其長。

六公詠

靖遠侯王忠毅公驥

抱膝當時危，懷古存匡濟。英雄與世徂，風烈忍衰替。我思靖遠公，振翮全盛世。踴躍弓馬間，談笑布軍勢。甘凉始出鎮，肅整戎伍氣。張筵斬懦將，股栗衆相視。一舉平阿台，河西晏亭燧。麓川肆作逆，公又決大計。鎖甲金兜牟，照耀宫中賜。長驅展方略，奪險扼吭背。指麾風霆奔，戰象失精鋭。

萬古金沙江，不聞漢兵至。江枯石碣爛，羅拜帳下誓。凱歌萬里入，勞使千里出。不有爪牙臣，何以正神器。龍蛇壯士節，蛙黽腐儒議。嗚呼三征南，丹書在苗裔。

威寧伯王襄敏公越

威寧熊羆姿，高視氣敵萬。脫略繩墨外，勇智走飛電。大廷吐奇言，排閶怒風旋。威聲動異域，瓖特震所見。目屬膺帝心，短袂故上殿。帝曰快御史，爲朕將而弁。所部皆鷹騰，公也身搏戰。擣虛握勝策，入穴虎乃困。一炬紅鹽池，冰天千帳燗。烽銷玉關烟，雪卷陰山片。轅門正高會，琵琶奏哀豔。戰士挾秦姝，頓使死力賤。豁達籠豪英，出沒神鬼眩。丈夫重勳名，志豈在鐵券。絶塞縣孤臣，中援何足玷。慘淡黃金印，零落白羽扇。風塵暗不開，北顧撫長劍。

新建侯王文成公守仁

文成王佐才，星嶽氣突兀。資神道無餘，童穉挺英越。訪客絶塞游，獷騎角馳射。睥睨山川勢，志蓋燕然磧。縱横五十家，既長稍折節。空濛九華雲，浩蕩南屏月。以茲洞儒宗，奥義大闡斥。精微續聖系，餘緒贊帝業。運籌群盜詗，飈焱百巢滅。神龍無安翔，金翅縱高掣。逆旗蔽西江，妖星射金闕。公時擁上流，安危視縣髪。隻手提天綱，雷轟走飛檄。指顧縛元凶，九廟初安帖。煌煌再造勛，不得身獻捷。帝閽紛狼狐，八荒置牙孽。非公燀威名，乾坤免頹疊。控制仗兵符，中樞洵雄哲。吁嗟營青蠅，功大賞故阨。論道羅豪賢，恬澹謝矜伐。崩迫戎馬際，講席每不輟。中興劇南顧，元老再秉鉞。六字蛟螭蘸，千年銅柱拆。漢儀燿百蠻，灑淚思田碣。威寧赫遺劍，伏波愾廟謁。乃知非常人，洞達神爽接。我生世未遠，恐懼壯猷歇。戡靖竟何人，中原日流血。

定襄侯郭忠武公登

郭公武定孫，神駒渥洼好。十齡走健筆，欻吸振奇藻。動徹《春秋》義，兵法腹笥了。安危異人出，所以奠皇造。英宗北狩初，決機一何早。黄塵擁翠蓋，痛憤居庸道。紫微爲盪搖，柱極西欲倒。我公奮孤撐，乃心協少保。國也今有君，揮血視清昊。巀嵲雲中城，虎豹鬱相抱。崩騰萬馬陣，擊衆每用少。猿臂捷有神，鐵甲盡穿縞。楊石雄軍聲，鎖鑰資電掃。撇烈天網翻，槎枒地龍繞。豈多三軍力，遂爭造化巧。詩看橫槊賦，檄倚馬上草。排宕非常姿，灝氣秋空晶。高詠戰場篇，寂寞風流紹。

少保戚公繼光

大將東南誰，戚公真鷹揚。雄情恣捭闔，祕策揮陰陽。夙奉綦履訓，更見經術詳。結友傾賢豪，文采殊頡頏。曉達三門流，以律師所臧。龍鳥追武侯，衡軸通軒皇。變化開精心，什伍爲鴛鴦。島夷蹂南土，兵氣慘不張。閉營百日練，戰力虎士強。疾掃溟波平，受鉞總薊方。計伸犂庭威，十萬環偏廂。遠猷振華夏，定策爲周防。亭障雜星羅，旌旄蔽日光。呼韓遂稽首，郅支亦來王。款關四十年，戎馬不敢颺。伐暴貴上兵，功豈必戰場。竟無通侯賞，坐使壯士傷。時平武略絀，世亂智勇長。問彼登壇者，曷以恢我疆。

都督俞公大猷

文武道不殊，自古惜灌絳。俞公萬夫雄，倜儻亦儒將。讀書當陽亞，雅歌征鹵上。開豁延攬真，沉靜韜鈐暢。公師趙布衣，手畫風雲狀。貫穿十八勢，方圓識所創。瑣瑣部使者，叱吒故庸妄。寇憑舟山劇，策恃横海壯。洪飈排烈風，壯氣噴高浪。艨衝百丈城，大壑千軍帳。蛟宫覆絶島，鯨波赤溟漲。幕府害讜言，不得功罪當。奇績屢見攘，塞默秉謙讓。及乎雲溪役，搜剔窮箐嶂。遂憑死間力，老謀一摧盪。封侯數則奇，燕頷空殊相。詎多驅除才，大受足忠伉。國恥今未雪，元戎况飛颺。豈無幽沉士，屹然安危仗。蒼茫鼓鼙思，駕馭必英匠。

東湖雜詩二首

百代傷心地，風烟莽不收。江山一弔望，吴越幾春秋。鴻雁青楓渚，芙蓉白露洲。霸才今寂寞，何處問扁舟。

禹蹟今何在，蒼茫水國開。山趨天目下，日湧海門來。笠澤橋如帶，淞江水似杯。東南輸輓盡，鴻雁有餘哀。

從軍行

已分沙場報國恩，身經百戰滿創痕。但教死去圖麟閣，不願生還入玉門。

陳潛夫一首

潛夫字玄倩，仁和人。崇禎丙子舉人。榜名朱明，後更焉。除開封推官，擢監察御史。江東下，率妻妾投水死。

絶筆

父兮生我，申以嚴誨。惟孝惟友，曰忠與義。丙子鄉舉，顧名自勵。名曰孝廉，庶幾無媿。致身之期，歲在癸未。司理開封，星言視事。以身許君，有死無二。是時兩河，賊氛如蝟。衆人回車，予獨攬轡。賊出河朔，群工奔避。予乃渡河，擊楫而濟。誓清河南，以報先帝。手披荆榛，身禦魑魅。獨張空弮，以當賊騎。知有封疆，九死何畏。三十州邑，終復舊地。維時先帝，鑒予忠瘁。授以巡方，繡衣北莅。惜也諸姦，互相牽制。中樞信讒，嫉予不媚。聯絡要圖，置之罔遂。三月撤歸，可爲隕涕。哀哀先人，一時捐棄。甘旨莫承，遺書淪廢。我哀方盈，姦怒轉熾。赫赫金吾，逮予邸第。圜牆幽憂，冠氛猝至。匍匐歸來，挈家奔避。航海飄零，請兵于會。召募丁男，三百而已。衣甲糗粻，皆予自備。血戰江干，二十餘次。糧寡兵微，於事何裨。疾痛呼號，徒然憤恚。丙戌五月，公侯師潰。區區孤軍，其何能濟。事不可爲，偷生何貴。拜别吾母，以及諸弟。挈吾妻妾，從彭咸逝。成仁取義，千古如是。

張國維 一首

國維字其四，東陽人。天啓壬戌進士。除番禺知縣，選授刑科給事中，轉吏、禮二科，升太常少卿。以右僉都御史巡撫應天，以工部侍郎總督河道。尋遷兵部尚書。坐劾下獄。崇禎十七年春，起原官，督餉直浙。後死于難。

登釆石贈諸將

月明橫槊倚層峰，宵柝風飄和梵鐘。舊是開平賈勇處，諸君努力此書庸。

陳函煇 一首

函煇初名煒，字木椒，臨海人。鄉舉後改今名，更字木叔，號寒山。崇禎甲戌進士。除靖江知縣，以疾乞歸。後自縊於天台雲峰寺。有《寒山集》。

譚梁生云：木叔真率自矢，不假藻飾。其詩十九贈僧，信手拈出，使人有才多之憾。

劉伶巷

有酒宜成頌，知君恥獨醒。回車經巷口，荷鍤信丘冥。死豈人薶得，言猶婦可聽。閉關當日飲，想像只忘形。

傅冠 一首

冠字元父，進賢人。天啓壬戌賜進士第二。授編修。歷侍讀、中允諭德、祭酒、少詹事、詹事，掌翰林院。以禮部尚書兼東閣大學士進文淵閣。有《寶綸樓集》。

陳皇士云：公詩清華典贍，有唐人風。

《詩話》：傅公造格矜莊，潤色閎麗，去臺閣體不遠。

早朝

西山爽氣接蓬萊，紫殿光摇曙色開。五鳳忽銜丹詔下，六龍時駕衮衣來。斑聯禁地三台近，樂奏鈞天萬舞回。聖主殷憂方借箸，趨陪媿乏賈生才。

朱繼祚 一首

繼祚字立望，莆田人。萬曆己未進士。改庶吉士，授編修。歷中允諭德、庶子少詹事、禮部右侍郎，進尚書，入東閣。後死于難。

絶命辭

嗟予生兮不辰，逢慘禍兮攖身。乾坤崩隤兮陸海爲塵，日星掩曜兮萬象沉淪。人誰無死兮鴻毛泰嶽，惟其所處兮殤延彭促。旦夕畢命兮去將安之，夫妻子母兮不得相依。上告蒼天兮鑒此微詞，雖爲齏粉兮甘之如飴。千秋萬古兮誰其予知，與化俱徂兮於戲噫嘻。

路振飛一首

振飛字見白，曲周人。天啓乙丑進士。除涇陽知縣。選授四川道御史，累官漕運總督、右副都御史。後入閩。自縊于邵武山寺。

除夕

仗劍以從戎，自憐轉自喟。黔驢欲噬虎，病馬思追驥。匡濟術渺然，進退兩無致。漂泊海舟中，面目亦堪恚。天心或垂憫，俾全名與義。寸衷百慮嬰，竟夕不成寐。雞鳴又一年，歲月悲空棄。

譚梁生云：柄國酬知之日，乃作此垂首喪氣之語，足見不昧心人。

揭重熙一首

重熙字萬年，臨川人。崇禎丁丑，以五經成進士。除福寧知州。有《蒿庵集》。

《詩話》：洪武庚午，應天鄉試，長泰黄文史以作全場五經題領解。迨天啓甲子，龍溪顔公茂猷亦作五經題，謄録官惜其才而嫌其違制，止謄《四子書義》三篇，《易義》四篇以入。同考官祁公彪佳取之。既放榜，始知爲五經也。崇禎甲戌會試，以知貢舉林公釪言：「士子有作五經全題者，得俱謄進。」允之。於是顔公中式，禮部刊會試録，特旨命題顔公姓名於第一人李青之前。蓋異典也。至十年丁丑，則臨川揭公重熙，十六年癸未，則嘉興譚公貞良、慈谿馮公元飂、武鄉趙公天麒，皆以五經舉鄉會試。又萊陽宋公琠，十二年己卯，亦以五經中山東鄉試。此科場盛事。予在明史舘分撰《文苑傳》，擬以顔、揭、譚、馮數公合作一傳，既而放還，不果。念數公皆無負科名，述之詩話，冀後之載筆者或有取焉。

過釣臺聞晉撫蔡公訃哭之有感謝參軍遺事漫賦

天星俄落晉陽軍，路出西臺恨欲吞。留得竹根如意在，化爲朱鳥也招魂。

曹學佺 四十二首

學佺字能始，侯官人。萬曆乙未進士。除戶部主事，移南大理寺副。轉南戶部郎中，出爲四川右參政、浙江按察使。降廣西參議，遷陝西副使，留任桂平道。天啟中，除名爲民。崇禎初復官，不赴。家居，殉節死。有《石倉全集》。

葉進卿云：能始詩，刻意三百篇，取材漢魏，下及王、韋，其旨沉以深，其節紆以婉，其辭清泠而曠絶。其初爲衆所譁，久而世稱之。

周方叔云：　先生力追正始，響逸開元，正如皎月素波，清輝自別。

朱彜儀云：　能始天才典贍，研討精深。軒輊三唐，吐納漢晉。貌境必似，造語斯真。氣峭以潔而操調極平，意鍛以鍊而摛辭若樸。興會所至，神情獨往。

錢受之云：　能始詩以清麗爲宗，其《送梅子庾作》云：「明月自佳色，秋鐘多遠聲。」程孟陽深愛之。

《詩話》：　明三百年，詩凡屢變。洪、永諸家稱極盛，微嫌尚沿元習。迨宣德十子一變而爲晚唐，成化諸公再變而爲宋，弘正間三變而爲盛唐，嘉靖初八才子四變而爲初唐，皇甫兄弟五變而爲中唐。至七才子，已六變矣。久之，公安七變而爲楊、陸，所趨卑下。竟陵八變而枯槁幽冥，風雅掃地矣。獨閩粤風氣始終不易。閩自十才子後，惟少谷小變，而高傅之外寥寥寡和。若曹能始、謝在杭、徐惟和輩，猶然十才子調也。粤自五先生後，惟蘭汀小變，而歐楨伯、黎維敬、區用孺輩，猶是五先生之調也。能始與公安、竟陵往還唱和，而能皭然不滓，尤人所難。

雪桂軒花開得語字

桂樹山之幽，予昔擇而處。顧此山中雪，盈枝何楚楚。去歲花開時，山川蜀道阻。臨風祇相思，馨香落何所。暮春歸林下，棲息淹時序。月明花正發，露下清且湑。飄飄入人衣，採摘盈筐筥。料全久要義，形影盍相與。隱者信可招，胡媿騷人語。

林守易以新舫載予同游鼓山

木蘭舟既成，圖書載亦備。匪資登山興，疇信涉川利。渚花垂岸榮，沙鳥近灣戲。浪洶峽門束，帆側巖影墜。密林屢移村，疏鐘遥傍寺。微月出浦口，澹然見游思。

出郭别陳振狂將以暮潮解纜發之九龍

翩翩雙黄鵠，矯矯雲中飛。疾風一相失，奄忽東西馳。眷此同袍友，恩義無乖疑。春華不久榮，秋葉乃多萎。念當展行役，攬涕從此辭。往路何浩浩，乃在瘴海涯。答言别故林，與子同一時。方舟夙已戒，利涉臨余斯。斟酌盈觴酒，各致平生私。景光不相戀，良駟終難追。攜手念已遠，出門視多岐。凡影但俯形，一失俱相離。幸言懷明德，有如渴與饑。心爲道路樞，安得不自知。慎哉各努力，勿負歲暮期。終當續古歡，爲樂猶未遲。

峽口逢陳幼孺

出門識别苦，登車愁路長。峽口斷地脈，南北遥相望。僕夫停其綏，川廣限無梁。仰視浮雲馳，鴻雁同翺翔。方舟未云涉，矚險先傍徨。道逢相識人，乃爲心所當。上言長相思，下言適何方。屏營周路側，原野何茫茫。安得盈觴酒，與子同酌嘗。大義亮金石，俛仰鬱中腸。吾欲展此曲，列坐無高倡。執手惜欲別，險阻誰相將。此水淺且涸，離憂方可量。命不與願俱，悲爲參與商。羨歎雲中鵠，比翼歸故鄉。

夜宿迎仙館

扶策入名山，幽奇恣心賞。嶺路鬱且紆，投林日已曭。修渚留餘光，玄廬此開敞。止宿無别驂，烟霞集吾黨。以兹流水喧，遂致衆山響。明月襲其輝，盈盈照帷幌。幽人有遐夢，夢到羲皇上。金雞遶樹號，東方色微朗。晨起不及炊，浩然乃長往。

喜雨同茂生作

在天有嘗度，雷鳴雨可必。奈何轟然聲，未見涓與滴。衹言他山暝，轉爲日氣逼。久之豨渡河，而後月離畢。天澤若王師，奚爲後我及。禽眠枝上起，蝸涎瓦間滌。秋至農可望，晨興廚充食。衹恐懸河傾，明朝溪路澀。童子報平沙，離岸已數尺。

雨中過柳陳父看杏花陳父時有檇李之游

君家住近瓦官寺，金陵城中最僻地。向來名作杏花村，花開始有游人至。此時結伴過君家，歲歲年年成故事。花枝雖不用錢買，濁酒應賒爲客醉。客醉看花倒接䍦，瀟瀟微雨踏成泥。枝頭莫惜終零落，明日東君渡浙西。

棲霞寺

入山已深邃，初地化爲城。古塔無全影，疏鐘尚舊聲。佛龕沿嶺鑿，僧舍傍泉成。怪昔梁江總，幽居斷送迎。

得張林宗書

三秋望不見，此日寄來書。簡略無餘字，蕭條慰索居。何嫌知我少，惟恨與君疏。安得秦淮水，能通浪蕩渠。

病中思歸

累雨山寒重，今春花事稀。長貧那免病，百好不如歸。海樹遥閩嶠，江津黯燕磯。故園猶有路，夢裏已多違。

蕪湖

客問鳩兹地，蕪湖七里長。春秋無義戰，吴楚混封疆。館驛臨江左，僑居盡洛陽。猶餘赭山石，仍屬古丹陽。

由鴨欄至巴丘登岳陽樓

欲問巴蛇冢，先過鬬鴨欄。山名天岳固，湖取洞庭寬。郡邑如沙聚，帆檣若樹攢。平生懷曠達，今日遂游觀。

山路雜興

瓦井尋何處，沙溝苦欲崩。斷碑猶有寺，乞食即無僧。山勢開仍闔，天光降遞升。平生懷勝癖，遇此乃飛騰。

木瀆過黄伯傳宅

已失横塘路，仍逢木瀆橋。夕陽湖正滿，春草岸俱遙。餉客煩雞黍，呼童灌藥苗。由來故人宅，相過意偏饒。

歸宗巖道中

輿步行相半，山回徑轉幽。野亭漁并席，官渡馬同舟。樹古根盤道，橋崩石咽流。日斜人境寂，谷鳥囀啾啾。

温陵

驛路連山路，城門控海門。島船秋更急，沙鳥暮能喧。落葉樵蘇逕，刺桐風雨村。素衣塵變盡，聊以濯清源。

荒口鋪

地與施州近，山開百里長。未應能弔屈，只合此投荒。燒過厓俱黑，春歸草尚黄。南流溪水急，那更入巴鄉。

登塗山絶頂

百折來峰頂，三巴此地尊。層城如在水，裂石即爲門。澗以高逾疾，松因怪得存。瑤階金翠色，人世已黄昏。

沙溪别東生

幾夜舟中語，沙溪便有程。忍將離别淚，一灑合州城。小雨入江暮，微陽穿樹明。曰歸何不得，歲晚事孤征。

合江舟中閏十一月晦

獨坐舟中趣，無人對寂寥。讀書猶不覺，問路便成遥。江水屢云合，離魂何處招。非緣今歲閏，除夕更蕭蕭。

臘月之朔過江津

似此嘉平月，言過險惡灘。春光臨路近，夜雨入舟寒。酒禁開云乍，梅花惜已殘。迷津如可問，休作隔江看。時予乍撤齋素。

寄信

家居閩海上，寄信兩都中。道里雖然隔，逶迤或一通。人生皆逆旅，歸念甚兒童。無計堪相慰，淒其落葉風。

支機石

一片支機石，傳來牛女津。客槎何處所，卜肆已生塵。較似昆池古，長從漢月新。每逢秋夕裏，吟眺倍相親。

萬曆皇帝輓歌 庚申年七月内事。

薄海聞遺詔，旻天號泣多。勵精時匪懈，法祖算還過。龍去徒留劍，烏傷不渡河。前星早有屬，臣庶已謳歌。

泰昌皇帝輓歌四首

龍馭升遐日，封章滿御牀。施行猶令旨，德意自先皇。沛若江河決，俄然石火光。更聞哀詔到，能不重傍徨。

勸進箋三上，騰歡遍九垓。逐臣皆召用，中使盡收回。貨出昭先儉，心勞集相才。大工須計日，久矣柏梁災。

罷稅不停徵，邊庭歲用增。金錢溢輸輓，士馬飽飛騰。北闕聞天語，東隅望日升。那堪遽辭世，倉卒治山陵。

九轉神丹祕，三旬帝業終。《春秋》書法謹，中外揣摩窮。雨泣將填巷，攀髯或墮弓。由來戮方士，豈但爲無功。

寄關中張太守

關西遥望路漫漫，泰華峰陰日夜寒。長樂故宫秦輦絶，未央前殿漢鐘殘。月明渭水浮三輔，花發驪山繡七盤。京兆風流誰不羡，時從閨閣畫眉看。

送荆民部之淮陰

水色浮空下洞庭，青山不斷好揚舲。人過北固吳王寺，吏待南昌楚客亭。别日雁鴻俱後到，望秋蒲柳已先零。但思擊筑荆卿侶，長自悲歌不願醒。

金陵懷古

江東列郡領丹陽，鼎足三分此一方。總爲石頭成虎踞，不知巫峽下龍驤。雲生寢廟千秋閟，月照籬門幾夜長。年少風流能顧曲，行人猶自説周郎。

雄縣

燕南趙北易西京，此地猶傳避世名。河向瓦橋關外轉，樓聞鼓角地中鳴。雄山警蹕留行殿，亞谷降王有故城。幸沐聖明無外化，宋遼何事日尋盟。

武夷

丹丘遺蜕不知年，方外尋真思渺然。仙橘堂空棊撤局，御茶園廢竈無烟。峰頭亂插虹橋板，渡口難移架壑船。忽聽玉笙聲縹緲，步虛已近大羅天。

大田驛訪陳伯孺時伯孺客越未歸

斜陽繫馬訪幽棲，古驛門前渡小溪。鬼火漸明青嶂裏，人烟猶隔翠微西。凉生遠樹鳴蟬斷，秋老平沙落雁低。何事王孫歸未得，松雲蘿月思淒淒。

湖間即事

仙源迢遞杳無涯，拂樹齊開十月花。半壁莓苔千古色，一村雞犬幾人家。珠簾暮挂峰頭雨，玉箸晴餐洞口霞。世路不堪回首望，成田滄海日將斜。

蜀府園中看牡丹

錦城佳麗蜀王宫，春日游看别院中。水自龍池分處碧，即摩訶池華言龍也。花從魚血染來紅。蜀中牡丹以魚血紅爲第一。平臺不到林間日，曲岸時回洞口風。盡道今年當大有，何妨行樂與人同。

送戚山人之内黄兼簡鄧遠游明府

三月鶯聲别故山，萋萋芳草照離顔。春光白下無多日，夜月黄河第幾灣。置驛正當賓客盛，弄琴遥識使君閒。閨中易作刀頭夢，珍重休過博望關。

送李玄白擢淮揚運長

東南財賦困征求，轉運今須第一流。際海金錢輸九塞，隔江歌吹是揚州。春風芍藥堂前宴，夜月瓊花觀裏游。蕃治如皋行部處，冰絃猶自韻高秋。

送茅止生北征

中原兵氣亂成群，流寇流民兩不分。背水孰能韓氏陣，撼山難動岳家軍。衝邊慣戰方良將，側席憂居有聖君。七尺男兒三尺劍，笑人毫楮立功勳。

松梯

身入蒼翠中，落日無人影。步步踏松根，不覺到前嶺。

清溪朱邑宰里人也以荔支名緑扶包者見餉

三灣亭子寄山坳，夾樹人家似鳥巢。謾說故鄉相見好，荔支先餉緑扶包。

即席贈黄姬

座客如雲待舉杯，香車門外屢相催。非關故意梳妝緩，自昔佳人喚夜來。

彭期生 一首

期生字觀民，海鹽人。萬曆丙辰進士。歷官江西按察副使，分巡湖西，守贛州，城亡自縊。有《弱水山人詩集》。

《詩話》：先生與楊、萬諸公力保孤城，死之日，守備楊大器潛收其尸，瘞于萬安縣之百家村。仲子孫貽訪其遺骸未得。久之，鄉人胡樞知萬安縣事，一夕夢先生語曰：「遺骸在縣境，君能歸之故鄉，幸甚。」會大器之友曾堯㷍亦以狀白樞。樞資遣之，至海鹽，家人詰其事，皆合。子女旋以血漬遺骨，俱沁入，乃慟哭葬之。說者比於思歸之温序焉。

送秋

悲秋秋去轉堪悲，枉復登臨賦楚辭。遠壑水殘斜照斂，荒原煙冷朔風吹。天邊白雁迷消息，月下清砧感別離。蟋蟀似能占物候，寂寥一夜傍牀帷。

姚奇胤 二首

奇胤字有僕，錢塘人。中崇禎庚辰會試，癸未進士。除南海知縣。後死贛州之難。有《草玄堂詩集》。

秋夜

遥夜苦無寐，起視明月光。涼風天上來，隨月入我堂。披衣步前除，獨立以徬徨。蟪蛄既已鳴，鴻雁亦來翔。感此時物變，怨彼去日長。生非金石姿，安得恒壽康。憂來不可輟，慷慨吟此章。

遊虎丘

高丘窈窕恣幽探，席展諸天坐蔚藍。聽徹疏鐘歸櫂動，半塘漁火泊城南。

劉同升 二首

同升字孝則，吉水人。祭酒應秋子。崇禎丁丑，賜進士第一人。授修撰，謫按察司知事，尋復官。守贛州死。

《詩話》：劉公與楊、萬諸公固守贛州，或云城未陷先病卒，或云城破死之。傳聞異辭，再考。

由百花溪登玉笥山

朝看山出雲，暮看雲入笥。山行若無蹊，恰有青童至。指點絶壁間，仙臺藏勝地。藤枝匪易攀，屐齒猶可置。日午聞雞鳴，巖椒啓金字。出險坡漸平，劃然人境異。連峰涌下界，撲面聳層翠。因過丹竈房，縱覽紫微志。白花雨外明，紅果林間墜。晚食供芋魁，晨鐺倒茶櫃。坐久慵下山，踟躕想真寄。塵網詎得辭，幽期偶然遂。

句曲山中

地肺通幽處，泉流決決聞。山形同一已，仙籍注三君。衣潤恒燒朮，人來欲贈雲。青童煩指點，十賚拓遺文。

楊廷麟八首

廷麟字伯祥，清江人。崇禎辛未進士。選庶吉士，授編修，改職方主事，軍前贊畫。降調，起補編修。死贛州。有《兼山集》。

《詩話》：伯祥慨忼淋漓，特取材未純，故辭多鬱轖。

懷楊進士

青青東門阪，上有蘿藤結。願得一心人，白首無磷涅。周才慎所處，不敢居明哲。開戶見性情，群動齊巧拙。翔烏安其巢，離獸營彼穴。萬物各爲友，吾生何所悅。名山豈易求，耦耕效長桀。

諸葛武侯祠

霸氣西南日，嘗聞屢出師。才爲王者佐，學與古人期。柏剩一孤樹，桑移八百枝。中原仍帝魏，遺恨史臣辭。

示城兒

歸舟今夕遠，西望獨沾巾。骨肉天涯闊，山川枕席親。誦詩思有汝，好學或如人。以此發深省，鄉書不厭頻。

别葉侍御

渾水橋邊寺北田，行縢東去雨連緜。桑村古渡沙移路，茅屋人家鳥就烟。江左衣冠悲楚澤，淮西烽火接秦川。更聞群盗郊原遍，欲下潯陽萬里船。

秋興四首

北湖菱葉近漁家，烟浦荒荒雁路斜。㶉鳥立沙聞社鼓，野人當戶伺田瓜。月明露上蒲萄蔓，夜靜風生莨蕩花。悵望故園溪外渡，一聲横篴冷蒹葭。

司戶祠前一騎回，邊烽未舉熳書來。漢臣獨有和戎策，楚子誰稱執政才。半壁但愁軍餉乏，三關不覩陣雲開。最憐風雪盧龍塞，换取牙門酒一杯。

彊弩將軍七萬營，銀鞍金甲耀東征。市兒果鋭輕言戰，上相安危慎用兵。海鳥自啼狼虎嶺，妖星空照鳳皇城。河西百里無消息，又道青山夜火明。

漢家歲歲戍居延，新築渾河北斗邊。文學未諳《鹽鐵論》，公卿誰進度支錢。高城寒聽菰蒲雨，戰骨秋枯苜蓿田。壯士不聞還易水，至今賓客淚潸然。

萬元吉 一首

元吉字吉人，南昌人。天啓乙丑進士。授潮州推官，補歸德，再改永州，入爲大理評事。遷兵部主事，出知揚州府，歷太僕寺卿。監軍江北，死贛州。

游月巖謁周元公廟

中歲不聞道，汎汎逐萍梗。緬懷先哲型，沉憂不出熲。兹來矚巖月，鬼斧鑿天影。尺竇洩素雲，一星射瑤井。物理竟何如，遐蹤忽深省。元公昔幽憩，萬慮悉以屏。陰陽動靜初，澄心得妙領。於焉瞻遺廟，百世尚嚴整。冥心無極前，衣露遍清泠。

黎遂球 五首

遂球字美周，番禺人。天啓丁卯舉鄉試。死贛州之難。有《蓮鬚閣詩集》。

萬茂先云：美周思以才靈，學以才化，識以才通，語以才妙。讀其詩，覺有靈光異采在目光離合間。

徐巨源云：萬曆五十年無詩，濫于王、李，佻于袁、徐，纖於鍾、譚，乃今獨見美周，讀之如春風駘蕩，夏雲崔嵬。如坐百花，雜聽簫韶。美人劍客，翾動左右。

陳伯璣云：美周近體稍傷艷𠠎，五言擬古諸作高于今人。

《詩話》：宋季吴月泉主社，賦《春日田園雜興》，羅公福擅場，得羅一縑，七筆，五十矢，墨五笏。元季饒介之主席，賦《醉樵歌》，張仲簡擅場，得黄金一餅。崇禎初，鄭進士超宗未第時，主會，賦《黄牡丹》詩者百人，美周居第一，時號黄牡丹狀元。三事本太平佳話，而皆出於百六之秋。公福肥遯，仲簡遂初，美周則授命虔州，三君子各自靖，尤爲美談。美周詩不爲格律所縛，大都以才勝。徐巨源謂太白以後一人，未免過實矣。

花下歌

生平不事求神仙，願上東海求仙船。童男童女各三千，教之歌舞及管絃。逍遥行樂二十年，遂令婚配同力田。可得萬人馳九邊，大雪國恥銘燕然。老夫鬢眉圖凌烟，結屋花國臨酒泉。名儒俠客列四筵，等閒詩賦人爭傳，乞得一字十萬錢。

歡聞變歌

鏡破面自圓，誰能破儂面。天地縱反覆，儂亦與歡見。

懊惱歌

歡初戀儂時，夜夜門前立。今日歡棄儂，對人不敢泣。

少年行

年少傳聞十二州，報人讎盡轉多讎。經行不用變名姓，醉卧胡姬賣酒樓。

山中

寂寂春眠野夢多，酒醒那識夜如何。山中慣不聞雞犬，只是天明鳥便歌。

梁朝鐘 三首

朝鐘字未央，廣州順德人。崇禎己卯舉人。有《喻園集》。

憶檀溪

半月襄城路，山川滿目迷。後聞都護語，知已渡檀溪。遥憶歸鞭處，微沙没馬蹄。叩門抱長慟，忍入邵陵西。

將出皖留别楊六符沈乃功唐聖俞徐譽星諸先生時予將入襄歸粤

船傍垂楊别緒生，烟含春樹雁歸聲。群公縞帶遺吳錦，幕府青絲唱渭城。幾樹烏啼趨夏口，何時馬首望西京。江南江北如相憶，千里高樓待月明。

題畫兼寄友人

灞陵山色動秋風，開遍黄花九月中。每憶江南帶霜樹，夕陽疏葉渡頭紅。

張家玉三首

家玉字玄子，東莞人。崇禎癸未進士。改庶吉士。有《遙夜怨軍中遺稿》。

録别和李定夫

鴛鴦戲清池，兩兩常相倚。羽翼臨當乖，風波中道起。相對尚難知，何况萬餘里。來親去者疏，毋爲貴君子。予懷抱區區，君諒執高誼。

塗中感舊

燈下妖姬月下筵，風流曾汎太湖船。如今回首神京隔，腸斷西風憶往年。

閨思

竹林啼鳥遍春暉，何事行人尚未歸。惆悵夜來牕月白，夢魂飛不到金微。

陳子壯 二首

子壯字集生，南海人。萬曆己未賜進士第三。授編修。天啓末削籍，崇禎初以原官起用。歷諭德詹事，升禮部右侍郎，進尚書。家居殉難。有《雲淙集》。

耕籍禮成恭紀

天子親行畝，微臣相秩宗。清塵傳蹕靜，瑞靄出郊濃。高柳喧靈鵲，華芝結衮龍。普天應有兆，九穀在三農。

春日侍諸父泛舟桃花塢

欲作郊居即瀼西，紅芳十里勝金堤。不知南漢千年苑，更入東風幾曲溪。負局客來籬犬吠，和歌誰伴乳鶯啼。清時群從多游好，豈是秦人世外迷。

陳邦彦 三首

邦彦字會斌，廣州順德人。貢生。以兵保清遠，師潰，死于難。有《巖野集》。

《詩話》：巖野僻居嶺南，與黎美周、歐子建、陳喬生以文章聲氣遥應復社，卒殺身以成仁。其《南上草自序》云：「商聲曼歌，慨當以慷。亦各言其志也。」又《臨命歌》云：「書生漫談兵，時哉不我與。」君子誦其詩而悲之。

南雄道中逢霍階生

病後無顔色，秋深有遠行。漸於鄉土隔，翻遣故人驚。歸思珠江道，前塗白下城。嶺梅殊未發，貽贈若爲情。

重别葉公士

大雅風斯遠，知音世所稀。他山情獨切，兩地夢俱飛。楚塞丹楓暗，吴門翠岫微。祗憑文賦在，萬里未相違。

雨夜宿吳潮泗江閣

去家五百里，相過重鄉音。客路樽前語，江流檻外心。風連三峽暗，雲隱一禺深。莫作登樓賦，柴扉尚可尋。

明詩綜卷七十五

小長蘆　朱彝尊　録

西泠　汪日祺　緝評

楊廷樞三首

廷樞字維斗，吴縣人。崇禎庚午鄉試第一。有《古柏軒詩集》。

徐孝若云：維斗，吾黨之李元禮、房伯武也。見義當前，突怒無畏。近讀其遺詩，人之云亡，遂成千古之感，悲夫。

《静志居詩話》：先生倡應社於吴中，評騭五經文字，張溥天如、朱隗雲子主《易》，楊彝子常、顧夢麟麟士主《詩》，周銓簡臣、周鐘介生主《春秋》，張采受先、王啓榮惠常主《禮記》，而先生與嘉善錢栴彦林主《書》。後與復社、幾社合領解之，後聲譽日重，門下著録者二千人。詩雖游好，然如吉光孔翠，片羽皆足爲珍，且勝於服習竟陵派者多矣。晚歲巖居，忽罹維縶，其《舟中遺書》云：「廷樞幼讀聖賢之書，長懷忠孝之志。爲孝廉者一十五載，生世間者五十三年。作士林鄉黨之規模，肩綱常名教之重任。惜時命之不猶，未登朝而食禄。值中原之有難，遂蒙禍以捐生。其年則丁亥之歲，其月則孟夏之中。方隱遯於山阿，忽陷身於羅網。時遭其變，命付于天。雖突如其來，如亦已知之久矣。生平所學，至此方覺快然。千古爲昭，到底終爲不沒。但因報國無能，懷志未展，終是人臣未竟之事，尚孤累朝所受之恩。留此血衣，以俟異日。舟中矢志，不能盡言。」末書「四月二十八日」，復系以十絶句，文多不録。

訛聞

世塗繒繳多，結廬在窮谷。神悴嗟樊雉，心危怯庖鹿。耳目異驚喜，早暮更禍福。先憂累親朋，失色觀奴僕。共傷衰德鳳，應賦知命鵩。且當飲醇酒，勿向詹尹卜。

舟中

野岸官橋路已蕪，寒江暮雨客舟孤。烟中帆影時開落，霧裏山光半有無。宿鳥驚心猶未下，哀猨引臂自相呼。淒其古渡黄昏候，一點漁燈起荻蘆。

閨情

寂寞空閨怨夜長，征人何事未還鄉。不知牆外誰家笛，十二樓中盡斷腸。

陳子龍三十七首

子龍字人中，更字臥子，青浦人。崇禎丁丑進士。除惠州推官。丁憂服除，補紹興。舉廉卓天下第一。升吏部主事，改兵科給事中。有《白雲》《草廬》《居湘》《真閣》諸稿。

朱雲子云：臥子五古初尚漢魏，中學三謝，近相見，輒諷太白諸篇。其才性故與相近。七古直兼高岑、李頎之風軌，視長安帝京更進一格。五律清婉，七律格清氣老，秀亮澹逸。絕句雄麗，由其才大，靡所不有，寬然有餘。

魏楚白云：五古學漢魏者，大抵轉關必在大謝，唐之曲江，明之北地，皆是如此。黄門亦祖其説。能於質閒之中兼以俊秀，信是雅宗七古。弘正間，皆仿浣花，唯青蓮學者絕少，黄門起而一振其風。昔人詩「芙蓉露下落，楊柳月中疏」，黄門近體佳境，往往相似。

錢瞻百云：大樽當詩學榛蕪之餘，力闢正始，一時宗尚。遂使群才蔚起，與弘正比隆，摧廓振興之功，斯爲極矣。

人豪。

繆天自云：　剥窮而反，否極而復，先徵於聲音之道。卧子當楚人衆咻之餘，力追正始，允矣

龔蘅圃云：　卧子定幾社六子之作目曰「壬申文選」，東鄉艾南英千子貽書誚之，蓋學前後七子之詩而并學其文，千子非之是也。若詩當公安、竟陵之後，雅音漸亡，曼聲并作，大樽力返於正，翦其榛蕪棘荆，驅其狐狸猯貉，廓清之功，詎可藉口七子流派并攢譏及焉。予嘗購得《甑甀洞集》，係先生手自施鉛，自越江渡錢塘，往返點筆無虚日，卷尾必以朱墨識之，於吴明卿若是，矧古賢吟稿乎？今人手放翁誠齋詩，讀未終卷，便毁唐人爲不足學，多見其不知量已。

《詩話》：　王、李教衰，公安之派浸廣，竟陵之焰頓興，一時好異者譸張爲幻。關中文太青倡堅僞離奇之言，致删改三百篇之章句。山陰王季重寄謔浪笑傲之體，幾不免緑衣蒼鶻之儀容。如帝釋既遠，脩羅、藥叉交起搏戰；日輪就暝，鵩子、鴟母四野群飛。卧子張以太陰之弓，射以枉矢，腰鼓百面，破盡蒼蠅蟋蟀之聲。其功不可泯也。觀其與李、宋二子選明人詩自序，略云：「一篇之收，互爲諷詠；一韻之疑，互相推論。攬其色矣，必準繩以觀其體；符其格矣，必吟誦以求其音；協其調矣，必淵思以研其旨。於是郊廟之詩肅以雝，朝廷之詩宏以亮，贈答之詩温以遠，山藪之詩深以邃，刺譏之詩微以顯，哀悼之詩愴以深。使聞其音而知其德，省其辭而推其志。」先生之論詩，知所本矣。

曜靈六章　并序

《曜靈》，天子遇旱而憂，省獄減刑，雨以時降，詩人美之也。

曜靈維陽，杲杲麗天。爰自東作，火見于昏。天之薦瘥，蘊隆如焚。皇曰予冀方邦畿所安，廢我來牟，兆民孔艱。

旱之始盛，維塵冥冥。旱既太甚，百卉具零。豈降自天，胡德非馨。曾是有象恭，曾是有讒慝，曾是有詭隨，曾是有掊克。

爰命宗伯，大雩孔明。爰命徹侯，于郊于宗。以爾幣玉，及爾斯牲。方社既周，山川用享。振古率育，胡遘予不寧。

巍巍薊丘，維君宅之。翼翼皇心，維天繹之。禮莫不展，來饗來格。膳宰既徹，鏞鼓既釋。凡百君子，勗爾無斁。

皇曰司寇維刑，世重世輕。朕堲姦宄，或愆于平。悍陽驕驕，憂我黎氓。乃清岸獄，乃釋累囚。肆赦時夏，或歌且謳。倬彼燕山，出雲油油。終朝彌野，既舒既柔，既霑既優。田畯語語，樂我士女。以育我稷黍。皇王布惠，天錫純嘏。

仲夏直左掖門送彝仲南歸

金塘回素波，中有雙鴛鴦。託身在清禁，和鳴君子旁。顧此同林鳥，孤翼忽南翔。生平志慷慨，何事獨難忘。本爲四海人，豈得常相將。丈夫重知己，萬里同一鄉。黽勉效貞亮，德輝在巖廊。莫憂青蠅多，和璧貴善藏。執手不能語，悵矣結中腸。

雜詩六首

日夕登高臺，馳目窮千里。衆星燦雲間，經緯誰能理。神哉玉衡運，天樞無終始。上有瓊瑤宮，紫皇日端委。我欲乘飛鸞，銜書碧雲裏。聲殷塗逾遐，心長情何已。懷中五色石，相見徒磊磊。

山椒微風發，薄暮遲佳人。頽陽澹林表，素月生河津。佇立懷往路，時宴多苦辛。君家青雲樓，瑶華豔當春。皋蘭亦有芳，欲寄良無因。歡愛豈足重，要使恩誼申。浮雲誠易阻，白璧終見珍。

至道無相非，末流乖心迹。高懷苟不亮，執誼日以積。賢隨貴同用，愚與賤交役。騰名自有階，投讒豈無隙。營營棘上蠅，可以攜金石。履純思寡尤，超方鮮奇策。毁譽苟未忘，顧影慚跼蹐。

尚口自有窮，捫舌豈我欺。伊予昧機變，率性不自知。遇物皆衷言，當險若履夷。于己固弗慎，安望人保持。俯仰生平内，常與悔相隨。沉默苦不早，壯盛忽若馳。世人貴形迹，君子敬威儀。臧否聖所誡，南容真我師。

自聞《麥秀歌》，纏緜亂心曲。四野起重陰，白日一何速。親朋與我違，豺虎來相逐。皓皓凝河冰，蕭蕭落山木。行吟空自知，獨立傷游目。逝川何時還，頽光能再燭。詎惜紅顔變，所悲韶景蹙。豈無帝女靈，願就愚公谷。

墓門有惡木，鴟鴞巢其顛。同兹雨露潤，不與百卉妍。性質固自殊，大造安能遷。我行適見之，三日酲未痊。利斧雖在手，斬伐無此權。去去保芳潔，痗然思過愆。

魏楚白云：大樽雜詩，融鑄晉魏，自成一家，得力又在景陽。

賦得浣紗石

越紗出機中，翦向春風裏。皎若秦川雲，飄揚隨渌水。佳人臨淺瀨，無言空徙倚。不惜紅顔勞，素絲誰爲理。斂衣入中林，澄江皓千里。青苔日夜生，沉思竟難已。

苦雨

洩雲屯層嶺，密霧瀰空林。南山發殷雷，北郭滯愁霖。紅泉落虛壁，渌水漲遙潯。危條度飛鼯，宿莽聚鳴禽。桃英蕩華色，麥穗悲陸沉。天畢騁所好，屏翳日相侵。徘徊華軒下，仿佛碧山岑。昏墊蕩下土，沉冥符道心。側想《零雨》篇，空懷《梁父吟》。

寓言

江東有凡鳥，自名爲秃鶖。食魚徒滿吭，毛羽終可羞。其或所立渚，鷗鷺必遠投。何來一蒼鷹，鐵翮黄金眸。不作摩天飛，下集滄江流。側身與鶖伍，比翼相遨遊。末流安可居，貴賤各自求。所以老鶴心，傲然横高秋。

小車行

小車班班黄塵晚，夫爲推，婦爲輓。出門何所之，青青者榆療吾飢，願得樂土共哺糜。風吹黄蒿，望見牆宇，中有主人當飼汝。叩門無人室無釜，躑躅空巷淚如雨。

桃源夜遇鄭超宗落第還維揚

相逢班馬鳴，三月出王京。秉燭黄河岸，悲歌下相城。風雲雙闕暗，花柳半江明。突兀金臺上，知君最不平。

交河

烏啼征馬動，曙色散滹沱。海氣通三島，天風静九河。沙平邊草斷，日澹塞雲多。百里無烟火，空村空自過。

襄陽

江漢西陲重，荆襄南紀雄。諸侯悲峴首，耆舊失隆中。燧色通秦塞，妖星下楚宫。不知大隄女，何處舞春風。

高寓公書來詢予近况予適從石齋先生築講壇于大滌山留連竟日遂書此報之

三山迷漢使，更起白雲壇。環珮天風滿，旌旗海日殘。草侵群帝靜，月度九霄寒。惆悵乘鸞者，焚香獨夜闌。

廬居

行遯山河改，歸來松菊荒。尚餘三畝宅，無復萬家旁。祈死煩宗祝，偷生媿國殤。但依親隴在，含笑此高岡。

錢塘東望有感

清溪東下大江回，立馬層厓極望哀。曉日四明霞氣重，春潮三浙浪雲開。禹陵風雨思王會，越國山川出霸才。依舊謝公攜屐處，紅泉碧樹待人來。

晚秋雜興

太行東出擁神京，古塞秋風右北平。笙鶴已辭滄海使，貂蟬初撤羽林兵。清霜玉沼芙蓉苑，旭日金鋪翡翠城。魚鑰時傳宣召急，侍臣通籍在承明。

晚渡錢塘

吳山越岫隔中流，簫鼓平明青翰舟。萬里晴江開曉郭，千帆春草送芳洲。桃花欲落潮先至，鶯語初聞露未收。何事西陵常問渡，不堪獨上望京樓。

送吴巒穉司李桂林

翡翠巢邊匹馬過，千盤桂嶺鬱嵯峩。南浮灕水啼猨滿，北望君山落雁多。蠻府官閒能作賦，漢廷恩近憶鳴珂。愁心獨繫張平子，欲寄瑯玕奈遠何。

送張玉笥中丞擢河道少司空隨召陛見

舊京開府靜牙璋，詔領河堤入未央。周室保釐分郟鄏，漢家底績念宣房。九天星宿穿秦塞，萬里梯航走冀方。爲語至尊南顧日，不堪重問海陵倉。

錢瞻百云：雲間七律，多從豔入，大樽味特深厚，而詞更娟秀。

吴越武肅王祠二十韻

羅平妖鳥集，唐室已顛連。草草群雄事，紛紛割據年。斗牛占王氣，屠販出豪賢。地屈孫劉勢，形支江海邊。爪牙多健勇，參佐集神仙。本奉中原朔，時分屬國天。錦城開邸第，大木擁旌旃。受冊三樓上，歌風駟馬前。自從納土後，終見舉宗遷。青蓋方朝洛，丹書改賜田。金輿何日去，玉盌不曾還。

守墓新恩重，荒祠舊德傳。冕旒皆壯麗，子姓特緜聯。晚樹騰鼯鼠，虛簷響杜鵑。崇功銘版碣，遺恨滿山川。異代還祠廟，當年入管絃。竇融應貴寵，張軌共周旋。錫禮何妨盛，王侯豈易捐。誰言脫屣便，不見誓書堅。宋室諸陵在，南枝更可憐。

邊詞二首

大同女兒顔如花，十五學得箏琵琶。莫向中宵彈一曲，清霜明月盡思家。
八城亦是古遼西，大纛高牙萬馬齊。壯士錦衣行樂地，十年無夢到春閨。

從軍行

彎弓獨上李陵臺，極目燕支秋色來。磧路西回三萬里，青天遙挂白龍堆。

督亢

燕南趙北起秋風，亂後斜陽沒故宮。此地輿圖原不小，能藏匕首入關中。

侯岐曾 一首

岐曾字雍瞻，蘇州嘉定人。通政峒曾弟。縣學生，援例入國子監。以陳子龍事牽連，執至松江，遇害。門人私謚曰文節先生。

望湖亭口占

俯檻即湖陰，沿流望隔潯。峰開三面色，人雜五方音。簫鼓龍祠鬧，松楸馬脊深。悠然喧寂理，飄泊一觀心。

劉曙 二首

曙字公旦，别字檉圭，長洲人。崇禎癸未進士。除南昌知縣，未赴。居父憂，坐事械至江寧，死于市。有《節必居稿》。

乙酉八月十四夜匿影農家夢楊維斗作

襆被短簷下，月華靜窺帳。子來入我夢，顏色耿相向。爲別亦已久，不問別來狀。互言白髮新，慷慨復悽愴。分袂還踟躕，欹枕轉惆悵。緬思定交日，總角氣方壯。文酒多奇懷，圭璧有微尚。中原今陸沉，吾道未淪喪。亂離憶朋儔，雞鳴不能忘。乃知君與友，一義相摩盪。浩歌絶命辭，與子共酬唱。所敦在宿昔，存沒總依傍。相期泰華顛，千秋訊無恙。

烹悟泉因懷王充仲

相依謀已定，相望意仍違。清夢勞明月，孤吟繞翠微。分泉甘苦共，脫帽往來稀。漸欲尋山徑，秋風一款扉。

顧咸正五首

咸正字端木，崑山人。崇禎癸酉舉人。除延安推官。後死于難。

《詩話》：端木，文康曾孫，與弟咸建、咸受，子天逵、天遴，父子兄弟五人，後先授命，可謂不媿相門。此外江陵有孫同敞別山，嘉善有子棅仲馭，而家叔祖成都府同知大定君永，均與烈風中勁草比節，使後之作史者仿《新唐書·宰相世系》撰表，亦足以生色矣。

登華山

倚杖高臺萬里秋，山川元氣共沉浮。金神法象三千界，玉女明妝十二樓。井鉞參旗皆北拱，濁河清渭自東流。愁看殺氣關中滿，獨立南峰最上頭。

落葉

亭皋秋色乍淒其，葉葉枝枝悵別離。靜院翻風人倦後，小牕敲雨夢驚時。飄零漢殿哀蟬曲，憔悴陳宮玉樹詩。却恐尊前歌舞罷，故園楊柳又依依。

沈山子云：落葉詩題，顧氏昆友并作，而端木熨帖特爲擅場。

上方巖

層層白雲堆，石屋架其上。鳥雀靜不喧，半空人語響。

猢猻愁

人心險于山，平地覆車馬。猢猻亦何愁，愁爾登山者。

新製藍布袍口號

鐵甲縱横日，綈袍寂寞時。難將故鄉淚，低向袖邊垂。

夏完淳十一首

完淳字存古，松江華亭人。考功郎。允彝子。有《玉樊集》《南冠草》。

鍾廣漢云：陳大樽選明詩，存古年纔十餘爾，而宋轅文援其論詩以作序，此時已許其作後進領袖矣。迨十五從軍，十七授命，磨盾草檄，不異老生宿儒，信異稟也。

《詩話》：存古，南陽知二，江夏無雙，束髮從軍，死爲毅魄。其《大哀》一賦，足敵蘭成。昔終童未聞善賦，汪踦不見能文，方之古人，殆難其匹。

仿古

月出西南樓，流光入幽室。盈盈十五女，綽約好顔色。素手響金徽，一彈三太息。激楚變清商，悲惋難自抑。本以待遠人，所遇非疇昔。熏風蕩羅綺，卧懷行旅客。夢中迷遠道，疇能辨南北。飛禽習習還，疑是君行跡。征雲無歸期，彷徨淚盈臆。

秋懷五首

祝融避炎陸，金天肅秋駕。玄蟬響高樹，鶗鴂鳴深樹。豐草承露零，朱華冒風榭。蟋蟀變東榮，素河轉西野。自媿蒲柳姿，奄忽從物化。久視多所悲，疇能竟長夜。

凉風何瑟瑟，吹我游子顔。歷歷江上林，流蟬鳴其間。浮雲西南征，一去何時還。駕舟凌洪波，杖策窮崇山。君子不遑息，小人豫以閒。感激在溝壑，敢念徒旅艱。中夜起百憂，勞人獨長歎。

秋色從西來，風物自淒緊。金飈辭炎暉，玉露戒商軫。鶗鴂薄暮鳴，幽蘭望秋隕。零落在一時，榮華若朝菌。高從巢父棲，下與壺公飲。靜觀百歲間，無名以爲準。

耿耿秋夜光，雲中覩靈匹。漢陰無報章，河陽有棄軛。霧帬結雲環，瓊珮何歷歷。佳期匪綺節，妙會乃凉夕。微露鮮玉枝，輕飈動雕翼。餘光欻欲馳，流景逝已迫。黄姑九秋期，婺女三光隔。仿佛靈駕回，參差空夜織。

愁人不能寐，羅帳含月光。凉風吹芙蕖，習習生金塘。絡緯鳴參差，瓊露凝玄霜。柔條日以勁，瑶草不復芳。盛衰各有時，憂來浩無方。玄髪忽改白，使我身世忘。

魏禹平云：存古《秋懷》諸作，非謝非韓，游衍自得。

精衛

惠風蕩芳樹，有鳥鳴中林。尾長羽翼短，銜石隨浮沉。崇山日以高，滄海日以深。既無淩風姿，延頸振哀音。辛苦徒自力，慷慨誰爲心。惜哉志不申，道遠固難任。滔滔東逝波，勞勞成古今。

楊柳怨

東風初度春江曲，大堤花草參差緑。昨宵烟雨盡傷心，今日鶯花空滿目。有客扁舟迴自傷，一江春色半垂楊。始知啼鳥皆牽恨，不是征人亦斷腸。

秋夜感懷

登樓迷北望，沙草没寒汀。月涌長江白，雲連大海青。征鴻非故國，横笛起新亭。無限悲歌意，茫茫帝子靈。

送杜于皇歸郢

分手金陵道，相逢倍黯然。鸎啼楊柳岸，人在木蘭船。客路三千里，征衣十二年。計程歸夏口，明月兩回圓。

寶帶橋

連天芳草青，極浦獨揚舲。歸雁舟前落，愁人夢裏聽。花光明曉霧，波影亂春星。欲訪靈威穴，孤帆入洞庭。

葉尚高 一首

尚高字而立，樂清人。温州府學生。

《詩話》：而立兵後佯狂，幅巾大袖行於市。太守見而執之，賦詩云云，釋之不問。丁亥二月上丁，攜水一杯，采芹一束，乘太守未釋奠，哭于孔子之庭曰：「吾師乎，吾師乎，縱泰山之已頹，曾林放之不如乎！」太守至，怒繫之獄。迨五月四日，語獄卒曰：「詰朝屈大夫沉湘之日，吾其死夫。」俾具湯沐，至明自經而立。詩無存，市上所賦，特游戲耳。然亦孟棨、計有功輩所當録者。

上太守

北風袖大惹寒凉，惱亂温州刺史腸。何似蜉蝣易生死，得全楚楚好衣裳。

林埅 一首

埅字子堃，候官人。崇禎癸未進士。除海寧知縣。家居，死事。有《恥齋集》。

爲鄢德都畫竹

所南之蘭無土，恥齋之竹無根，想見百千年後，熒熒紙上血痕。

郭符甲 一首

符甲字輔伯，晉江人。崇禎癸未進士。戰沒，葬海島中。

《詩話》：顧漢石懸首錢塘，六月無蠅。郭輔伯戰死海澨，五百人尸糜爛，而四體不腐。忠義之足以感天地萬物也。

題寓園松徑

長風何處起，清響落層湍。忽聽晴空雨，翻飛午院寒。蒼鱗移漢殿，鐵幹老秦官。即此開三徑，徘徊盡日看。

祁幼文云：春容大雅。

鄺露 二首

露字湛若，南海縣學生。有《嶠雅》。

屈翁山云：湛若好大言，汪洋自恣，以寫其牢騷不平之志。或時清淡緩態，效東晉人風旨，所至輒傾一座。至爲詩，則憂天憫人，主文譎諫，雖《小雅》之怨誹，《離騷》之忠愛，無以尚之。

梁芝五云：湛若上元跨馬衝南海黄令行幰，令怒，拘之。微吟曰：「騎驢適值華陰令，失馬還同塞上翁。」及廣州城陷，猶倚柱鼓琴。爲兵所刃，抱琴死。錦衣葉君贖之。嵇侍中之衣，房公之馬，宜爲世所重也。

沈山子云：湛若詩鏤金葉玉，以雕琢爲工，其不經意處，時臻《大雅》。

《詩話》：湛若工諸體書，學使者試士，以恭、寬、信、敏、惠發題。湛若制義五比，用大小篆、八分、行、草書于卷，學使者大怪之，然不罪也。居恒以才略自負。見海内多事，因學騎射。跨馬出門，衝縣令頭踰，令怒，中文學使者除其名，將加以桎梏。乃亡命之廣西，遍尋鬼門銅柱舊蹟，游于岑、藍、胡、侯、槃五姓土司，爲猺女執兵符者雲亸孃書記。歸撰《赤雅》一編，紀其山川風土儀物，及女君天姬隊歌舞戰陣之制。家蓄藏真墨蹟，享帚千金。素問業於香山何閣老吾騶，閣老見而愛翫不已。湛若分手脱贈，既而大悔，挐舟抵香山，升閣老之堂，欲自挂梁上。閣老亟卷還之。又蓄二琴，一曰南風，宋理宗宫中物。一曰緑綺臺，唐武德年製，明康陵御前所彈也。出入必與二琴俱。廣州城破，湛若抱琴死。緑綺臺爲老兵所得，以鬻於市，歸善葉錦衣解百金贖歸，至今存其家。詩曰《嶠雅》，手書開雕，極精楷，予嘗見。其駢體文亦佳。

虞山謁舜祠

荒服垂衣日，三苗格命年。鳥耘千畝籍，龍御九疑烟。蒲坂征雲外，蒼梧落照邊。何人撫瑶瑟，離恨隔湘川。

采石

牛渚青天月，長縣供奉祠。如何今夕酒，不共昔人持。高詠誰能似，扁舟從所之。溯洄殊未已，言折楚江蘺。

瞿式耜 一首

式耜字起田，常熟人。萬曆丙辰進士。授永豐知縣，調江陵，選户科給事中，以右僉都御史巡撫廣西。死于難。有《媿林漫録》《雲濤》《松丸》等集。

《詩話》：瞿公生長華門，屏游閒之習，自臨八桂，盡瘁行間。既縶獄中，與江陵張公同敞悲歌酬和，互作草書，筆飛墨舞，聯爲行看。子往嘗見之于吳下，所謂鼎鑊甘如飴者。

遊虞帝祠次金道隱韻

祠宇蕭疏迥絶塵，孤峰隨意著閑人。窺雲應傍巢松鶴，破浪終同入釜鱗。茶盌酒鐺全部史，風篙月槳一江春。予與子暇道隱扁舟泛月而歸。却憐嶺嶠曾無恙，便託荒巖老此身。

陸冰修云：向隅之語，誦之淒入肝脾。

吴鍾巒一首

鍾巒字巒稺，武進人。崇禎甲戌進士。除長興知縣，謫紹興府照磨，升桂林推官。

大庾道中

亂離何地度年華，老至仍憐去路賒。共指此心猶似水，相逢多説已無家。關山寂寞行人少，雲樹蒼黄落日斜。逆旅挑燈愁獨寐，夢思應繞赤城霞。

李向中一首

向中字豹韋，號立齋，鐘祥人。崇禎庚辰進士。除長興知縣，調秀水，升車駕主事，未任，補職方。舟山下被執，不屈死。

題旅舍

雲外平林東郡，天邊落日西峰。悲涼此夕何夕，燈火黄昏店中。

周世臣一首

世臣字穎侯，宜興人。崇禎庚辰進士。除漢川知縣，以建言革職。補永平府簡較，升興化推官。

游仙詩

圜丘列奇樹，北海生神芝。翡翠曜瓊圃，潛鱗戲瑶池。飛泉供漱齒，白石爲療飢。姮娥降洪響，宓妃頷其頤。隨烟上三島，飄風凌九疑。持此傲下士，投簪來遠期。

余鵾翔一首

鵾翔字唱若，號誕北。辰溪人。天啓乙丑進士。除金谿知縣，調遂溪，入爲戶部主事，歷員外郎。以布政參議守徽寧道，轉山東。遷浙江按察副使，調山東。

聞劉念臺先生被放

皇威方震虩，忠愛此時心。抗疏回天苦，憂時去國深。雲從歸路暗，日爲逐臣陰。慘澹春明水，秋蟬寂未吟。

屈翁山云：詩不見好，然不類楚人流派。

萬曰吉五首

曰吉字允康，黄岡人。崇禎庚辰進士，崑山知縣。有《東有堂詩》四集。

塔影園

半壁依青嶂，千峰落翠微。草堂冰雪路，山鬼薜蘿衣。斷塔仍栖鴿，荒岡亦采薇。中原方格鬭，坐卧掩柴扉。

寒食

東郊朝日静，北郭暮烟遲。燕不巢新幕，花猶戀故枝。嬾投分肉社，羞逐鬭雞兒。屏絶人間事，繇田弔子推。

送吾無上人返廬山

萬里秋聲急，青楓古渡平。潯陽潮自落，楚岸月孤明。破衲飢寒去，芒鞵雨雪行。爐峰遥在望，惠遠定相迎。

哭艾千子

膚髮臣無恙，朝廷事已非。斯文將墜地，先死亦知機。遺業驚殊域，孤魂戀舊畿。酸風吹劍水，丹旐暮雲飛。

謝客

甪里先生小築居，蕭然衾枕半牀書。閉門覓句江湖外，濯足招魂雨雪餘。卯酒動思千日醉，辰瓜準擬一犁鉏。五陵公子多裘馬，同學何人問草廬。

朱日升一首

日升字君旭，淮安山陽人。崇禎癸未進士。

弔宋叟

天高木落起憂思，秋士悲歌正此時。何處靈均尋舊蹟，臨風三歎薦江蘺。

李之椿 一首

之椿字大生，如皋人。天啓壬戌進士。除行人，遷吏部主事，歷官尚寶司卿。有《指樹園集》。朱雲子云：徂徠五律工秀，起句尤用意。如「春曉淨江天，青山入畫船。家家楊柳青，車馬不曾停」，真不減唐人風致。

虎丘弔五人墓

亂賊兒孫擁，安危呼吸爭。五人能就死，衆正始俱生。矯逆原非詔，拳兇不爲名。忠魂今尚在，時映夕霞明。

項禹揆 一首

禹揆字子毘，秀水縣學生。與李之椿同遇害。

和定齋陳子閉關

聞道牆東客，翛然避竹陰。泥封清濁酒，箋輟短長吟。沮溺耕焉耦，求羊徑轉深。看君同臭味，可許獨幽尋。

眭本 一首

本字允立，丹陽人。明永子。縣學生。坐事死。有《務庵集》。

和袁景文白燕詩

瑶海春深舊壘非，水雲漠漠望依稀。雪中曳縷飄紅去，月上窺簾傅粉歸。莫以處堂怡玉羽，豈將巢幕語烏衣。故宫别殿今何向，冷落梨花影共飛。

張煌言二首

煌言字元箸，鄞人。崇禎壬午舉人。《詩話》：文信國至燕，元世祖命具供帳如上賓。既戮于柴市，臨朝歎曰：「文丞相好男子，不肯爲吾用，殺之誠可惜也。」興朝之主待亡國之臣其恕若是。聞公就執，制府趙清獻公待之以禮，慰勸再三。卒以不屈，含笑受刑。殮而葬之雷峰之右，至今有包麥飯而祭者。清獻之寬仁，足以頌矣。

樅陽謡二首

八尺風帆百丈牽，樅陽湖裏去如烟。江南米價秋來長，喜殺桐艚賣稻船。
沿湖下網蕩湖船，網内纖鱗錦樣鮮。燈火湖光兒女笑，魚秧種得不須田。

黄周星二首

周星字九烟，上元人。育於湘潭周氏。中崇禎庚辰進士。除戶部主事。疏請復姓。晚居湖州，有《芻狗齋集》。

《詩話》：九烟晚變名曰黄人，字曰略似，又號團菴，又曰汰沃主人，又曰笑蒼道人。布衣素冠，寒暑不易。人有一言不合，輒嫚駡。嘗賦詩云：「高山流水詩千軸，明月清風酒一船。借問阿誰堪作伴，美人才子與神仙。」年七十，忽感愴于懷，仰天歎曰：「嘻而今不可以死乎？」自撰墓志，作《解脱吟》十二章，與妻孥訣，取酒縱飲，盡一斗，大醉，自沉于水，時五月五日也。又仁和陳叟繼新，居於禾，晚節納石子懷中，赴龍淵寺門潭中死。均不失爲申徒狄、徐衍一流。

天台

勝蹟天台路，移情入窅冥。亂泉秋後寺，絶壁古時亭。槲葉岸多濕，蓮花峰更青。白雲吾語汝，且向石梁停。

秋日與杜子過高座寺登雨花臺

被髮何時下大荒，河山舉目共淒凉。客來古寺談秋雨，天爲幽人駐夕陽。去國屈原終婞直，無家李白只佯狂。百年多少憑高淚，每到西風灑幾行。

錢栴 一首

栴字彦林，嘉善人。崇禎癸酉中順天鄉試。以薦除職方主事，進郎中。坐事死於市。有《白門集》。

俞右吉云：彦林，貴公子，性好結客。復社未舉之先，吳有應社，彦林實倡之。平生與卧子交最深，卒同其禍。仲子不識、女壻夏存古，咸有神童之目。存古年十七，慷慨就死，與婦翁白首同歸，尤世所難也。

《詩話》：吾鄉科第之盛，數嘉善錢氏，撫軍、相國二房聯華接武，相國有仲馭，撫軍有彦林，後先以死勤事，賢子弟固自難得。

七夕獄中作

對泣囚冠度綺宵，江鄉千里客愁遥。雙星若識人間事，也定凄然罷鵲橋。

徐爾穀 一首

爾穀字似之，嘉興人。國子監生。坐事被逮，死白門。有《晝水草堂詩稿》。

贈顔先生

萋萋芳草望中迷，落盡棠梨水拍隄。誰向扁舟憐別客，白雲相送板橋西。

明詩綜卷七十六

小長蘆　朱彝尊　録
南屏　顧之斑　緝評

孫淳三首

淳字孟樸，嘉興府學生。有《梅縮居存草》。

張天如云：孟樸諸詩，去短集善。

萬茂先云：孟樸築梅縮於南潯芦，以詩自娱。所作清澂婉逸，庶幾風騷之遺。

《靜志居詩話》：詩流結社，自宋元以來，代有之。迨明慶、曆間，白門再會，稱極盛矣。至于文社，始天啓甲子，合吳郡金沙檇李僅十有一人，張溥天如、張采來章、楊廷樞維斗、楊彝子常、顧夢麟麟士、朱隗雲子、王啓榮惠常、周銓簡臣、周鍾介生、吳昌時來之、錢栴彦林，分主五經文字之選，而效奔走以襄厥事者，嘉興府學生孫淳孟樸也。是曰「應社」。當其始取友尚隘，而來之、彦林謀推大之，訖於四海，於是有「廣應社」。貴池劉城伯宗、吳應箕次尾、涇縣萬應隆道吉、蕪湖沈士柱崑銅、宣城沈壽民眉生，咸來會，聲氣之孚，先自「應社」始也。崇禎之初，嘉魚熊開元宰吳江，進諸生而講藝，於時孟樸里居，結吳翢扶九、吳允夏去盈、沈應瑞聖符等肇舉「復社」。於時雲間有「幾社」，浙西有「聞社」，江北有「南社」，江西有「則社」，又有歷亭「席社」，崑陽「雲簪社」，而吳門别有「羽朋社」、「匡社」，武林有「讀書社」，山左有「大社」，僉會于吳，統合于「復社」。「復社」始于戊辰，成于己巳，其盟書曰：「學不殖將落，毋蹈匪彝，毋讀非聖書，毋違老成人，毋矜厥長，毋以辯言亂政，毋干進喪乃身。嗣今以往，犯者小用諫，大者擯。」僉曰：「諾」。是役也，孟樸渡淮、泗，歷齊、魯，以達于京師。賢大夫士必審擇而定衿契，然後進之于社。故天如之言曰：「忘其身惟取友是急，義不辭難，而千里必應，三年之間，若無孟樸，則其道幾廢。」蓋先後大會者三，「復社」之名動朝野，孟樸勞居多。然而斂怨深矣。十年正月，蘇州民陸文聲疏陳「風俗之弊，皆原於士子，庶吉士張溥、知臨川縣事張采，倡立『復社』，以亂天下。」思陵下提督學政御史倪元珙察覈，倪公言：「諸生誦法孔子，引其徒譚經講學，互相切劘，文必先正，品必賢良，實非樹黨，文聲以私憾妄訐，宜罪。」閣臣以公蒙飾，降光禄寺録事，蘇州推官周之夔者，與溥同年舉進士，初亦入社，至是希閣臣意，墨経詣闕，復訐奏溥等樹黨挾持。案久未結，讒言罔極，至有草檄以聲「復社」十罪者。大略謂：「派則婁東、吳下、雲間，學則天如、維斗、臥子。上搖國柄，下亂群情。行殊八俊三君，迹近八關五鬼。外乎黨者，雖房、杜不足言事業；異吾盟者，雖屈、宋不足言文章。或呼學究智囊，或號行舟太保。傳檄則星馳電發，宴會則酒池肉林。」所云「行舟傳檄」，殆指孟樸言之。至十五年，御史金毓峒、給事中姜埰各上疏白其事，始奉旨「朝廷不以語言文字罪人。『復社』一案，準注銷。」後福藩稱制，阮大鋮怨戊寅秋南國諸生顧杲等一百四十人之具《防亂公揭》也，日思報復。爰有王實鼎東南利孔久湮，「復社」渠魁聚斂一疏，大鋮語馬士英云：「孔門弟子三千，而維斗等聚徒至萬，不反何待？」至欲陳兵于江，以爲防禦，心知無是事，而意在盡殺「復社」之主盟者。時崑銅暨宜興陳貞慧定生輩，皆就逮繫獄，桐城錢秉鐙、宣城沈壽民，亡命得脫。假令王師下江南少緩，則「復社」諸君，難乎免于白馬之禍矣。自昔《黨錮》之傳，列于《後漢》之書，「月泉」之社，附諸亡宋之籍。故録其詩，綴于崇禎之末。

玉峰塔下別天如

經過便聽塔鈴聲，誰解消魂比日情。客爲譚深催別暮，船隨潮便報帆輕。偶因懷友重憑檻，悔不看山再入城。二十餘年亭草寺，隔查相望水盈盈。

悲婁吟哭天如也

偶因文事立雞壇，不料浮言啓百端。生死幾人知痛哭，風波惟我共艱難。北門學士虚華屋，南郭先生爲撫棺。不負當年風雨夜，并將松柏厲餘寒。

倪君益以燈字索詩

畫船前月醉西陵，曾羡新歌續采菱。歸後但逢漁火出，夢中猶認六橋燈。

吴翿 四首

翿字扶九，吴江縣學貢生。有《升恒堂集》。

計甫草云：明季黨禍，社事初不相蒙，至於亡國之罪尤，與「應社」、「復社」諸君不相及，不可不辨也。社事之興，不過諸生文字之會，自朝宁視之，無異童子之陳俎豆、習禮儀，爲嬉戲耳。且明祖諸生之禁甚嚴，非若漢、唐、宋之太學生，得群聚京師，伏闕百十人，横議存亡大計也。漢、唐黨禍，其人身爲大官，仕于朝；次亦爲郡國守相。若二張雖仕不達；維斗、彦林終老孝廉；東之婦翁吳君，不惜破產，以刱「復社」；與子常、麟士、孟樸皆頹然老諸生，豈漢、唐、宋黨人之比哉！

《詩話》：扶九居吳江之荻塘，藉祖父之貲，會文結客，與孫孟樸最厚，倡爲「復社」。既而思合天下英才之文甄綜之，孟樸請行，出白金二十鎰，家穀二百斛，以資孟樸。閱歲，群彦胥來，大會于吳郡，舉凡「應社」、「匡社」、「幾社」、「聞社」、「南社」、「則社」、「席社」，盡合于「復社」，論其文爲國表。雖太倉二張主之，實引次尾、扶九相助。當其時，烏程温相君有子求入社，扶九堅持不可。於是乎有徐懷丹之檄，陸文聲之疏，繼以周之夔之彈事，又繼以王實鼎之飛章。而「復社」禍機既發，扶九亦日在憂患中，家居論斷歷代史，分爲存信、存疑二部，又聚明人集三千七百家，欲輯典故，成一家言，皆未果。遺書經盜劫，散佚殆盡。有子南龄，予女壻也，僅存「復社」同人姓氏一册，出自扶九手書。爰録其副，按籍以求諸先生之詩，蓋千百之什一爾。

懷熊檗菴師在靈巖

朝衣脱去更翛然，慧業亡亦即解禪。縱說江南風景好，舊人慵對李龜年。

憶王汝成吹笛

夜半清歌遶苑屏，更兼羌笛動人聽。吳郎一去春無主，誰壓新聲入洞庭。

南京懷古

戎車已見借包茅，十四樓成話樂郊。一自燕山開御苑，月明南内鎖蠨蛸。

哭孫孝廉君昌

一生漁獵是忠經，白袷從軍袒受刑。江左風流消歇盡，更無名士哭新亭。

楊彝 一首

彝字子常，常熟儒學生。

張受先云：甲子冬，與天如同過唐市，問子常廬，麟士舘焉，遂定「應社」約。敘年，子常居長。

計甫草云：子常、麟士經營社事最先。

建溪

艇子飄搖下，青移對岸峰。一灘溪一曲，千里石千重。鴻雁應難到，鳧鷖亦少逢。深潭與急峽，曾説有蛟龍。

顧夢麟二首

夢麟字麟士，太倉州人。有《織簾居詩集》。

追和陶南村雜詩二首

野曠逢人少，兵殘避地多。辛勤知稼穡，游釣託烟波。草漫烏犍卧，門開白鳥過。社餘分一醉，斜日下庭柯。

漫隱烏皮几，行呼鶴髮翁。輞川舟上下，瀼水屋西東。褦襶穿花底，笭箵挂竹中。無人問名姓，祇道武陵同。

朱隗七首

隗字雲子，長洲人。有《咫聞齋稿》。

錢受之云：史稱大江之南，五湖之間，其人輕心。晉人言吳音妖而浮，故其人巧而少信。昔奪于秦，中服于齊，今咻于楚，此其徵也。雲子能自立，一洗輕心少信之恥。

《詩話》：雲子際鍾、譚盛行之日，唱酬吳下，遥應南風。然其論詩有云：「詩貴淵源風旨，不取蹈襲形模，漢、魏未嘗規摹「三百篇」，盛唐未嘗規摹漢、魏，今且拘拘習其聲音笑貌，何爲者邪？」又《贈陳玉立長歌》云：「譬如韓昌黎、杜少陵，文章無一字無來路，何曾人蹊徑尚平腐。也説不驚人不休，也説横空盤硬語。堪歎世人疲驢瘦馬逐隊行，及至跨險騰空鞭不去。五十年前、不知天下幾人僵死中原白雪中，後此還爲楚風誤。」則於景陵非中心誠服可知。且盛稱卧子之作，而其已作，第留意於中晚，不可與聞修、元歎等齒也。

絡緯

恤緯誠何念，勞勞警客眠。響清當雨後，意苦在秋前。疏火瓜棚夜，凉河雁影天。食苗非爾志，籬落興翛然。

天長苦雨 時館地與高郵湖相近。

縱横野水斷人行，荒緑推牕一望平。傍舍秧齊聞擊鼓，北方敲鼓插秧。隔籬花短見移檠。天涯弟妹連宵夢，澤國風烟幾日晴。酒醒空堂凉不寐，怒雷驅雨入湖聲。

月艇歸帆

入浦風漸微，蒲帆不須落。秋光何處多，烟月溪邊閣。

虎丘春眺

桃花水漲没桃溪，掩映紅橋碧草齊。萬樹垂楊深雨裏，村南村北鵓鳩啼。

佛惠河亭

榕葉蕭蕭下水亭，瓦燈殘燄伴寒星。荒藤苦竹聲相切，却作湘江夜雨聽。

戲贈滄叟

誰憐湖海老漁師，殺賊能工盾鼻辭。二十年前還憶得，酒香深院嬲紅兒。

西湖偶作

故園籬豆綻涼風，酒薄衣單古寺中。正恐秋聲聽不得，清霜禁殺絡絲蟲。

沈士柱五首

士柱字崑銅，蕪湖縣學生。有《土音集》。

周穎侯云：崑銅故宫辭，思致緜邈，忠見乎辭；情懷悱怛，義形於色。得風人勸戒之旨，動人望古之思。

九日和穎侯

何處登高去，鄱陽尚繫囚。異鄉逢九日，深殿送三秋。雁晚飛無定，蛩寒咽不流。西風吹夢好，湖海一扁舟。

次韻答嚴仍叔見贈

相逢遲暮舊知名，子墨無煩介客卿。句欲驚人同謝朓，身非處士雪樊英。眼看箸覺籌難借，心近棋嫌局不平。越石扶風迎乍歇，雞聲漸次曉聰明。

次青陽孫王二子寄山峒韻

畹蘭徑菊舊柴門，記得君來共酒尊。豈意馬能將鹿指，遂教象亦被蛇吞。禁中黄霸書空掩，塞外班超筆尚存。長夜漫漫何日旦，從君叩角再微論。

前故宫詞二首

三百年恩總未酬，宸居何意卧羈囚。先皇製就琉璃瓦，還與孤臣作枕頭。

武英舊殿月輪西，哀哀朝臣待漏齊。十九人今無别夢，冬青枝上鷓鴣啼。

劉城 七首

城字伯宗，貴池人。有《嶧桐集》。

《詩話》：伯宗、次尾，足稱貴池二妙，才氣亦相敵也。

箜篌引

公無渡河，河北賊多。賊多猶可，兵多奈何！

折楊柳歌

三度入孟津，漢兒顏色少。惟有楊柳枝，不改前年好。

秋懷

秋雲日以薄，秋夜日以長。秋露日以白，秋草日以黄。此時秋士悲，耿耿不能忘。豈無同心人，飄零非故鄉。蒼蒼蒹葭遠，乃在天一方。欲往心煩紆，漸我車帷裳。

招安歌

花闌小票百十紙，緜緜纏纏免死字，宛宛轉轉到寒壘。賊首坐笑冷牙齒，有人附耳言如此，上坐回嗔色作喜。大言「爾歸報總理，吾今賣劍買牛乞貸死，願受冠裳住城市」。

群盜

群盜尚如此，江城未可依。健兒身手劣，祈父爪牙非。鼫鼠能中飽，飛鴻恒苦飢。從來比管樂，今欲泣牛衣。

追恨

黄屋何曾樂，憂勞十七春。布袍常服御，煖閣累咨詢。貴近無撓法，狂愚得上陳。聖明成覆敗，誤國總諸臣。

九華雜詩

祇園高處不勝寒，四望悲風獨立難。我以輕衫當晝解，僧言殘雪昨宵乾。木皮覆屋冬偏好，竹葉編籬卧亦安。忽覩金光爍初地，滇南一塔日中看。

沈壽民三首

壽民字眉生，宣城人。縣學生，舉賢良方正。有《剩菴詩稿》。

《詩話》：崇禎丙子，有詔舉賢良方正。於是巡撫應天都御史張公國維，以宣城沈徵君壽民應詔。既入都，適宣大總督楊嗣昌奪情起兵部尚書，徵君抗疏劾之，其略云：「嗣昌居喪起復，業一年矣。君命莫可委，即應躬歷戎行，滅寇朝食。奈何安坐司馬之堂，支吾朝夕，以一十二萬方張之師，二百八十餘萬咸集之餉，顧不及鋒而用。鼓行以前，使餉日以虧，師或解體，因循釀禍，嗣昌斯時，雖屈首服丁汝夔之刑，束身死王洽之獄，竟何益哉！」又疏云：「嗣昌既不能躬履行間，曲狥熊文燦之說，兩人專欲主撫，奉天子之聲靈，以邀賊一紙之認帖，即撫局果成，而辱國損威，已不可贖，而况其未必也。流寇之禍，蔓延七省，肆毒十餘年矣。屠戮之慘，振古未聞，甚乃悖逆滔天，擅驚陵寢，凡爲臣子，疇弗痛心。嗣昌統一十二萬之師，不爲不武；運二百八十餘萬之餉，不爲不充。整旅以往，何兇弗催，俾賊力極勢窮，面縛輿櫬，猶應宣布皇威，律以無赦，而後昭上恩德以宥之。夫如是而撫可成也。今者漫無翦治，頓事姑容，招之不來，強而後可，毋乃既隳勦之功，而復乖撫之術乎！雖復遠寬三歲之限，更累數年之民，正恐盪賊無期，主憂彌切，臣不知所終矣。」通政使張紹先以其言危切，借字數溢額，沮勿封進。徵君復隟括兩疏之綱領上之，疏入，留中不報，乃投劾歸。漳海黄公道周歎曰：「此何等事，在朝者不言，而草野言之。昔真希元在朝，一月而封事三十六上，吾豈可遠愧希元、近慚沈子？」隨拜疏爭之。由是臺諫則何公楷、錢公增、林公蘭友、成公勇，詞臣則劉公同升、趙公士春，次第章俱上，南兵部尚書范公景文，復率南九鄉具公疏。思陵震怒，削范公籍，解成公赴訊，餘俱鐫謫無得免者。諸公之廷諍，實徵君倡之。阮大鋮既得志，將出緹騎逮徵君，乃變姓名攜家匿金華山中，久之還故里，終老不出。學者私謚曰「貞文先生」。與徵君共舉者，知穀城縣事阮公之鉶，爲張獻忠所害，贈太僕少卿。

答戴子

獨坐寡歡悰，起步庭南端。悠然何所矚，吾自愛吾山。故人遺我書，贈我古錦篇。清辭響哀玉，抗意天雲間。世事總戚促，擾擾不得閒。甘陵房與周，南北部相捐。如何程夫子，名共蜀朔傳。有道秉昭曠，感昔心憮然。三復三歎息，歸犂東阿田。

訪姜如農城北

石公嚴譴後，又見荷戈新。曠代留遺直，殘山待老臣。龍歸天上馭，環賜夢中身。生死昭亭路，鄉園別自春。嘉靖中，石御史金以諫止醮詞，謫戍宣州。後百餘年，公繼至。

扇歸輿父

是物珍吾笥，三年怯未書。筆因王粲閣，風想謝安餘。秋浦愁猨夜，宣州好月初。思君不可見，題罷付江魚。

梅朗中五首

朗中字朗三，宣城縣學生。有《書帶園集》。

侯朝宗云：朗三采六代之華標，三唐之製，長歌短律，胥臻精妙。

施尚白云：朗三善詩古文辭，兼及書畫，又好獎才彥、斂衆美，以萃其身。乃年不逮四十而摧折，悲夫。

王貽上云：宛陵諸梅，若禹金之宏博，季豹之高古，子馬之俊逸，率能守高曾之矩，繼風雅之緒。

月泊惠山同定生匏如

帆落山就暝，沿流入湖口。烟火兩岸居，曖曖蔭榆柳。際寺轉幽豁，左右帶園阜。稍覺風滿林，愛此月盈手。任真率已暢，賞心遂成偶。續遊諒能期，良覿容再有。且復共徘徊，無令坐搔首。

雜詠

芳蘭生道旁，擥者豈不衆。朝搴風中花，欲貽美人種。美人有遐心，國香亦何用。菅蒯誠微物，得時則爲重。

折楊柳

楊柳多情樹，秦樓與灞橋。參差籠淺黛，蹀躞綰長條。春夢從來慣，離魂自此銷。年年攀折盡，不待到秋潮。

高樓月

月色皎如此，秋光滿夜清。高樓動遐思，二十四闌明。木葉洞庭下，蒹葭霜露生。鳴琴復起坐，河漢漸縱横。

西湖七夕秦家樓和定生

天路收新雨，明湖映淺流。他鄉當此夕，遠夢寄高樓。穆穆金波暗，蕭蕭白苧秋。如何綵雲合，空聽鳳簫愁。

周立勳五首

立勳字勒卣，松江華亭縣學生。

張受先云：勒卣工愁善恨，下語如九曲明珠，耐人尋索。

《詩話》：松江舊有「十八子社」，唐文恪、董文敏、及吾鄉馮祭酒與焉。崇禎中，勒卣偕陳、夏諸公倡「幾社」，首事僅六人，以詩古文辭相砥礪。今所傳《壬申文選》是已。陳、夏皆以名節著，惟勒卣早夭，聞其遇社中人，意態殊落落，而人自有欲親之誠。時穀城方閤老四長守松江，數與「幾社」諸子周旋，而尢敬愛勒卣。人或問之答曰：「勒卣一往有雋氣，不屑作酒肉貴人，第其詩文恒以慨歎出之，慮其人不壽耳。」歲己卯，就試金陵，質素清羸，寓伎舘，伎聞貢院擂鼓，促之起，勒卣尚堅卧也。未幾遂客死。卧子哭以詩云：「松柏西陵路，菖蒲北里花。春風夜臺路，玉勒向誰家。」宋轅文亦有詩云：「翠羽明珠擁莫愁，君家顧曲舊風流。一時腸斷人何處，風雨蕭條燕子樓。」又云：「山陽玉笛異時情，天問靈均意不平。縱使未堪軒冕貴，何妨白髮老書生。」數日後忽夢勒卣至曰：「君詩固佳，胡不曰：縱使未堪丘壑老，何妨白髮困諸生。」轅文覺而異之，爲位佛祠祭焉。

詠懷

東登泰山巔，纍纍見城郭。秋風吹平原，牛羊下寒澤。吕尚本陰謀，漁釣竟所託。神明啓遠疆，後世資經略。遭逢良有時，志士固窮約。飄蓬西南征，浮雲散林薄。悲哉大國風，田横不可作。

過隨州

東國隨爲大，何年更築城。地連唐蔡古，水散溳溠平。暮竹依猨狖，荒臺立旆旌。從來作賦客，愁絶爲南征。

首春思歸

新烟舊雨歎沉淪，又過江城十日春。楊柳漸看能贈別，故園芳草未歸人。

傷春二首

平池曲巷古祠東，幾樹桃花落晚風。明日殷勤樽酒後，春光已過別離中。

白燕墳前載酒過，幾人同唱柳枝歌。莫愁一夜花如雪，搖落春心自此多。

于奕正二首

奕正初名繼魯，字司直，宛平儒學生。有《樸草》。

《詩話》：司直好古，嘗集天下金石志，雖未詳核，亦足繼東陽王象之書。其詩南學于楚，然燕趙之風骨尚存。

太古洞

太古閟秋光，幽窅不可拾。我欲探其奥，呼僧列炬入。蝙蝠觸烟驚，已墜復飛集。直下若眢井，雖寒不能濕。石乳挂四圍，仿佛百怪立。閲歷迷近遠，但視光所及。石罅伏深潭，僧云龍所蟄。静聽怳有聲，習習凉颸吸。心動欲引還，炬短石逾澀。附壁苔染身，足滑力不給。一綫逗天青，黄葉飛正急。

經甘羅城

是否甘羅宅，淮流萬古經。説行因趙地，拜賜自秦庭。斷碣摩新蘚，餘錢帶舊青。維舟上荒阜，岸草晝冥冥。

米壽都 一首

壽都字吉土，宛平人。貢生。沭陽知縣。

冀州河漲紀事

天意驕河伯，群情厭徙薪。謾言沉玉事，只有望洋人。凡席搴流荇，階渠理釣緡。慣來鷗與鷺，相傍若爲鄰。

崔丹 一首

丹字道毋，更名子忠，字開予，又字青蚓。順天府學生。

《詩話》：道毋以畫見知華亭董尚書，益自重。家最貧，有以金帛請者，槩不納。有二女，皆善畫。萊陽宋司臬玉叔曾示予《許旌陽移居圖》，鬼物青紅，備諸詭異之狀，幾與龔聖與爭能，匪近日畫家所及也。甲申寇變，走近郊，匿陶穴中不出，遂餓而死。「復社」一二集，道毋均與焉，先後名字不同。

送僧歸滇南

兵戈前路息，萬里憶慈雲。冬嶺春花豔，秋江暑氣熏。到時書少雁，去日夢隨君。最是悲涼處，遐荒收夕曛。

陳梁一首

梁字則梁，海鹽人。有《莧園集》。

《詩話》：則梁好讀異書，索異解。與董思白交，不效其書；與鄒臣虎交，不效其畫。詩文詞必已出，寧晦不庸。晚歲隱居，僧服茹葷，治生壙於郭外，結屋三楹覆之，語其友曰：「此亳社遺意也。」題其柱云：「此佛自來耽米汁，至今孤冢有梅花。」又云：「天下何思何慮，老僧不見不聞。」暇輒召客縱飲壙前，亦達士也。

壽王叟

竹隱居士不入市，手易一編三截韋，顛毛下垂不復理。于塒有雞闌有豕，牀頭有酒清且旨，對竹銜杯聊自喜。田舍翁願已足矣，人生大都百年耳，叟今四百四十幾甲子。壯夫之顔小兒齒，南宫注名從此始。

祁駿佳一首

駿佳字季超，紹興山陰人。

《詩話》：先生有道之士，然頗嗜奇，余嘗造其居，去冠弛帶，用墨紗束額，當前兩分之，而以金綫園其文。問之，則曰：「此季布髡鉗遺意也。」值其將營生壙，置棺一椁一，咸以不材木爲之，厚不盈寸，其形類櫝，椁去棺七寸。予不省其製，先生語予云：「吾嘗惡世之爲棺，蓋下而兩和者，思有以易之。聞松脂入地，千年成琥珀，吾納諸椁之内，棺之外，不材之木，取其速朽，木既朽，而吾長寢于琥珀之中，不愉快乎！」坐有滑稽者笑曰：「假若遇巨人防風、僑如、巨無霸，握琥珀以爲扇墜，則先生亦不得安寢矣。」先生嘿然。先生弟孝廉豸佳，字止祥，書畫摹董文敏逼真，名亦注「復社」，然不如先生小楷之絶倫。

秋日送顧茂倫

胥江九月鯉魚風，有客乘潮下浙東。家傍三高祠下住，到門楓葉恰新紅。

潘一桂 一首

一桂字木公，丹徒人。

渡淮寄李沮修

一辭明月綠蘿灣，獨向平原淺草間。別子幾番今有淚，渡淮三日不逢山。人隨征斂荒春事，風促兵戈冷抱關。開篋讀君臨別句，連篇繾綣不能删。

朱雲子云：胸臆流出，情事自然，不假粉飾，而氣藴特厚。

錢邦芑 一首

邦芑字開少，丹徒儒學生，晚爲僧，號大錯。

歸田詩

春至雨露滋，百草俱萌茁。荷鉏周田塍，土膏解枯澀。汩汩水泉動，蠕蠕蚯蚓出。呼童治犁鍬，催耕不遑息。天時一相違，事倍功猶嗇。君子既勞心，小人應食力。俯仰天地間，貴賤咸有職。一人肆遊惰，群情能無惻。飽暖不知恥，恐有災患及。自非終歲勤，豐稔安可必。

顧杲一首

杲字子方，無錫人。有《悟秋草堂詩集》。

《詩話》：崇禎戊寅，南國諸生百四十人，具《防亂公揭》，請逐閹黨阮大鋮，子方實居其首。有云：「杲等讀聖人之書，明討賊之義，事出公論，言與憤俱，但知爲國除姦，不惜以身賈禍。」大鋮飲恨刺骨，而「東林」「復社」之讎，在必報矣。大鋮名在《東林點將録》，號沒遮攔，而閩人周之夔，亦注名「復社」第一集。阮露刃以殺「東林」，周反戈以攻「復社」。君子擇交，不可不慎於始也。子方《楊柳枝》一詞，若似乎爲阮、周而作者。

楊柳枝詞

滚滚飛花下夕陽，從前春事一時傷。東皇縱欲重收拾，惱殺霑泥更不香。

孫臨 二首

臨字克咸，一字武公，桐城貢生。有《楚水吟》《肄雅我悝》二集，《大略齋稿》。

東甌曉發

際曉連檣挂席同，不煩邪許喚篙工。沙頭宿鳥飛逾白，霧裏殘燈颭不紅。半嶺霞殘茅店雨，一江潮響石門風。閒雲片片藏孤峽，不鎖寒流日向東。

括蒼夜思

春山花盡月初升，水上南雲夜氣澄。客夢不離桃葉渡，即歸已是白頭僧。

徐世溥三首

世溥字巨源，新建人。有《榆溪詩鈔》。

宋牧仲云：巨源詩陶汰間有未淨，而取材博，用意遠，不規規于漢、魏、唐、宋諸家，而每窺其堂奧。

擬古

回車駕言邁，言之京與雒。故人多通顯，未知今厚薄。鏡中顏盛衰，一身難自度。何況他人心，與我本自各。遠游值佳辰，興感倍蕭索。君子不竭交，且歸肆行樂。

詠懷

標榜列廚俊，黨議謂由兹。吾聞元凱目，已在高辛時。重華去我久，何由就陬辭。獨斷舉良族，黜幽禦魅魑。穆穆虞帝庭，安得不垂衣。

赤崦道中

前山雨欲來，空翠遠相接。樹樹作秋聲，不辨何枝葉。

沈自炳二首

自炳字君晦，吴江人。恩貢生。

《詩話》：君晦昆友以詞翰聞江左，倚聲尤擅場。晚保鄉里，師潰，從彭咸之所居。其近體過於穠縟，蓋具體温、李、韓、韋者。

車遥遥篇

車遥遥兮馬閑閑，壯士去兮入秦關。春風暮兮秋草殘，追思君兮淚潺湲。

豫章行

顆曦有重旦，缺魄當再圓。落花還更蕊，衰草可復鮮。陰陽有消長，於人獨不然。奄忽辭親友，永訣入九泉。九泉杳冥冥，長夜何漫漫。感念痛生人，千秋難復還。

張致中 一首

致中字性符，淮安山陽人。以經明行修舉，未授官，卒。其友私謚恭孝先生。有《眉尹文集》。

《詩話》：「復社」初興，君與白受藻素先、方能權巽若，率同郡諸子應之，而君爲之領袖，以尊經博古是尚。家雖貧，儲藏鼎盉碑版之文頗富。有子詔字力臣，棄諸生不就試，工六書，躬歷焦山水澨，手拓《瘞鶴銘》而考證之。又入秦謁唐昭陵，遍覽從葬諸王公表碣，瀦瑁斷石，必三復而聯綴成篇，疑者闕之。顧處士寧人曾請其寫音學五書字樣，鋟木以行。惜未得其吟稿，附于君詩之末也。

聞蛩次方巽若韻

蛩以鳴秋擅，先秋亦自鳴。未須嫌寂寞，已足助淒清。振羽爾何意，關心各有情。從兹風露下，愁逐草根生。

馮延年二首

延年字千秋，秀水人。貢生。有《秋月菴稿》。《詩話》：千秋，吾里具區祭酒之孫，愛西湖之勝，築快雪堂于湖滑。千秋遂入籍錢塘，鄉試己卯副榜，貢入北雍。崇禎庚辰，人或勸之就選人入仕版，見時事不可爲，歸隱秋月菴，爲「復社」耆宿。與子首川，父子并著録，亦僅事云。

秋月菴春暮作

秋月菴居春也豪，藥苗菜甲滿西皋。三點五點社後雨，欲落未落園中桃。時光忽憶蓴菜滑，采摘不厭輕舟勞。一枝栖息吾意足，乍可物外違塵囂。

簡張天生

共誰聽雨夜連牀，獨擁殘書快雪堂。雲斂鷺巢從樹出，風來潙葉倍花香。平湖八舫空秋月，斷塔孤峰愛夕陽。吾欲糟丘營此老，待君同酹水仙王。

徐樹丕 一首

樹丕字武子，長洲人。縣學生。有《埋菴集》。

《詩話》：先生兵革之後，屏居郊西，布衣藿食，視世事等浮雲。其八分書高古，近駕文彭，遠師梁鵠。詩亦專以唐人爲師。

寄徐亦史廣文于馬馱沙

欲寄廣文札，慚無司業錢。每懷江上路，時詠月中篇。王百穀徵君曾有《看月馬馱沙篇》。署冷真忘世，官清得晏眠。馬馱衣帶水，皎皎練同懸。

朱明鎬 一首

明鎬字昭芑，太倉州儒學生。

甲申悲憤詩

銅馬連群壓帝畿，百官猶是殿廷非。東華父老吞聲哭，誰斲桐棺覆玉衣。

劉應期 一首

應期字瑞當，慈溪貢生。有遺詩。

黄太沖云：崇禎間，吳下倡「復社」，以網羅天下士，主之者張受先天如，浙東馮留仙鄴仙枹鼓相應，皆喜容接後進。然裁量人物，纖芥之惡，有所不容，遂爲朝野清議之寄。於時慈水劉瑞當初與姜思睿耑愚齊名，稱姜、劉，繼與馮文偉玄度齊名，又稱劉、馮。晚年失志，發爲詩文，僻思奥句，頗類董圭峰。

潔菴

有室曰潔菴，舊址臨河築。敗壁抵雨風，短垣障水陸。其右路通門，小徑恣往復。牕紙耐晴明，庭卉間紅緑。主人無一長，自言但不俗。旁堆書百家，中挂畫一幅。盡掃肥膩具，制器尚匏竹。或銜酒一杯，或鼓琴一曲。呼兒撰几杖，對客任歌哭。閉戶判十年，寤寐矢弗告。

李世熊三首

世熊字元仲，寧化人。有寒支集。

《詩話》：元仲鏤錯見長，澄濾不足。昔人謂「陸士衡胸中書太多，能痛割捨乃佳。」元仲亦犯此症。句若《幽栖》云：「浮雲揮袖起，明月入懷多。」《病中作》云：「懷人惟故鬼，作客在家鄉。」則灑然可誦已。

和陶擬古

茫茫宇宙內，美者長不完。玄豹裁爲裘，紫貂製爲冠。豈以文采姿，助人爲容顏。所以養志者，蓬累甘抱關。胸中俶儻意，微見于毫端。趙璧寧肯獻，隋珠詎輕彈。尚父雖鷹揚，不如鎩羽鸞。編茅茹木實，聊以禦飢寒。

和陶飲酒

鳩能知天雨，鵲能知天風。嗟哉此微禽，託命風雨中。用志久不分，遂與造物通。吾亦晚有聞，天道猶張弓。

病懷

薄雲片片過溪樓，門掩殘燈照獨愁。南海寄書求益智，北堂無地種忘憂。藤枝刺月風簾細，竹篠流光露葉稠。白草黄沙千萬里，看人屠狗盡封侯。

陳許廷 一首

許廷字靈茂，海鹽儒學生。

《詩話》：文學枕藉《漢言》，熟精《文選》，詩亦多作，遠俳巧之音。

崔貞姑廟

野塘臨練浦，祠屋類團焦。近社初聞鼓，開門側近橋。靈衣金粉蝕，烟帳蕙蘭銷。欲采蘋花薦，回波一水遥。

姚宗昌 二首

宗昌字瑞初，長洲縣學生。有《鳴蟄草》。

蘭皋社集詩

總轡顧中原，余馬安所向。逍遥丘澤間，山水恣清放。殷勤二三子，齊心敦夙尚。彼美思榛苓，高言共酬唱。中坐起徘徊，予懷自惻愴。藻景倏已馳，餘光空蕩漾。衰鳳鳴秋秋，柔音交蔚暢。合并不忍别，久要詎宜曠。行樂且及時，君看明月望。

蕪蔞亭

亭失蕪蔞舊，符開赤伏真。敗軍無隊伍，燎竈有君臣。慘澹中興事，徘徊弔古人。河冰仍在望，客淚但沾巾。

張澤 一首

澤字草臣，吴江儒學生。

旨齋

日色到門靜，幽懷如可尋。鳥翻秋樹影，雨隔夜燈深。一月坐無事，空齋閑此心。寒琴與殘菊，相對助微吟。

舒忠讜 一首

忠讜字魯直，新建人。中崇禎庚午鄉試。

鴻門宴

示玦既太拙，舞劍亦可怪。何如將玉斗，多酌勸樊噲。

姚澣 一首

澣字北若，秀水人。官生。

《詩話》：北若爲尚書善長之孫，英年樂於取友，盡收質庫所有私錢，載酒徵歌，大會「復社」同人于秦淮河上，幾二千人，聚其文爲國門廣業。時阮集之填《燕子箋傳奇》，盛行于白門，是日勾隊末有演此者。

秦淮即事

柳岸花溪澹泞天，恣攜紅袖放燈船。梨園子弟覘人意，隊隊停歌燕子箋。

莊祖誼 二首

祖誼字宜稺，成都人。

《詩話》：全蜀入「復社」者八人，宜稺詩名特著，惜流傳無幾。

除夕

春仗先期試綵鞭，斗杓入夜就新躔。遊當海徼逢殘歲，家寄江城又一年。梅信差池寒尚勒，雁程迢遞暖難前。泥塗年子容衰賤，不問南山種豆田。

初春吳門送友還蜀

解手東風思惘然，君還巴蜀我之燕。聲蜚白下新留草，酒載丹陽欲滿船。四百八灘三月上，九千餘路一尊前。文心各藉江山助，探得奚囊字字傳。

范世鑑一首

世鑑字子明，桐城人。縣學生。崇禎間卒。

謁朱司農墓

司農墓枕碧峰旁，老盡蕭蕭舊白楊。長以一坏存漢土，此間千載自桐鄉。古碑斑駁雲猶護，怪石欹傾樹欲僵。我讀簡編如覿面，又攜椒酒拜斜陽。

趙相如二首

相如字又漢，桐城儒學生。有《載園詩稿》。

潘蜀藻云：又漢文震蕩捭闔，奇氣鋒出。詩多忠君愛國、憂時閔俗之作，諷喻婉約，怨而不怒，有詞人之風。

招寶山觀海

江山積旅吟，芳思入寒碧。一葉窮東南，歲盡不知客。乘潮胡所之，遠挂蛟門席。朔風揚怒波，海天勢欲割。遥空不可支，更上高高石。回眄諸峰雲，已絶飛鳥迹。太虚夫何心，晝夜此潮汐。成連既已逝，清響將誰格。而我撫孤絃，長嘯弄烟隙。

寄張恢生

頻年失意氣難平，聽爾悲歌百感盈。朝議偶然行薦舉，家貧終不脱諸生。春來寒雨喧金斗，江上秋風到石城。典盡鸘鸘還命醉，中原何日罷談兵。

嚴啓隆 一首

啓隆字爾泰，崇禎中，烏程縣學生。有《巵軨子澹軒集》。

破錢行

握錢入酒肆，四錢乃當一。問子何爲然？人事非夙昔。舊錢如糞土，新錢重圭璧。客持新錢來，形濫不殊錫。輪廓無復周，脆劣不容拭。顧惟陽九終，物力告衰息。小人競刀錐，君子感星曆。下文闕

趙韓一首

韓字退之，平湖人。國子監生。有《欖言蔗言》。

鄧尉山寺

青天太湖水，落日洞庭灣。嶺色開孤寺，濤聲入萬山。當時隱君子，或未去人間。際此梅梢月，銜杯共往還。

葛雲芝二首

雲芝字瑞五，崑山人。有《卧龍山人集》。

詠懷

落日照柴荆，攜杖肆遐矚。偶逢樵採人，班荆序心曲。依依農圃言，歷歷過原陸。放懷任所之，前路阻修木。欣然輒返駕，疏燈出茅屋。童子方候門，翛然通心目。不知阮嗣宗，何以常慟哭。

和陳皇士掩關詩

我亦蓬蒿滿，經時謝客過。簷前栖鳥静，檻外落花多。暮雨停行藥，香風識采荷。元龍高卧處，矯首問如何。

周茂藻 一首

茂藻字子潔，吳縣儒學生。有《蛩吟草》。

桐川賦別諸子

來時楊柳正依依，去日春歸花盡飛。爲客淹留思獨苦，故人消息意多違。江淹賦別憐春草，謝朓登山對落暉。從此桐川一回首，自拚霜鬢且忘機。

夏緇 二首

緇字雪子，嘉善儒學生。有《西泠》《維摩》《孤望》三集。

夜過伏波營

蠻雲瘴雨滿山頭，火照殘碑識馬侯。笑問書生緣底事，夜深驅馬向辰州。

南中曲

黔府新編十二歌，南音如梵亦吹螺。侍兒記拍分銀豆，小史登場换畫鞾。

趙士喆十一首

士喆字伯濬，掖縣人。貢生。鄉人私謚文潛先生。有《東山詩史》。

陳皇士云：伯濬詩歌，忠愛懇切，大類子美。

《詩話》：伯濬倡山左「大社」，以應「復社」，捍鄉里之牧圉，效信國之集句，嘗削稿縱談天下事，思上之朝，見陳啓新用事，恥之，不果。顛沛終老，殆臨江節士，扶風豪士之流。

辛巳道中作并序

予以九月二十七日，登臨淄縣文昌閣，讀其碑，見房喬事，悵然有懷。明日至柳橋北度，又折而西，過大清河。十月朔抵武定州，留三日。西至德平，返歸武定，人以鐵鎖絙門，不容過客，云是夜賊入商河矣。

崇禎歲辛巳，季秋廿有五。束裝自濰陽，出門時嚮午。再宿到臨淄，憑高獨弔古。霸氣若烟銷，宮觀淪禾黍。房公王佐才，名冠天策府。匪遘雲雷際，詎免沉環堵。濱蒲斥鹵鄉，雨後稀行旅。四顧何蕭條，白日低寒浦。鸛鶴嘯空村，稅駕知何所。泥深疲馬陷，主僕同辛苦。行行至武定，目擊多酸楚。巷陌骨如霜，居民面如土。父老爲我言，前歲遭屠鹵。流移猶未歸，尺籍多虛伍。如何米豆徵，敲扑猛于虎。齊城七十二，南下連鄒魯。詩書絃誦地，大半驚桴鼓。已亂不能勦，未亂不能撫。商河脣齒邑，群盜恣吞咀。袖手仍閉門，深媿州名武。予聞父老言，孤憤填胸腑。聖主憫時艱，憂勤同二祖。破格欲掄材，每爲權姦阻。養成狐鼠驕，坐使英雄腐。紛紛肉食流，緩急何足數。父老欲有言，涕泗零如雨。驅馬舍之去，不敢深相語。登萊幸小康，暫且歸林圃。壯心猶未下，時作聞雞舞。

擬遼宮詞十首

四樓城闕盡東開，正旦諸王面面來。磔犬燒羊挏乳酒，君臣團坐笑傳杯。

扈蹕宵征敢冒寒，侍兒應作健兒看。錦韉貂額戎裝好，不用郎當舞袖寬。

李氏螟蛉已贅疣，石郎反噬更添愁。官家笑得漁人利，天外飛來十六州。

海淀樓臺第一層，到來六月失炎蒸。金盤雪溝成虛設，何事天廚更進冰。

全晉輿圖屬大遼，太宗新莅紫宸朝。漢家禮樂真堪羨，從此坤儀改姓蕭。

名家妃主度關山，馬上貂裘淚不乾。莫訝鶯花邊地少，遼陽更比范陽寒。

女伴從軍萬里還，自言曾到玉門關。赫連臺上秋雲卷，遥見河流入斷山。
風旗雪帳野張燈，獵後行廚肉似陵。寄語妖狐休作態，君王臂上有神鷹。
八月巫閭草半枯，繡簾霜重一燈孤。人生失意無南北，笑卷琵琶出塞圖。
傳説林牙建義旗，乍聞驚喜久成疑。微軀願作遼東鶴，一夜乘風到虎思。

袁徵 一首

徵字公白，吴縣人。貢生。有《蘧莊遺稿》。

文彦可移居和子垂韻

椶鞵桐帽野人裝，家具無須載滿航。臺隱客星投釣處，山留君子讀書堂。宵同巢鶴聽松雨，午就溪僧煮蕨香。張北周南鄰可卜，結茅終擬傍君旁。

明詩綜卷七十七

小長蘆　朱彝尊　録
海昌　查克建　緝評

聞啓祥三首

啓祥字子將，錢塘人。萬曆壬子舉人。有《自娱齋集》。

劉孝則云：子將靈心慧解，迥絶古今，有不可一世之意。早與名場，非其好也。

《静志居詩話》：杭州先有「讀書社」，倡自聞孝廉子將、張文學天生、馮公子千秋，暨餘杭三嚴，後乃入于「復社」而登樓□□繼之，文必六朝，詩必三唐，彬彬盛矣。

過澄懷閣

昔我離山居，閒池點青萍。今我復來兹，所聞盡秋聲。曾是俛仰間，時物忽已更。因之發長歎，慨然念無生。

南關署中古梅一株南宋時物也徐青璧使君邀看有賦

我愛西溪似西磧，梅花鱗鱗照溪碧。十里五里香雲迷，千枝萬枝玉筍擘。我欲因之結伴游，誰知春向署中收。花枝次第巡簷發，使人忘却西溪幽。展轉看花被花惱，一樹婆娑稱獨老。蒼顔鶴髮足典型，縱使無花亦自好。使君愛花兼愛客，斗酒潑花應不惜。醉殘明月參横昏，還憶西溪花正白。

同髯公游西山

青龍橋外柳如烟，一片西湖一帶泉。恰似江南三月景，可憐有水只無船。

嚴調御二首

調御字印持，餘杭人。與弟武順敕齊名。有《作朋集》。

秋來歎二首

紅塵撲馬汗，誰灑紅塵道。人言秋雨惡，我道秋雨好。

秋風以時至，何草能不黄。化運有恒理，人心自感傷。

嚴武順一首

武順字忍公。

己酉仲春訪楊兆開聞子將二兄於雲居晚眺

共踏松蘿影，雲花亂點衣。低林知鳥宿，疏竹見僧歸。石冷春觴急，禽喧夜語微。澄江引遥思，指點片帆飛。

嚴敕一首

敕字無敕。

吾家三兄弟

吾家三兄弟，酒外嗜好鮮。伯子深禪機，一斗法輪轉。時時淨几上，尊罍雜墳典。揮毫入玄妙，悉從性靈顯。潦倒頭上巾，足以傲冠冕。仲也爲兄難，無事不盡善。五齡解賦詩，十歲老隸篆。抗直飲中見，幽微醉能闡。意在通大道，名韁早能斷。小子無足齒，然不惜沉湎。勸飲猶款賓，禦寒每廢膳。覓句癖愈深，種秫力能勉。固乏二子才，即此足自遣。願共樂賤貧，老興勿教淺。

萬時華五首

時華字茂先，南昌人。崇禎中徵士。有《溉園集》。

舒伯玄云：茂先姿性敦厚温柔，其于詩生而近之。

譚友夏云：茂先詩如鐘鼓新晴，聲聞于遠。

秋日過丁氏妹簡時之

西風吹古巷，驅我下澤車。百鳥集喬木，森森見君廬。諸甥聞我來，整履奔前除。僮僕聞我來，壺榼縱橫趨。妹聞阿兄至，結束臨中廚。呼婢入後園，擷取泥中蔬。老大同鄉里，謀生但饑劬。入門共一笑，内顧悲有餘。寇盜滿山谷，骨肉幸亡虞。上堂古琴静，尚保先人書。天命各窮達，安樂且須臾。命酒酌前軒，忽已星月舒。徘徊白露際，天河淡眉鬚。安知鹿門翁，偃蹇非良圖。

歲暮田居

中歲破憂患，苦爲俗所嬰。詩書沿先轍，且復愛斯名。晨梳啓青鏡，覽客時自驚。白日照東壁，素月已西楹。莫疑造化理，榮悴緣物情。弱草無強蔓，苦荼無甘英。

曉度牛嶺

巨靈闢幽壤，滃然劃兹區。勢若群兕蹲，亦若千羊趨。寒光積巖壑，高厚氣有餘。怳疑虎豹宅，或有仙人居。山中建子月，萬嶺天風俱。雲雨助奇勢，車馬爭盤紆。鴻濛遇雲將，靈境將焉如。

送衛子建歸河東

四渡章門水，歸與益黯然。講依壇際杏，離引曲中絃。野色朝隨馬，溪聲暮入蟬。西風時念爾，千里太行烟。

送重熙一兄之淮陰

宿雁分朝影，章門野水邊。弟兄嗟遠道，離別畏中年。風定晨開纜，江寒早著緜。淮陰垂釣處，今古易潸然。

余正垣三首

正垣字小星，南昌人。有《昔邪園集》。

十六夜舟中月

三月春方暮，孤舟月又殘。光寧昨夜減，人向此宵看。解照紅花瘦，能增綠水寒。清輝飛動處，宿鳥未曾安。

汝水舟中有懷茂先客金陵

澤國江濤落，蕭蕭見雁飛。秋光爲客好，昨夜幾人歸。酒罷憐新月，寒生識舊衣。孤蓬如此寂，翻笑遠游非。

撥悶

下階隨意折閒花，愛殺和風拂樹斜。但使春光常在眼，漫言客舍不如家。

吳伯裔 一首

伯裔字讓伯，商丘人。崇禎丙子舉人，死于寇。

長岡鎮

慘慘殺氣重，蕭蕭悲風遞。客行抵長岡，席門盡晝閉。下馬問土人，此地難留滯。前者開府兵，驕悍失節制。不戢將自焚，養亂更加厲。藩府賜金錢，盡入開府第。因之庚癸呼，脱巾走精鋭。西來數千人，焚掠肆狂猘。君今坐卧地，流血滿階砌。

葉襄五首

襄字聖野，長洲儒學生。

《詩話》：吳下詩流，聖野始屏鍾、譚餘論，嚴持科律，一以唐人爲師，與姜考功如須往還酬和。曩嘗接席臨頓里，談諧宴笑，器局可親。所刊吟稿，考功序之，今購之便不復可得，僅從《道南集》鈔撮數首而已。

歲暮雜感

富貴召災患，貧賤傷飢寒。損益會有宜，達人庶能觀。買臣困樵采，伉儷難自完。寄食邸舍中，偃蹇資盤餐。一朝盛榮顯，閭里相驚歡。勢利起爭軋，福至禍亦干。回思負薪日，涕淚空汍瀾。

送姜如須還萊陽

翩翩雲中雁，肅肅雙南翔。落葉懷孤根，游子思故鄉。秋風滌煩熱，四郊生微凉。車音何轔轔，似爲勞者傷。板輿來東迎，佳氣滿高堂。相見會有期，執手歡中腸。

感舊

洛蜀紛爭日，君王宵旰時。内朝私鬭急，河北捷書遲。近輔連群盜，臨郊誓六師。傷心殷浩輩，一蹶竟難支。

喜康小范孝廉至兼弔楊機部閣學

萬里清江浪拍天，故人消息動經年。重來麋鹿長洲苑，歸去荒蕪彭澤田。虎帳角殘辭部曲，龍沙旗折偃戈船。盧諶淪落劉琨死，回首章門一惘然。

秦穆

黄鳥歌殘恨未央，可憐一夕葬三良。坑儒舊是秦家事，何獨傷心怨始皇。

周岐八首

岐字農父，桐城人。貢生。有《執宜集》。

《詩話》：「復社」諸君，多以文章經濟自負，韻語不甚專心。若桐城之方密之，錢幼光、周農父，華亭之陳卧子，吳江之吳日生，長洲之陳玉立，崑山之顧寧人，是皆婞群雅而繼國風者與！農父貢入京師，即上書宰相，言時政得失。馮公鄴仙薦之參宣督軍務，隨授河南推官，參陳君玄倩軍，復以按察僉事銜，參史公道鄰軍，晚又參楊龍友軍，死于浙右。識者比之陳琳、阮瑀，其詩歌雄奮，亞于密之、幼光。

擬李陵別蘇武詩

邊聲中夜起，四顧但騷屑。遊子戒行期，須臾遠離別。攜手重行行，悲風何慘冽。與子結久要，中懷時耿切。今日雙黄鵠，一飛一摧絶。欲言寄無因，傷心不可說。努力謝故人，九原以爲訣。

詠懷

鳳皇鳴高岡，豈爲粱稻謀。丈夫志四海，豈爲利名求。笑彼田園子，白首戀故丘。營營井里間，富貴稱殊尤。烏知達士心，一息翔九州。

送豫章萬茂先秋浦劉伯宗應徵辟

擊鼓深宫中，通市無不聞。良玉媚重淵，鬱鬱上爲雲。君子懷令譽，卓犖自不群。南陽雖有田，豈必老耕耘。浮雲蔽中天，白晝苦不分。肉食無遠謀，嗡嗡如聚蟁。奮身出塵埃，宜判蕕與薰。聖代重徵辟，蒲車何紛紜。網羅及吾黨，賁之以玄纁。哲人貴及時，况復事明君。努力長安道，三策振奇文。

經淮陰漂母祠懷古

執戟雖云卑，猶勝一飯恩。千金解報母，蹙項不并存。韓侯千古傑，施報何失倫。丈夫重知己，官爵惡足論。惜哉重瞳子，不識哀王孫。

風雪夜山中偶賦

一夜北風三尺雪，四壁欲穿肌欲裂。孤燈黯黯爐無烟，兩手握拳冷如鐵。溪頭活水聲忽死，巖下勁松枝盡折。中宵擁被不成眠，坐聽寒鴟叫荒穴。

官兵行

賊近苦賊來，賊至恐賊去。賊來避有時，賊去官兵住。官兵畏賊如虎狼，但行賊後勢莫當。鳴鉦擊鼓入村里，馬索芻豆人索糧。不擇雞與豚，更驅牛與羊。官兵得物喜，民家失物悲。語君且勿悲，官兵醉後難支持。東家少婦已被污，西家兒女終夜啼。但見飽掠速飈去，猶能老弱共餔糜。一旦賊兵去已遠，官兵夜起催朝飯。大車槖重小車盈，路捕行人遞輸輓。行至前村計復生，竟指鄉屯爲賊營。丁男殺盡丁女擄，揚舲奏凱唱功成。君不見賊去人歸猶爨食，官兵所過生荆棘。痛哉良民至死不爲非，無如官兵勢逼民爲賊。

秋閨怨

嫖姚征冀北，六郡盡從軍。一夜秋風至，千家砧杵聞。凝妝愁皓月，寒露濕紅裙。惟見遼城雁，翩翩人斷雲。

阻風燕子磯登懸壁半閣

流離逢世亂，特特上漁磯。海水橫江湧，林烏帀樹飛。因人辛苦慣，作客姓名微。分向風塵老，逢迎何處歸。

潘陸 一首

陸字江如，吳江人，僑居京口。

魏楚白云：江如四壁蕭然，而北海之座恒滿。其論詩慷慨，謂鍾、譚興而國亡，是亦法家定案。

望亭道中

西風仍細雨，孤櫂暮何依。古驛人家盡，寒塘野篠稀。浦鴉昏自集，湖雁近還飛。鄉樹來朝見，三年此路違。

王猷定三首

猷定字于一，南昌人。貢生。有《四照堂集》。《詩話》：于一以詩古文詞自負，對客齗齗講論，每舉一事，輒原其本末，聽之霽心，蓋兼有筆札、喉舌之妙者。其行書、楷法，亦自通神。

北固

大江東北望，半壁有下。一作孤城。古寺風烟積，春濤日月生。人稀知徑小，帆遠覺潮平。五夜招提夢，三山空外行。

元日雪登息柯亭

苦竹古城阿，孤亭倚息柯。地偏春事緩，風雪怪山多。

山陰早春簡朱十

春水已流澌，輕鷗浴滿池。梅花開也未，須問柳姑祠。

梁以枏一首

以枏字仲木，錦衣籍江都人。

送胡濤公還彭城

老友故園去，清秋客思多。浮雲迷古戍，白日下黄河。風急霜笳動，天高候雁過。雲龍山下問，可有舊巖阿。

陳子升七首

子升字喬生，南海人。有《中洲集》。

《詩話》：喬生古詩，愛仿《玉臺》《金樓》，五律規摹太白、浩然，時有單行之句，然其心慕手追者，區海目也。順德薛始亨岡生序其詩云：「洪、永、成、弘迄今，天下之詩數變，獨粤中猶奉先正典型。自孫典籍以降，代有哲匠，未改曲江流風，庶幾哉！才術化爲性情，無愧作者矣。」此善言土風者。

昔昔鹽

鴛鴦樓外烏欲棲，玳瑁梁間燕吐泥。月暈圓隨漢東蚌，天河傾向汝南雞。萬方儀態華鐙出，一笑横陳翠帳低。愁見曉鴻征塞北，不知天將定遼西。

擬作賈生適長沙詩并序

世傳賈生賦而無詩。其適長沙也，可無作乎？漫用五言補之。

南赴長沙路，側身思雒陽。我豈黄髮人，用輔長沙王。

越王臺

君不見越臺百尺雄城闕，輦路傳遊百花發。黄屋晴連漢塞雲，青山曉挂秦時月。龍川霸氣日蒼凉，横海樓船更渺茫。北風吹散南枝鳥，惟見平沙牧馬場。

遊峽山

軒轅二帝子，弄笛開禺陽。江岸扁舟客，聞鐘到上方。仙靈今闃寂，雲水空青蒼。欲遣愁心去，猨聲嶺外長。

西樵大科峰

樵峰七十二，秀出一峰尊。策杖觀朝日，浮瀾動海門。孤松生鳥外，片雨落山根。吾欲驂鸞去，憑虛望帝閽。

秋江夜泛

江光楓葉動，星轉客帆孤。況復秋水至，安知秋夜徂。牛渚袁宏月，鴟夷范蠡湖。徘徊無所似，空作水中鳧。

種柳

池水如明鏡，楊枝是細腰。宅邊宜有此，花外不堪飄。昔在長楊苑，因風拂灞橋。橋西幾攀折，今日撫柔條。

章美 一首

美字拙生，吳縣儒學生。

出塞曲

秋原燒不盡，羽騎壓邊陲。劍戟霜花動，風沙朔氣披。鼉開七伐鼓，龍繪八方旗。看勒燕然石，元戎竇憲辭。

俞而介一首

而介字不全，紹興山陰人。

得朱子若舍人海鹽書聞譚禮部元孩漳南之計同王升之作

故人經亂後，五載一書來。且喜平安在，還兼涕淚開。牆東高士宅，海上伯牙臺。不待山陽笛，愁腸日幾回。

吴祖錫一首

祖錫字佩遠，一名鉏，字稽田，秀水人。

信陵君墓

六國安危只繫君，握符兩度抑秦軍。一丸幾徹函關土，五色徐飛芒碭雲。未見特牛陳大俎，暫將醇酒酹高墳。可憐異代留毛薛，徙倚夷門到夕曛。

顧苓 一首

苓字云美，吴縣人。有《塔影園稿》。

《詩話》：云美精篆隸書，予嘗遇之山塘，偕入骨董肆中，見鼎彝刀尺款識，悉能誦之，文從字順，每歎爲不可及。其詩稍率易，然不襲竟陵遺音。

三月晦日過鄰家見牡丹花盡落有感題壁

經旬不出戶，春去杳無迹。偶爾造山家，紅香坐狼籍。端然國色豔，委棄風雨夕。空餘蝴蝶飛，徒見莓苔積。始知春易盡，韶光真過客。悠悠會百年，白髮誰憐惜。

金俊明 五首

俊明初名衮，字九章，後更今名，字孝章，吴縣儒學生。有《退量稿》。

《詩話》：鄭虔三絶，孝章克兼之。韶年入社，藉甚才名，乃於壬午之秋，筮《焦氏易林》，得

《蠱》之《艮》，愀然太息，遂棄諸生。兵後隱居廛市，不遠蹈湖海以爲高，和光同於柳下，而介不可易。既卒，門人私諡「貞孝先生」。平生好録異書，靡間寒暑，仲子侃亦陶繼之，矮屋數椽，藏書滿櫝，皆父子手鈔本也。

自君之出矣

自君之出矣，離緒苦纏緜。思君如機杼，長是一絲牽。

寄盛柯亭先生

苦憶陽湖盛夫子，三年高卧釣魚磯。窮來吾道有貞吉，老去醉鄉無是非。明月儘教穿戶入，白鷗長許到門飛。慚予志漫存溝壑，夢想滄江未得歸。

送陳孝則還雲間

握手窮塗意倍親，今朝相送欲沾巾。忽看柳色青春半，愁對梅花白髮新。萬事蹉跎慵更問，十年辛苦竟誰陳。同嗟漂泊干戈日，别後音書莫忘頻。

爲陳伯璣題黄復仲畫

山雲冉冉水悠悠，樹影扶疏草亦幽。鷗鷺隨波終日見，不煩添著釣魚舟。

山游即事

山脚稺翠濃作寒，山腰老紅香未殘。村家徑窄樹當戶，兒子過來妨客冠。

王光承 一首

光承字玠右，上海儒學生。同弟烈躬耕海畔。有《鎌山草堂詩集》。

朱朗詣云：玠右詩凌空峻拔，超然獨上。

送人之廣南

并馬銜杯日未曛，羊城山水正愁君。秋聲已入庭前樹，客路遥尋嶺外雲。溟海上連辰極動，星河南去越天分。年來莫問流人狀，知有清猨不可聞。

王烈 一首

烈字名世。

送客入楚

大江南去雪紛紛，回首荒臺盡白雲。夢澤天寒爭夜獵，何人鼓瑟弔湘君。

陸圻 三首

圻字麗京，一字景宣，錢塘貢生。有《從同集》。

《詩話》：崇禎間，文社四起，執牛耳者，婁江張吉士溥也。歲辛巳，吉士卒，麗京東芻絮酒往會葬，賦五言長律，一時傳鈔，以爲傑作。兵後，賣藥長安市上。其詩文采組六朝，醫方酒令，觸口悉成儷語，捔飯冷菜，捫蝨而譚，相對者忘其穢也。晚因史禍牽連，既得釋，訪澹公於丹霞精舍，轉入武當爲道士，不知所終。里人洪昇有《答友》絶句云：「君問西陵陸講山，飄然一盔竟忘還。乘雲或化孤飛鶴，來往天台雁宕間。」講山，麗京别字，杭有「西陵十子」詩，麗京居其首云。

夏日與修川諸子讌飲

朱陽撰令辰，前綏邁行斿。鼓枻遵曲渚，援帶臨高樓。微禽革新音，紈扇改故秋。幸以接芳契，揆道自綢繆。機忘渺衆慮，情摯滌幽憂。人生行胸臆，百壺信酢酬。壯盛日以去，曷不秉燭游。

舟次聞歌者

落日横江泛白蘋，同鄉停問一相親。從教李尉翻新曲，却喜何戡是舊人。玉管漫吹霜月曉，紅牙曾按綺筵新。坐中不少傷心客，莫唱伊凉水調頻。

閨怨

何處高樓笛，淒清《菩薩蠻》。分明秋夜裏，夢到玉門關。

俞汝言九首

汝言字右吉，秀水儒學生。有《大滌山房集》。

《詩話》：右吉早著名於「復社」，即以詩古文辭擅場。既棄諸生，授經弟子，博稽三百年典故，撰有《明大臣年表》，官闕贈謚，靡不簡而有要。晚著《春秋平義》，悉取宋儒苛刻之論，平反解釋，惜未流傳。其文氣逸格高，詩亦文華中有真實。

詠懷七首

芳樹辭青陽，繁陰靄深沉。攝衣步清宵，明月照我襟。朱卉日夜疏，宿鳥翻前林。徘徊弄琴瑟，悢悢不成音。

我遇羨門子，攜手上青霄。天門詄蕩蕩，金闕雙岧嶢。其外種白榆，其内奏仙韶。卒然疾風來，吹我下山椒。道逢皇初平，軒軒御雲軺。抗旌朝紫京，意氣何囂囂。金華牧羊兒，時來厠仙寮。對我餐玉芝，乘鸞吹鳳簫。

總轡游蒼梧，旋車太華巔。玉女正愁絶，散髮不成妍。湘君古帝子，涕淚何嬋聯。惜哉帝王州，荆棘上參天。去去弗復留，南山尋偓佺。三歲未得覯，滄洲耕紫烟。一丸不可求，何以制頽年。

長安游俠地，雒陽粉黛叢。朱樓結綺疏，繡帳臨春風。皎皎垂素手，琅琅振絲桐。一爲求皇操，車馬塞道中。回首四節易，凝霜凋朱容。明月猶在懸，白日已不東。翩翩白馬郎，揚鞭復何從。東村宿瘤姑，十五被翟章。西家美羅敷，二十猶蠶桑。窈窕絶世姿，終日工七襄。容色豈在好，逢時即爲良。語賤有餘惡，處貴罔不臧。紅顏坐消歇，盛年何可常。玄鶴效巫步，啄木有禁符。之蟲亦何知，嗟哉人不如。營道尠烈性，濟世無哲圖。和媚巧笑言，磬折徒區區。詰朝值風波，千金購一壺。性命不可知，反顧戀妻孥。飄飄江湖間，失志歸何塗。蜉蝣榮朝暮，楚楚修衣裳。木槿發朱華，悦澤自生光。性命能幾時，黽勉趨朝陽。夸毗者誰子，乘軒御飛黄。高冠切雲霓，目若營八方。中路逢故人，廓落如相忘。被服紫狐裘，逆笑絺綌凉。豈知年歲遒，託體同山岡。

華嚴寺同閣古古作

玉甃金繩奠九楹，離宫拓跋舊西京。幾經鐵馬琱戈日，不壞毘盧舍衛城。像設孰開山後地，法幢猶紀大康名。請看直北諸陵闕，白草黄榆縱復横。

進艇

晴川曲曲抱沙堤，岸柳依依遠近齊。山色欲開疏雨外，夕陽忽在亂峰西。舟前波浪洄流駛，望裏烟嵐魯樹低。作客乘春行處好，故鄉曾否息征鼙。

吳翀 一首

翀字振六，吳江人。翶弟。有《荻水遺詩》。

金陵

由來天塹是虛名，何用千尋鐵鎖横。采石至今圍故國，寒潮猶自打空城。六朝已歎風流歇，十廟徒申帶礪盟。回首景陽遺簴失，但餘百八梵鐘聲。

黄子錫二首

子錫字復仲，秀水儒學生。有《麗農山人遺稿》。

《詩話》：復仲褰屐翩翩，風神諧暢，落筆山水絶倫。晚以窮死，然對客未嘗言貧也。

豔曲二首

學織九張機，香羅叠舞衣。輕鸞千二百，風起盡翻飛。

湖中并蔕蓮，岸上同心苣。三十六鴛鴦，飛來不飛去。

韓繹祖一首

繹祖字茂貽，烏程儒學生。有《詠性堂遺稿》。

訪潘江如遂登北固

百戰江山在，三年羈旅仍。寒潮回鐵甕，落葉掩金陵。痛哭防人覺，悲歌轉自憎。孫劉一去後，狠石竟誰憑。

韓曾駒二首

曾駒字人穀，烏程儒學生。有《悟雪齋集》。

分蜂

帝曰咨爾蜂，旌爾君臣義。王生具令姿，鬚眉天表異。舉族奉爲君，版章有攸暨。厥賦無横征，卉醴歌既醉。亦有物害侵，衛身恃微智。分衙應潮汐，更饒攻寡計。時危儻相失，奔走不辭勩。誓不附他族，教忠之義備。豈無孝慈忙，同居媿公藝。曰衆建屏藩，庶宗相維繫。枝雖不欲強，要受封建利。戮力奬王室，辛螫其自毖。慎毋效蠻觸，亦勿學蝶媚。勿如蟻附羶，勿如螳奮臂。天威勿輕假，利器勿輕示。翦桐作介圭，蜜脾如帶礪。咨爾往欽哉，纘服以弗替。

看起兒架豆棚

落日秋風後，成陰且一隅。但令根自固，何慮蔓難圖。初摘先群稚，分甘到老夫。宗文樹雞柵，此意儻相符。

劉汋 一首

汋字伯繩，紹興山陰人。有《遯齋稿》。

《詩話》：伯繩循過庭之訓，鍵戶蕺山之麓，息交絶游。予偕南昌王于一挐舟訪之，披衣出見，時手輯念臺先生遺書，得覩《禮經考次》一編，首《夏小正》而附《月令》，帝王所以治曆明時也。次《丹書》而附《王制》，正己以正朝廷百官萬民也。於是原禮之所由起，而次《禮運》焉。推禮之行於事，而次《禮器》焉。驗樂之所以成，而次《樂記》焉。然後述孔子之言，次《哀公問》，次《燕居》，《閒居》《坊記》《表記》。爾乃設爲祀典，次以《祭法》《祭義》《祭統》《大傳》。施於喪葬，次以《喪大記》《喪服小記》《雜記》，申以《曾子問》《檀弓》《奔喪》《問喪》，終之《間傳》《三年問》《喪服四制》，而喪禮無遺矣。君子常服深衣，雅歌投壺，不可不講也，則次以《深衣》《投壺》。男女冠笄，昏姻所有事也，則次以《冠義》《昏義》。推而《鄉飲酒義》《射義》《燕義》《聘義》，合三十篇，謂之經禮。别分《曲禮》《少儀》《内則》《玉藻》《文王世子》《學記》七篇，謂之曲禮。蓋皆本念臺先生之意，而伯繩終身從事此書。既而伯繩奄逝，其子茂林始克成之。是書猶未布諸通邑大都，爰撮其略於此。

山齋自警

迷鳥不擇林，渴馬不擇泉。恒情此汲汲，志士獨未然。盜泉豈偏濁，惡木非不繁。君子惡其名，豈爲乾餱愆。箕陰遯許由，夷叔卧西山。雖然跡艱苦，素志不可遷。人誰無此志，我獨被牽纏。老大嗟何及，誠之貴當年。

祁鴻孫 一首

鴻孫字奕遠，紹興山陰人。

懊儂歌

歡從石城來，幾日到襄陽。亮無新艾納，那不思故香。

馮融一首

融字首川，仁和儒學生。有《屺閣集》。

屺閣感懷

鳴鳥必求友，好花自迎春。吾廬二仲外，相問無雜賓。結契託禽魚，種花共比鄰。我亦斯人徒，豈云遺世塵。且與猨鶴侶，遠此風波民。

李寅二首

寅字寅生，又字曉令，嘉興縣學生。有《視彼亭詩存》。

桑墟鎮

日色纔過午，行裝且暫停。人家隔岸少，魚蟹滿河腥。水漲難通騎，村虚易數星。回看昨來路，歷歷遠山青。

雲陽道中初見楊花

雨餘山氣夕陽銜，柳絮濛濛逐去帆。有客江潭怨飄泊，東風莫遣到征衫。

金鏡 一首

鏡字金心，長興人。

思婦

簾卷西山暮，蕭蕭人倚樓。寒雲遮遠道，昨夢到伊州。白雁橫空度，銀河直北流。藁砧消息斷，心折大刀頭。

侯泓六首

泓字研德，後更名涵，字中德，蘇州嘉定縣學生。鄉黨私諡「貞憲先生」。有《掌亭集》。

《詩話》：貞憲論文，以《孟子》爲宗，其略曰：「讀《孟子》而悅然悟其所以爲文者，然後知事理象數，變易吾前，莫非是物，引而出之，汩汩乎其來，浩浩乎其不可窮。奇正隱顯，起伏開闔，隨吾意之卷舒，而未有壅遏。是故吾無常師，能驅使古人，而不受古人驅使，斯得矣。」論詩「期本之自得，苟自得之，師心可也，法古可也。」錢唐陸麗京稱其述作：「勃然若鞭雷霆，沛然若決江河。」爲同調所賞若是。

長歌行

玉衡無停晷，青春正良期。東風吹城郭，草木從華滋。園中有嘉樹，蕭疏揚古枝。枯菀豈不異，令德貴知時。庶幾及秋節，望君凋落遲。爛彼西隤日，晨興復東馳。努力在歲晚，撫物無傷悲。

雜咏二首

丹山無安穴，天路未可攀。鸞鷟夫何爲，來巢碧城端。城中有佳人，愛其五彩翰。飼以翠竹實，餽以金琅玕。感君飲啄惠，但恐毛羽單。託足未得所，徒令心紆煩。何如寄生木，枝葉離以繁。

微步空堂上，秋氣瑟已深。飄風未及起，飛藿在中林。宛宛流螢火，娟娟羅衣襟。萋萋碧蘿影，泫泫清露侵。歷歷盼睞間，忽忽成古今。深心怨急節，唯君懷寸陰。

烏江項羽廟

百戰名徒烈，千秋祀不祧。滄江沉霸氣，餘恨咽寒潮。香火靈風襲，丹青古屋彫。只今豐沛地，祠廟并蕭蕭。

揚州

五月江城江水深，蕪城斜日獨披襟。關河輸輓交南北，樓閣烟花自古今。佳節未移鄉國興，薄游還愧故人心。十年蔓草梅花嶺，手把蒲葵淚不禁。

秋懷

蘄王臺畔草蕭蕭，白塔清江立野樵。異代魚龍塵跡盡，十年霜露客顔凋。乾坤已覺行歌隘，戰伐時聞野哭遥。父老未忘陵谷變，陌頭猶話建炎朝。時所居爲蘄王故壘。

張儁一首

儁字非仲，蘇州府學生。有《西廬集》。

讀白太傅集

讀罷香山半格詩，恰逢衰菊墜秋池。鄧魴見喜唐衢泣，此意元劉或未知。

鍾嶔立一首

嶔立字宣遠，秀水縣學生。有《信志堂稿》。

秋涇晚發

落日片帆輕，春江一望平。微風三十里，已度射襄城。岸岸垂楊接，村村布穀鳴。不愁明發雨，魚尾斷霞生。

朱茂暉 八首

先君字子若。萬曆末，補秀水縣學生。天啓五年九月，承祖蔭，授中書科中書舍人。有《晦在先生集》。

胡孝轅云：子若詩文，以剽賊爲深恥。前有歷下、瑯琊，後有公安、竟陵，要不屑降心相附。觀其鑄詞鍊句，意匠經營，直欲踞昌黎、眉山之席。

陳則梁云：子若詩不棘不舒，有節有度。文雖用事過多，若出胸臆。至於書記翩翩，纏綿悱惻，方今之劉穆之、朱齡石也。

金龍友云：先生近體不屑猶人，故間作硬語、澀體，長歌亦然。五古典核，讀之恒苦其盡。

慈谿王治皞填諱

登高丘而望遠海

吾登高丘，思與仙人游；　吾望遠海，仙人又安在？　祖龍旣陟，爰有漢皇；　采藥神山，使者相望。君不見驪山陵，楚王開後牧豎登。君不見茂陵客，廢穴今多礪劍石。吾登高丘，吾望遠海。思與仙人游，仙人安在？

崇禎戊辰湖上觀毁逆奄祠紀事

先王定群祀，舊典猶可詢。功宗紀自周，大享配有殷。或以勞定國，或法施于民。或捍大災患，勤事喪厥身。非此族不與，議禮恒諄諄。亦惟身後然，未聞存者均。于公縣獄吏，創祠東海濱。王堂莅巴郡，任延守九真。繼此廣都韋義，復有安陽荀勉。比於甘棠愛，但許末俗循。云何承平日，壞法自朝紳。悉索民膏脂，獻媚一寺人。始由節使潘汝楨，建祠西湖漘。嘉名錫普德，過者莫敢瞋。群小齊効尤，遑惜耗金銀。初時自吳楚，漸乃遍晉秦。迢迢極關塞，各各逞斧斤。高官及大帥，將作何紛綸。經營擬宫室，究度侈堂陳。或爲九楹殿，升降雕采鱗。或分門三塗，夥頤闢層闉。或樹一丈碑，褒頌滿堅珉。黄金滲厥像，丹漆塗其脣。青絲綰倭髻，茉莉花斬新。僉呼九千歲，拜手稽首頻。爰有陸上舍萬齡，跖犬吠狺狺。孔子作《春秋》，魯史蓋有因。誅一少正卯，不足懼亂臣。豈若頒要典，其言醇乎醇。東林宜顯戮，以仁殺不仁。是誠上公德，至聖亦至神。允宜暜宗祀，俎豆垂千春。邪説雖未遂，聞之嚼齒齗。恨乏斬馬劍，斷頭擢其筋。悊皇忽徂落，我后新政勤。爰書別六等，國法崇朝伸。縱有百乾兒，安能贖其親。我來泊湖曲，詔下交歡忻。一夫爲之倡，童叟咸來臻。碧瓦碎作礫，畫棟摧作薪。刀剸莽頭禿，土盜鯀壤堙。成之累歲月，毁之不終晨。世間快意事，敗謀在逡巡。除惡莫若盡，古訓信可遵。白日重光昭，平湖自漣淪。長留關與岳，終古配明禋。

《詩話》：先君作此詩時，年三十有一。先是河南道御史廣州梁夢環羅織朝士之不附己者，先大父曾官工部營繕主事，以先太傅喪，奔回籍尚未起復，夢環誣奏，下法司提問。會思陵御極，先大父入都，上疏自訟，獲免。西湖毁祠之日，正先君憂患之餘也。逆祠之建，始浙江，巡撫桐城潘汝楨擇地於關壯繆、岳忠武雙廟之間。祠成，聞于朝，賜額曰「普德」，由是封疆大吏，尤而效之。清苑閻鳴泰巡撫順天，總督薊、遼、保定軍務，於所部建魏璫祠七所。天津則巡撫永城黃運泰，長蘆則御史合肥龔萃肅，薊州則巡撫杞縣劉詔，保定則巡撫代州張鳳翼，房山則部曹何宗聖，蘆溝橋則工部主事臨川曾國楨，宣府則巡撫蒙陰秦士文，南直隸蘇州則巡撫遂安毛一鷺，巡按蘄州王珙，揚州則巡鹽御史藁城許其孝，巡按莆田宋楨漢，淮安則總督漕運戶部尚書濰縣郭尚友，徽州則知府祁縣頡鵬，應天則指揮李之才，山東濟寧則總督河道工部尚書南樂李從心，德州則巡撫潁川李精白，登州則巡撫榮河李嵩，山西大同則巡撫魏縣王點，代州五臺山則總督閬中張樸，巡撫興州曹爾楨，巡按臨邑劉弘光，河東則巡鹽御史縉雲李燦然，河南開封則巡撫大名郭增光、巡按餘姚鮑奇謨、參政海寧周鏘、祥符知縣泰興季寓庸，陝西延綏則巡撫萊蕪朱童蒙，固原則巡撫武定史永安，湖廣武昌則巡撫慈谿姚宗文、巡按東莞温皐謨。至都城内外，建祠尤多。勳臣則保定侯梁世勳、博平侯郭振明、武清侯李誠銘，詞臣則庶吉士大興李若琳，臺臣則日照李蕃、廬陵黄憲卿、壽張王大年、旌德汪若極、平定張樞、河間智鋌，府尹則陽城李春茂。餘若主事張化愚上林監丞張永祚，爭先營建，六街九衢，祠宇相望。有建于内城東街者，工部郎餘姚葉憲祖私曰：「此天子幸辟雍馳道也，駕出，土偶豈能起立乎？」偵者以告忠賢，即日削其籍。祠以閎麗相尚，瓦用琉璃，像加冕服，有沉檀塑者。眼耳口鼻手足，宛轉一如生人，腸腑則以金玉珠寶充之，髻空一穴，簪以四時花朵。其褒頌之詞有曰：「至聖至神，中乾坤而立極；乃文乃武，同日月以長明。」每建一祠，必以上聞，閣臣輒以駢語褒答。尤悖逆者，國子監生陸萬齡以忠賢頌《要典》，比于孔子作《春秋》。忠賢殺楊、左、周、魏諸公，比于孔子誅少正卯。請建祠國學之右，與先聖並尊。會悊皇帝晏駕，乃止。而江西巡撫益都楊邦憲，毁周、程、朱三賢祠，兼奪澹臺子羽祠碎其像，於思陵即阼之初，仍疏請建魏逆祠，思陵閲之微笑，忠賢乃具疏佯辭，帝輒報允。及忠賢誅，諸祠悉爲士民所毁。凡建祠者，盡入逆案。額名可紀者，有永恩、感恩、祝恩、瞻恩、普德、彰德、顯德、懷德、昭德、茂德、戴德、瞻德、崇功、報功、元功、旌功、懷仁、崇仁、隆仁、崇勳、茂勳、表勳、德馨、鴻惠、隆禧，其餘難以悉數矣。先君好博覽，經史之外，諸子百家，靡不兼綜。性樂取友，海内文彦過嘉禾者，必盡款曲。古文辭源本六藝，韻語不屑蹈襲前人，尺牘日可百函。華亭周勒卣嘗云：「讀書能化臭腐爲神奇，惟禾中朱子若有其法。」所輯《禹貢補注》，徐孝廉闇公謂：「當與程泰之、傅同叔並垂。」「復社」第一集，同盟奉爲倫魁。申酉以後，遯荒謝客，晚歲失明，猶命童子誦書不輟云。

方池

方池不種荷，亦少蒲菡萏。惟有梓樹花，紛紛落紅糝。風波永不生，寸心點相感。

移居百可園即事二首

十畝牆東地，新編六枳籬。上番移竹便，辰日種瓜宜。穲子解行藥，鄰翁邀㵽著。忽聞蜃樓見，策杖往觀遲。

梓樹層陰合，莓牆一徑穿。亭開三面水，地占十弓田。書籍雖亡矣，犂鉏幸有焉。晨朝鼠姑放，並坐許銜蟬。

哭譚禮部元孩

去日乘桴易，歸愁度嶺艱。河山成死別，兒女覬生還。劍氣沉三島，文星隕百蠻。旅魂招不得，何處望鄉關。

張王府舊基

幾日西風起，依然菜葉黄。月明沙岸闊，翻似白駒場。

虎山橋

霽雪東西崦，寒雲上下沙。何人吹玉笛，早有落梅花。

明詩綜卷七十八

小長蘆　朱彝尊　録
廣陵　楊文鐸　緝評

錢秉鐙三十首

秉鐙字幼光，桐城人。後更名澄之，字飲光。有《藏山閣稿》《田間集》。

《靜志居詩話》：幼光禁罔潛蹤，麻鞵問道，或出或處，或嘿或語，詩屢變而不窮，要其流派，深得香山、劍南之神髓，而融會之。牧齋尚書録其作入《吾炙集》，蓋深取之矣。昔賢評陶元亮詩云：「心存忠義，地處閑逸，情真景真，事真意真。」《田間》一集，庶幾其近之。

效淵明飲酒詩四首

寄生大塊中，何者爲我故。譬如逆旅物，暫有安足據。在世雖百年，畢竟舍之去。臨去豈不戀，戀亦不得住。所以達觀人，澹然隨所遇。委順生死間，不厭亦不慕。日飲一杯酒，可以全此趣。

宣聖防酒困，《周易》凜濡首。但云不知極，其辭亦無咎。大哉二聖人，未嘗斷我酒。如何學佛人，不許杯入手。還言破此戒，諸戒亦難守。我心任自然，本無戒可受。方其酣醉時，虚空一何有。試問學人心，有能如此否？

芸芸萬物化，各各復其根。其根果何有，出入豈有門。昔人推太極，無乃荒唐言。吾生本無受，沒去亦無存。于中何所見，而辨明與昏。不如隨衆人，與之同渾渾。

人生求有道，仁義固其端。吾不知仁義，惟求心所安。仲尼困陳蔡，微服亦不難。登壇却萊夷，鋒刃還相干。豈不惜軀命，道在志以殫。吁嗟保身語，徒爲後世寬。

田園雜詩九首

夙昔慕躬耕，所樂山澤居。憂患驅我遠，常恐此志虚。十載一言歸，舊宅已焚如。嗟我昆與弟，茅茨倚廢墟。徘徊靡所栖，還結田中廬。結廬雖不廣，牀席容有餘。牀上何所有，一二古人書。熒熒陂上麥，青青畦間蔬。日入開我卷，日出把我鉏。

仲春遘時雨，既雨旋亦晴。百草吐生意，衆鳥喧新聲。紛紛群動出，各各有其營。孰是形骸具，而懷安居情。老農憫我拙，解軛爲我耕。教以駕馭法，使我牛肯行。置酒謝老農，願言俟秋成。

一春勤稼穡，草木荒東園。今晨始芟刈，逝將除其根。良苗常恐短，惡草常苦繁。腰斧伐荆棘，用以衞籬藩。荆棘傷我手，淋漓手中痕。手傷不足道，籬弱何以存。家人挈酒至，滿斟在瓦盆。勸我飲一醉，頹然卧前軒。前軒無人來，春風開我門。

雞鳴識夜旦，烏鳴識天時。東皋人語語，我起毋乃遲。攬衣出門早，且復驅其兒。黄犢初教成，我鉏子則犂。犂鉏豈不苦，衣食道在兹。道旁一老父，顰蹙前致辭。言兒筋力薄，稼穡非所宜。詩書世所輕，猶是祖父遺。如何舍素業，自甘辛苦爲？多謝老父意，此意君未知。呼兒且飯牛，吾去燒東菑。

東園有嘉樹，開花照昏曉。一爲葛藟縈，遂使枝條槁。枝條既已盡，葛藟縈未了。我欲解其纏，轇轕死相抱。念此不能除，斬斷乃爲好。斬藤樹亦傷，藤去樹以保。今晨心目曠，宿穢淨如掃。樂哉嘉樹柯，且復惜其老。寄言種樹人，此物去宜早。

鄰舍有老叟，念我終歲勞。日中挈壺榼，餉我于南皋。釋耒就草坐，斟壺盡濁醪。老叟自喜飲，三杯興亦豪。縱談三國事，大駡孫與曹。吕蒙尤切齒，恨不揮以刀。惜哉諸葛亮，六出計猶高。身殞功不就，言之氣鬱陶。持杯進叟酒，酒盡且餔糟。此是異代憤，叟毋太牢騷。

屋上春鳩鳴，田家穀始播。時雨催我還，倚鍤簷前坐。牧童去未歸，雨聲聽漸大。時雨豈不嘉，所慮老牛餓。自往喚牧童，牽牛入闌卧。我牛既以來，我鍤行須荷。田疇及時治，况復雨初過。亦知冒雨寒，爲農焉敢惰。

春天不久晴，衣垢及時澣。身上何所著，襖襦及骭短。家人念我寒，一杯爲斟滿。酒滿不可多，農事不可緩。奮身田野間，襟帶忽以散。迺知四體勤，無衣亦自煖。君看狐貉温，轉使腰肢懶。

東家事詩書，西舍勤稼穡。本意在謀生，所期各有得。君看田舍翁，男耕女能織。娶婦既以勤，生子又得力。焉知翁室豐，今年大召客。割雞秋極肥，出酒濃如漆。可憐東家子，終歲不飽食。夜愁兒女啼，晝愁租賦逼。天寒四壁空，相見無顔色。從此誡子孫，決志耕不惑。

夏日田家作

民生食爲本，要在四體勤。盛夏豈不暍，良苗獨欣欣。我苗既以長，我草亦以耘。南村稻何早，今晨已食新。我飢焉足慮，且復乞諸鄰。新米飯極香，炊以召所親。田家何所召，勞我作苦人。汎汎水中菜，潑潑池中鱗。雖無酒肉味，一飽忘吾貧。

述懷

五月井水寒，十月井水温。陰陽潛變易，智者窺其根。而况氣候移，一往不復存。古人有陳迹，每爲後世翻。如何章甫儒，猶守聖人言。草木戀故株，人心懷舊恩。不如候旦烏，能知朝與昏。大運既以然，吾道安足論。

贈胡處士星卿

惟我與夫子，同爲學道人。我亦無深嗜，不能甘子貧。昔爲帝室戚，今爲隴畝民。抱腹聽鳴雞，長夜不肯晨。兒女終歲飢，啼號動四鄰。故人貽斗米，持以分所親。哀哉此高士，不能營其身。

雪朝偶成

林雀不聞譁，竹牕旋已曙。攬衣啓柴門，藹藹見積素。孤烟弱不高，野田微有路。土畦高下白，皓若宿群鷺。寒花裹不舒，麥色萋以布。何處一聲喧，驚此山烏去。

夏日雨後

好雨從風至，炎蒸一以清。雷聲驅漸遠，雲氣斷猶行。蟬極楊林噪，蛙矜草露鳴。同時遭汝聒，聽去各爲情。

既望汎舟酒盡索飲鄰人

澄湖秋後闊，還汎昨宵船。興好樽先盡，雲開月尚圓。擬尋村店酒，空攪俗翁眠。淼淼浩歌去，青山絶可憐。

水仙二首

莖葉盈畦短，根荄與石宜。素華疑雪片，絶豔是冰姿。影在燈前好，香惟夢醒知。神清誰得似，姑射耐寒時。

千葉殊濃豔，宋人以千瓣爲真水仙。吾憐六瓣單。香中稱澹妙，花裏最清寒。白映湘妃佩，黄加道士冠。常防酒氣逼，不敢醉時看。

移居南村

租得橋西宅，攲斜只兩間。牕平秋後草，榻對雨中山。賓客應難到，吾人不易閒。雙扉臨市井，無事晝常關。

穫稻

今年秋較稔，隴稻一時黄。得暇先完廩，占晴早築場。雞豚開柵喜，婦子合村忙。即擬輸官税，寧期卒歲糧。

葺茅

農隙爭乘屋，秋晴趁好天。葉紅堆處爛，蘿碧補時牽。免濕齋廚火，期安雨夜眠。家人思換瓦，此志慰何年。

寄彭孔哲刺史

梧州城踞夾江沱，亂後因君得再過。津市烟銷殘竹瓦，山樓月落起蠻歌。飲除冰井泉源少，候近桃花瘴癘多。嶺路漸通人漸散，獨留高寺老頭陀。曼公爲僧，挂錫雲蓋寺。

金陵即事

秋山無樹故崚嶒，幾度支筇未忍登。荒路行愁逢匹馬，舊交老漸變高僧。鐘樓自吼南朝寺，佛塔還然半夜燈。莫向雨花臺北望，寒雲黯澹是鍾陵。

五月江村即景

長夏江村未寂寥，莊家麥酒動相招。湖田水足嫌多雨，草閣宵寒怕長潮。穉子采荷包雀鷇，居人下食引魚苗。山邊早稻看將出，屈指嘗新一月遥。

朱子葆別去有懷

嘉禾亂後信全稀，忽過南村叩板扉。笑汝纔完婚嫁債，勸余莫著水田衣。雨淹塔寺花無賴，潮退湖鄉蟹正肥。去日行裝知掠奪，丹陽何計買舟歸。

重過沈聖符村居

涕淚驚看雙鬢存，吹篪猶是舊王孫。橋邊雨過初無路，宅後人稀早閉門。古樹悲風鳴綷葉，空村白晝易黄昏。三更鬼哭多相識，腸斷誰招澤畔魂。

秋興

記憶雷峰日向低，停橈多在斷橋西。淺沙紫蟹銜霜出，高樹玄蟬抱雨啼。度曲夜浮青雀舫，吹簫人壓緑楊隄。可憐歌舞隨烟散，愁對吳山聽馬嘶。

顧絳 二十二首

絳字寧人，崑山人，後更名炎武。有《亭林詩集》。

《詩話》：寧人早年入「復社」，與同邑歸莊齊名，兩人皆耿介不混俗，鄉人有「歸奇顧怪」之目。兵後盡鬻其産，寄居章丘，别治田舍，久而爲土人攘奪，乃又遷于山西，營書院一區，盡取家中所藏「十四經」「二十一史」，暨明累朝《實録》，插籤于架。予嘗分書題其柱云：「入則孝，出則弟，守先王之道，以待後學。誦其詩，讀其書，友天下之士，尚論古人。」然僑居日少，暇輒周覽山川，考古今治亂之迹，證以金石銘碣，著書盈篋，其卷帙最繁富者，《肇域志》也。寧人没後，遺書悉爲弟子吳江潘耒刊行，獨《肇域志》散佚，良可惋惜。詩無長語，事必精當，詞必古雅，抒山長老所云：「清景當中，天地秋色。」庶幾似之。

孝陵圖四十韻

鍾山白草枯，冬月蒸宿霧。十里無立橊，岡阜但回互。寶城獨青青，日色上霜露。殿門達明樓，周遭尚完固。其外有穹碑，巍然當御路。文自成祖爲，千年繫明祚。侍衛八石人，祇肅候靈輅。下列石獸六，森然象鹵簿。自馬至師子，兩兩相比附。中間特崒嵂，有二擎天柱。排立榛莽中，凡此皆尚具。又有神烈山，世宗所封樹。卧碑自崇禎，禁約煩聖諭。石大故不毁，文字猶可句。至于土木工，俱已亡其素。東陵在殿左，先時懿文祔。云有殿二層，去門可百步。正殿門有五，天子升自阼。門内廡三十，左右以次布。門外設兩廚，右殿上所駐。祠署并宫監，羊房曁酒庫。以至各廨宇，并及諸宅務。東西二紅門，四十五巡舖。一一費搜尋，涉目仍迷瞀。山後更蕭條，兵牧所屯聚。洞然見銘石，崩出常王墓。何代無厄菑，神聖莫能度。幸兹寢園存，皇天永呵護。奄人宿其中，無乃致褻汙。陵衛多官軍，殘毁法不捕。伐木復撤亭，上觸天地怒。雷震樵夫死，梁壓陵賊仆。乃信高廟靈，却立生畏怖。若夫本衛官，衣食久遺蠹。及今盡流冗，存兩千百戶。下國蟣蝨臣，一年再奔赴。低徊持寸管，能作《西京賦》。尚慮耳目褊，流傳有錯誤。相逢虞子大，獨記陵木數。未得對東巡，空山論掌故。

天壽山六十韻

成祖昔定都，乃省茲山陽。群山自天來，勢若蛟龍翔。東趾據盧龍，西脊馳太行。後尻坐黄花，前面臨神京。中有萬年宅，名曰康家莊。可容百萬人，豁然開明堂。維時將作臣，奉旨趨傍傍。盛德比霸杜，宏規軼灋邙。雷電驅玄冥，白雲升帝鄉。三光墜榆木，窮北回輼輬。駛騄金粟堆，寂寞橋山藏。右獻左次景，裕茂迤西旁。泰陵在茂西，稍折南維康。永陵在東南，規模特恢張。碶石爲玄墀，丹青焕雕梁。昭近九龍池，定依昭左方。其制亦如永，工麗踰孝長。慶居獻西隅，德奠永東岡。環山數十里，松柏參天蒼。列宗每駕朝，百執恒趨蹌。一年祭三舉，侍從來班揚。詩追安世歌，典與郊禘光。天禍降宗國，滅我聖哲王。渴葬池水南，靈宮迫妃殤。上無寶城制，周帀唯塼牆。下有中涓墳，陪葬義所當。殿上列三主，妃栗帝后桑。田貴妃主崇禎間所立，帝后主則昌平州民立也。問此何代禮，哽咽不可詳。麥飯提一簞，棗榛提一筐。村酒與山蔬，一一自攜將。下階拜稽首，出涕雙浪浪。重上諸陵間，裵回復彷徨。茂陵樹千株，獨立不受戕。門闑尚完具，上頭安御牀。自康以逮慶，小樹多榆枋。殿樓盡黄瓦，逶迤各相望。康昭二明樓，並遭劫火亡。定陵毁大殿，以及東西廊。餘陵半無門，累甓仍支宋。尚存宰牲亭，暨外諸監房。石人十有二，袍笏兼戎裝。六獸柱則四，制與鍾山亢。跨以七孔橋，峙以白石坊。仁宗所製碑，嶒崒當中央。行宫已頽壞，御路徒荒凉。每陵二太監，猶有稱司香。人給地數畮，把耒耕山場。

春秋祭碑下，共用一豕羊。皆云牧騎來，斫伐尤披猖。并力與之爭，僅得保界疆。有盜貴妃冢，斬首竿以槍。於時姦宄民，瞿然始懲創。繞陵凡六口，六口各有兵。一陵立一衛，衛設屯與倉。居庸有總兵，昌平有侍郎。一朝盡散迸，無復陵京防。燕山自峩峩，沙河自湯湯。皇天自高高，后土自芒芒。哭帝帝不聞，籲天天靡常。誰充八陵使，陳辭申此章。

北嶽祠

曲陽古名邦，今日稱下縣。嶽祠在其中，巍峩奉神殿。體制匹岱宗，經營自雍汴。鶴駕下層霄，宸香閉深院。睒睗鬼目獰，盤蹙松根轉。白石睇穹文，丹楹仰流絢。肇典在有虞，望秩群神遍。時巡歲即暮，歸格牲斯薦。自此沿百王，彬彬著紀傳。恒山跨北極，自古無封禪。賴以鎮華戎，帝王得南面。河朔多彊梁，燕雲屢征戰。赫赫我陽庚，區分入邦甸。告祈無闕事，降福蒙深眷。周封喬嶽柔，禹別高山奠。疆吏少干城，神州恣奔踐。祠同宋社亡，時嶽祀移渾源州。祭卜伊川變。再拜出廟門，嗚呼淚如霰。

樓桑廟

大雪閉河山，停驂阻燕界。日出見平岡，廟制頗宏大。昭烈南面尊，其旁兩侯配。陰森宮前木，蕪沒畦首菜。遺像纏風塵，荒碑委榛薊。痛惟初平時，中原已橫潰。跳身向荆益，歷險誠不悔。終焉嗣漢業，上帝居禋類。獨此幽并區，頻在衣冠外。不得比南陽，何由望豐沛。尚想舊宅桑，童童狀車蓋。黄屋既飄飖，霓旌亦杳靄。惟有異代臣，過瞻常再拜。不及二將軍，提戈當一隊。

常熟縣耿侯橋水利書

神廟之中年，天下方全盛。其時多賢侯，精心在農政。耿侯天才高，尤辨水土性。縣北枕大江，東下滄溟勁。水利久不修，累歲煩雩禜。疏鑿賴侯勤，指顧川原定。百室滿倉箱，子女時昏聘。洋洋河渠議，欲垂來者聽。自非經界明，民業安得靜。願作勸農官，巡行比陳靖。甽澮遍中原，粒食詒百姓。

贈人

楊朱見路岐，泫然涕沾臆。路旁多行人，一南一以北。南北遂分手，去去焉所極。南指越裳山，北適氊裘國。同在天地間，合并安可得。此去道路長，哀哉各努力。

寄江南友人

自昔遘難初，城邑遭屠割。幾同趙卒坑，獨此一人活。既偷須臾生，詎敢辭播越。十年四五遷，今復客天末。田園已侵并，書卷亦剽奪。尚虞陷微文，雉羅不自脱。却喜對山川，壯懷稍開豁。秉心在忠信，持身類迂闊。朋友多相憐，此志貫窮達。雖鄰河伯居，未肯求呴沫。出國每徒行，花時猶衣褐。以此報知交，無爲久惻怛。

邢州

太行從西來，勢如常山蛇。邢洺在其間，控壓連九河。唐人守昭義，桀驁不敢過。憑此制山東，腹心實非他。事已遡悲風，芒然吹黄沙。乞食向野人，從之問桑麻。

述古

六經之所傳，訓詁爲之祖。仲尼貴多聞，漢人猶近古。禮器與聲容，習之疑可睹。大哉鄭康成，探賾靡不舉。六藝既該通，百家亦兼取。至今三禮存，其學非小補。後代尚清談，土苴斥鄒魯。哆口論性道，捫籥同矇瞽。

夏日

首夏多恒風，塵霾蔽昏旦。舞雩告山川，白紙催州縣。未省答天心，且忘除民患。黍苗不作歌，碩鼠徒興歎。仗馬適一鳴，身名已塗炭。貝玉方盈朝，此曹何所憚。博士有正先，實趣秦時亂。

過短亭拜李先生墓

人生無賢愚，大節本所共。蹉跎一失身，豈不負弦誦。卓哉李先生，九流稱博綜。心鄙馬季常，不作西第頌。屏居向郊坰，食淡常屢空。清修比范丹，聰記如應奉。力學不求聞，終焉老家衖。同時程中丞，一疏亦驚衆。玉璽安足陳，亟進名臣用。中丞名紹，德州左衛人，巡撫河南時，漳河旁得玉璽。上疏言秦璽不足珍，國家以賢爲寶，薦黨籍諸臣十餘人，不納，遂謝病歸。掌論正紛挐，中朝并嚚訟。世推山東豪，三李尤放縱。祠奄與哭典，後先相伯仲。初踰士類閑，竟折邦家棟。悲哉五十年，風塵尚澒洞。我來拜遺阡，增此儒林重。雖無謦欬接，猶有風流送。自非隨武賢，九原誰與從。

歲暮

平生慕古人，立志固難滿。自覺分寸長，用之終已短。良友日零落，悽悽獨無伴。流離三十年，苟且圖飽煖。壯歲尚無聞，及今益樗散。治蜀想武侯，匡周歎微管。願一整頹風，俗人謂迂緩。孤鐙照遺經，雪深坐空館。

得伯常中尉書却寄并示朱烈王太和二門人

岱雲東浮日西晻，下有畸人事鉛槧。忽來青鳥銜尺書，月入軒櫺燈吐啖。別子三年斷音問，敝裘白髮空冉冉。引領長睎函谷關，停驂尚憶終南广。瀕行把酒送余去，重來何日當分陝。腐儒衰老豈所望，感此深情刻琬琰。擔簦百舍不自量，可能再上三峰險。君家賢甥與令嗣，舞雩歸詠同曾點。尚論千秋品并堪，以吾一日年猶忝。期君且復慰離愁，勿向流光悲荏苒。

龍門

亘地黃河出，開天此一門。千秋憑大禹，萬里下崑崙。入廟君蒿接，臨流想像存。無人書壁問，倚馬日將昏。

自大同至西口二首

舊府荒城内，頹垣只四門。先朝曾駐蹕，當日是雄藩。綵帛連樓滿，笙歌接巷繁。一逢三月火，誰弔國殤魂。

舊説豐州好，於今號板升。印鹽和菜滑，桐乳入茶凝。塞北思脣齒，河東問股肱。獨餘京雒叟，終日戍樓憑。

霍北道中懷關西諸君

苦雨淹秋節，屯雲擁霍州。蟲依危石響，水出斷厓流。驛路愁難進，山亭悵獨留。遥知關令待，計日盼青牛。

嵩山

位宅中央正，高疑上界鄰。石開曾出啓，嶽降再生申。老柏揺新翠，幽花茁晚春。豈知巢許窟，多有濟時人。

劉諫議祠 在昌平舊縣，今廢。

皁囊青史漫傳名，白日黄泉氣未平。自古國亡緣宦者，可憐身没尚書生。荒阡草長妖狐出，舊驛風寒劣馬行。一自德陵升馭後，山河祠廟總淪傾。

禹陵

大禹南巡守，相傳此地崩。禮同虞帝陟，神契鼎湖升。窆石形模古，墟宫世代仍。探奇疑是穴，考典或言陵。玉帛千年會，山河一氣憑。御香來敕使，主守付髡僧。樹暗巖雲積，苔深甃雨蒸。鵂鶹呼冢柏，蝙蝠下祠燈。餘烈猶於越，分封並杞鄫。國詒明德胙，人有霸圖稱。望古頻搔首，嗟今更撫膺。會稽山色好，悽惻獨攀登。

井陘

水折通燕海，山盤上趙陘。權謀存史冊，險絶著圖經。瞰下如臨井，憑高似建瓴。甃冰當路白，窯火出林青。頗憶三分國，曾觀九地形。秦師踰上黨，齊卒戍熒庭。獨此艱方軌，於今尚固扃。連恒開晉索，指昂逼虞星。乞水投孤戍，炊藜舍短亭。却愁時不會，天地一流萍。

舊滄洲

落日空城内，停驂問路岐。曾經看百戰，唯有一狻猊。

張綱孫二十一首

綱孫一名丹，字祖望，錢塘人。有《從野堂詩集》。

毛馳黄云：祖望詩悲凉沉遠，矯然不群。

葉聖野云：秦亭詩輪囷結轖，怨誹不亂，有小雅之遺。

《詩話》：秦亭論詩，謂「少陵七律，能用比興，他人雖極工鍊，不過賦爾。」以是人皆賞其七律，然不若五古之波瀾老成也。其南北行旅諸篇，尤爲奇崛，方之西陵諸子，逸倫絶群。

古意

慘慘孟冬日，北風吹林丘。飛雪覆中野，山雀群啾啾。佳人水一方，路遠無方舟。有客從東來，寄書言其由。一别十餘載，未知意綢繆。棄書溝水中，水各東西流。區區不識察，胡用慰離憂。

哀舊廬

朝出西郭門，一步一徘徊。道逢舊鄰里，問予何所之。予亦無所之，將往北山陂。五世爲君鄰，一朝俱遷移。兄弟皆分散，妻孥何所依。矧復幼子亡，棄置在路岐。頃從家中過，不知有阿誰。蘭桂摧作薪，空餘零露垂。風雨日飄摇，棟宇莓苔滋。念我平生居，涕淚不可揮。

白竹村

路盤白竹村，崎嶇探窮谷。居人八九家，林杪構破屋。下惟四柱立，亭亭不附木。仰視如鳥巢，夕暝梯雲宿。已防虎豹害，復懼麞鹿觸。我行多彷徨，不敢岐路哭。從者勿苦饑，餐松毛羽足。

小中塢

不覺虎穴過，稅駕中塢裏。山樓閣溪上，朝夕得所倚。古樹行蟻赤，寒藤聚花紫。攀厓嘯風前，尋流行澗底。松杪駐移雲，竹籜落壞几。潭影布游魚，水氣迷香芷。野猨探蜂窠，溪樵抱麞子。弱蘿扶欹木，崩穴藏竄雉。直諧宿昔心，避世自此始。

武康縣

群鷺起平田，衆流匯大溪。離離樹影出，團團雲色迷。我行防風國，麻鞵踰弱泥。山縣習俗古，二𦙶五母雞。尚有先民風，桑陌陰依依。日中市已過，居人閉柴扉。魚跳花下浦，雉飲竹間谿。及此暢懷抱，恨爲俗士攜。

長新店

夜半戒僕夫，侵曉冒寒色。出門十里餘，星光漸以匿。聒耳多悲風，口禁鼻氣塞。堅冰乃在鬚，縮蝟改張戟。少焉霜日升，照見沙路直。稍稍生暖氣，面東不敢仄。所苦枵腹行，村午未得食。昨夜長新店，土屋聊偃息。千錢不一飽，何以增薄力。

涿州城

曉霜不在地，微白生牛背。遥望涿鹿城，巋然沙磧内。控緤走其下，壁立皆土塊。此地古范陽，甲兵天下最。側耳聞啼饑，傷心自我輩。野狼遇人嘷，蒼鷹攫雉碎。生涯底如此，浩歎兹行邁。

督亢陂

路有許善心故里。

已過許氏里，迢遞出燕關。南有督亢陂，沿河路回盤。四望棗樹林，霜葉亦已乾。土闕又沃美，仿佛畫圖間。始知荆軻謀，不成良足歎。秦皇雖不死，白日爲之寒。俠烈槩千古，哀哉太子丹。再越白溝水，層冰凍漫漫。兩兒戲其上，投石笑我前。我生不如子，辛苦損坐鞍。人從土壁行，烏向平蕪還。

高陂下牛羊，淺浦無波瀾。不異故鄉適，惟見暮雲殘。臨風幾回首，去去心悲酸。

雄縣

我行雪霏霏，亂下卷花片。長烟蔽史村，屯雲苦雄縣。引臂不得伸，舉體時厭倦。豁然臨大湖，光曜森瀰漫。長堤四十里，却立疑中斷。五丈一板橋，百步數石岸。白榆火不生，古柳瘦已爛。水村繫漁舟，柴扉叫沙鸛。豈是魚君陂，還向松門畔。默默憶高堂，安得附書雁。

交河

昨暮宿商陰，野雞鳴不止。僕人提煖湯，推戶喚我起。寒色不可禁，下坑燒蘆葦。乾口嚼參苓，束腰插鞭弭。乘月渡交河，桂影自清洗。不聞騎足響，但聽流冰駛。日色早已白，曉光初帖水。低視衣上霜，細細吹波綺。

晏城

小小古晏城，西對華不注。昔之晉郤克，逐馬匝此處。我行實已懶，解鞍歇薄暮。鴟梟嘯其群，老烏守枯樹。不見古人迹，斷碑委樵路。手摸苔蘚痕，字句讀未誤。平仲之采地，緬然起思慕。奈何千載後，蕪沒如野戍。相望有遠山，恐是齊朝附。

齊河

北河俱有名，此是古濟水。神禹不可作，怳然疏瀹理。西連汶上波，東去長山尾。所存兩故道，至今流瀰瀰。駐馬野店門，指顧城樓雉。齊河雖下邑，紛紛日中市。滿篋木棉花，傾簍雪梨子。階前籠鬭雞，觜距利如矢。風俗自可懷，我意靡安止。

石都寨

南走千餘里，始登梁父山。高下溪谷深，石角向我攢。往往路絶蹤，竟日斷炊烟。但逢逃亡人，徒走流水間。瘦妻前拄杖，枯柳相攀牽。弱女布裹頭，兩足赤不纏。見客生羞澀，忽露桃花顔。小兒卧竹筐，其父高挑肩。行李蘆葉席，寒暖不棄捐。既無糗糧備，又苦木皮乾。前後跡踵至，倦坐依沙灘。告我秋大水，國課不得完。縣令日鞭責，誰惜行路難。去住總填壑，此夕偷苟安。我聞黯然悲，行行淚如泉。目慘石都寨，腸斷小西關。居者八九家，頽牆無門闌。招我入土室，板扉坐已穿。食我夏麥粥，未及久熬煎。豆牙代蕨薇，荒茅當屋椽。雖爲困苦劇，腹飽亦便便。衆人頽倚睡，我獨聽潺湲。反覆思所遇，不得終晏眠。

泰安州

州南有泰山，其勢何穹窿。高高十八盤，天門開西東。絶頂無字碑，秦皇昔行蹤。避雨不知處，尚傳大夫松。當其滅六國，刈人如草叢。七十二君前，禪祀本有功。後王無至德，頌言反不窮。我來汶陽城，巖巖在目中。意欲叩天孫，上探青帝宮。堆梨與散棗，考此歷代封。豈無虚美詞，錫福將毋同。恍忽山靈降，爲我揚清風。朧朧夜半色，先開青芙蓉。

新甫雄關

夜出見山火，燁燁石間岡。急走新泰邑，漢之東平陽。迢迢隔泗水，霜坂五里長。雖然水澤涸，其流還湯湯。逾波經古道，衰柳淒成行。蕭蕭悲風生，冢墓吹白楊。石虎與石馬，跡是尚書郎。始經新甫關，蹀躞崔家莊。人烟濕頽壁，饑烏竄空梁。厓脚苦不高，潭水濺我裳。何以慰行路，仰視天蒼蒼。路有兵部尚書王長公墓。

蒙陰

夕宿敖陽村，朝行桃花溝。東山八十里，落月依林丘。傍午息蒙陰，野店脱敝裘。土人延我坐，率爾意綢繆。口陳水簾洞，上有鬼谷幽。再獻雲巖茶，色如白羅柔。誇彼繭綢好，紅絲信清秋。艱苦養此蟲，三時乃有收。飢噏槲樹葉，渴飲清露流。日出虛幔張，薄暮挑燈求。赤蟻恐攢害，麻雀時啁啾。土丸頻彈射，風雨不得休。男女賴苟活，焉敢視悠悠。我起數歎息，注目清溪愁。奈何三吳子，錦衣美遨遊。

西山雷院

玉泉入數里，深谷俱箐篟。危峰皆却立，鑿壁開雷院。松柏夾其徑，仰攀藤蘿便。入門瞻神像，光怪非常見。龍君被彩衣，老母掣金電。左右列將帥，熊身兼虎面。三眼冠兜鍪，六臂持刀箭。或如烏喙形，背翅如羽扇。此時當檻揖，仿佛風雷變。我聞宋時帝，構此丹青殿。迄今五百載，春遊每歎羨。宮闕在南山，灰燼無瓦片。狐狸騎石馬，荆棘布芳甸。不及此遺構，巍峩俯碧澗。懷古正不足，落日聊消遣。

觀捕雉

曉霜照原野，披襟出戶牖。偶值村中人，趨走在林藪。喧呼同捕雉，張網布前後。利刃斬密竹，土塞深穴口。草雉忽竄出，高飛過培塿。拍手隨之去，已落野田右。衆人爭合圍，大索亦何有。俱言暫歇息，坐向墳壚守。傍有空心樹，躍出一竹狗。毛如蒼鼠色，突破密籬走。相顧不覺笑，不知還在否。起身至溪邊，亂草堆積厚。低頭看草根，此雉藏其首。

苦旱行

田中無水騎馬過，苗葉半黄蟲齩破。五月不雨至六月，農夫仰天淚交墮。去年臘盡頻下雪，父老俱言應水大。如何三伏無片雲，米價騰貴人饑餓。大河之底風揚沙，桔橰無用袖手坐。林木焦殺鳥開口，魴魚枯乾柳僵卧。人人氣喘面皮黑，十箇熱病死九箇。安得昊天降靈雨，擊菓挾耒穀可播。高田低田薄有收，比里稍可完國課。不然官吏猛如虎，終朝鞭扑疇能那。

彭蠡湖暮泊

孤舟暮泊吳城岸，大船滿載栗樹炭。連檣并櫓不敢行，黑夜懸燈守湖畔。天明走謁睢陽廟，殺雞灑血雞不叫。千人禱祀百人出，聞説南風俱失笑。

山居

朝雲起山南，暮雲起山北。只有山中人，朝暮見山色。

魏璧十首

璧字楚白，慈谿人。崇禎中，補歸安縣學生。後更名畊，字白衣。有《息賢堂》前、後集。

蔣馭閎云：魏子游意篇幅之外，洋然自得，不以煩簡爲度。

朱伯虎云：楚白五古，初摹漢、魏，至其得手，則在景純游仙、支遁讚佛，游行晉、宋之間。若五律，純祖少陵，離奇夭矯，難以準繩相格。

徐禎起云：楚白詩得力于漢、魏，而沉酣于杜、李二家。

周青士云：白衣鋭意學杜，晚一變而神游于謫仙之門，遂升其堂奥。

《詩話》：白衣僑居吴興别鮮山，爲晉沈禎、沈聘避地所居，有渡曰「息賢」，遂以名其堂。其論詩云：「詩以達情，情貴極其所至，故樂必盡樂，哀必盡哀。由唐以前，諸家體不必相蒙，而其爲至則一也。學者各盡其塗徑而入，入之愈深，見其畛域愈廣，恣睢淫佚于其際者久之，乃始得其漭瀁之樂。故涉獵衆家，不若專致一家，一家之趣既竭，而後馳而去之，再適一家。其於一家猶是也，然後古人之長見，而我之長亦見。余之於詩，初無矜飾，務達其情，凡博奕、飲酒，朋友酬酢，以至山川、風俗，城郭之所歷覽，遺迹之所辨證，雜然前陳，有觸于懷，發之詠歎，以爲合於作不能自己之旨，此則余之所自道已。」故其中年專學子美，末年專學太白，惜乎未見其止也。

贈陸嘉淑

種豆南山下，豈必連陌阡。結交四海内，豈必盛輜軿。丈夫貴適己，汎愛奚取焉。昔余鍊玄液，抗襟大滌山。情盼如雲合，今來期屢愆。道遠日月邁，苦懷慷慨言。路險知騏驥，世僞知聖賢。美玖示良工，展翫識其然。伊余頑魯質，黽勉追不前。應門閉重闉，明燈曜芸軒。新文遥有贈，贈子松柏篇。

戲題施孝廉畫山水圖歌

湖州畫山水，近推施之圻。公車不上嘗游戲，雖然不比叔明與松雪，秃筆横掃殊有致。淋漓磅礴生長風，無有一筆與人同。當其得意時，悄然超天工。兩峰劈破華嶽懸，洪厓掌跡何歷然。黄河西流白日動，青柯北折紫塞連。怳忽秦漢封禪道，中藏玉簡金泥篇。坡陀更有長松樹，偃蹇倒挂層樓翠。高枝礙青天，低枝塌大地。漠漠陰飇六月寒，森森遠島秋毫利。男兒貴適真，胡爲落風塵。殘年憔悴戎馬際，旅食慘澹江南春。吾語施之圻，吾有甬東細絹如雪白。勞公細寫蓬萊方丈三神山，無使大小九州相斷隔。

醉歌行

姜大行筵中作。

明州布衣家已傾，幾載亡命乞餘生。繿縷百結脚不韈，伶仃枯槁無人形。奔走東吳與西楚，滿城盡是商與賈。各自全軀保妻子，搥胸何處訴愁苦。今年飄泊長洲來，性命如絲更可哀。一餐飽飯襟懷好，輸心寫意傾深杯。秋雨注牆螻蛄叫，菊花倒地金錢開。三盞兩盞筋骨活，將醉未醉春姿回。歡樂填填徹曉夜，何知罾繳徧塵埃。姜生姜生不須慮，聖賢豪傑終荒苔。人生三萬六千日，會當日日眉頭開，富貴于我何有哉。

日出入行贈鎮江潘陸

白日如金盤，迢迢轉青天。夕沒虞淵朝復出，苦爾獨照羈人顔。我欲長繩繫其影，誰能上結高高之青天，下結冥冥之重泉？春花吹落斷腸去，秋霜蕭颯不可言。我與汝曹日奔走，茫茫赤縣疲人間。才大世人皆欲殺，七尺之軀那值錢。潘江如聽我言，萬古文章置高閣，青蚨須索五十千。天台瀑布插眼前，潯陽酒樓宜酣眠。那待好鞍與好馬，纔搖五嶽拂長鞭。海上白黿橫島云，倏忽已過三山巔。金宮玉闕霄漢間，直與東王西母筵。

寄金俊明

燕子秋飛急，野池蓮故紅。江山驚歲隔，衰老泣塗窮。斫桂憐宵月，緘愁屬塞鴻。親朋如有問，爲報耳初聾。

梅里宿屠爌宅

汝髮黑如漆，吾頭白可憐。怱怱逢上巳，衮衮話當年。月落吴闗樹，春深檇李田。明朝須解纜，不放老夫眠。

十五夜西湖舟中翫月

吾愛湖中月，攬之清若空。分明青嶂裏，獨照白頭翁。碧浪摇鳷鵲，金笳起塞鴻。蟾蜍真可戀，莫畏曉來風。

十六夜湖上望月

今夜西湖月，仍同十五圓。徘徊臨碧海，依舊上青天。何處歌鐘起，誰家珠箔懸。瓊瓏相望裏，清嘯不成眠。

漫興

八月水來沙觜闊，九月水來沙尾圓。太湖漁子且莫喜，三尺黄魚不值錢。

吴理楨席上口占調朱十

冬夜開筵白玉堂，春風舞罷杜秋孃。情知燭下憐才子，也遣分愁攪客腸。

明詩綜卷七十九

小長蘆　朱彝尊　録
黄海　汪弘度　緝評

范路五首

路字遵甫，蘭谿布衣，流寓嘉興。門人私謚「貞簡先生」。有集。

周青士云：遵甫潛心性命之學，不闢佛氏。《偶然作》云：「青青江岸山，活活江流水。夫豈不高深，有象終必毁。」又云：「我嘗夜分坐，仰天見北斗。風吹百草頭，月出萬山口。」牧雲和尚愛之，欲付以巾拂，不受。海鹽張處士璵白方講學硤石山，遵甫謂其晰明德格物，義有未安，别爲講義示學者。人或以其未盡合乎朱子，非之，遵甫不顧也。其詩不費鍛鍊而出，詠之妍雅和平。晚開靈蘭舘，賣藥長水市，乍愚乍智，人莫測其所詣云。

錢爾載云：「遵甫孝友性成，自其父徙居梅會里，父母既没，以不得反葬蘭谿，時時銜恨。崇禎辛巳，禾中歲大飢，人相食。有族弟思攜妻子鬻身以求活，遵甫留之，同飯糠粃，怡然不以爲嫌，此事人所難能也。」《遭亂賦詩》云：「東去大海一千里，赤脚踏著珊瑚枝。」足稱警句。《静志居詩話》：遵甫含貞履信，博通古今，賣藥市門，行歌帶索。由其見深，故於憂淺；識遠，斯視患浮。昔人謂「太丘道廣，廣則不周；仲舉性峻，峻則少納」。遵甫廣不混俗，峻不污物，發爲詩文，多見道之言。裴子野之稱劉居士也：「所修孔氏之學，則儒者師之；所明釋氏之教，則淨行傳之；所著文集，則詞人録之。」斯言也，遵甫庶足當之矣。

讀史

智伯祀已殄，趙氏勢方雄。士苟欲富貴，匍匐歸其宫。歆頭諒不活，殺身亦何功。哀哉漆身人，甘以殞厥躬。乃知國士心，不與世俗同。寥寥數千載，誰能嗣其風。

感懷

結交自童稺，一朝成别離。秋風吹古道，露重霜葉飛。留君苦不能，從君道已違。海闊波潮多，山高鴻雁稀。此衷竟安愬，庶幾君來歸。

晚步

氣侵林木晚，歸步自原田。舊業愁中盡，餘生亂後全。人烟孤壘斷，衰草夕陽連。何處悲笳動，依然似去年。

一丘山遠望

巑岏枯木響西風，獨立懸厓望不窮。白浪秋高漁艇没，黄茅霜老野花空。松門曉闢扶桑日，雲漢寒飛絶塞鴻。更欲乘虚汎天末，萬山開處一孤篷。

屠昭仲云：此遵甫蹈海作也。

春游曲

車圍繡幰馬銜鑣，載取鈿箏間玉簫。欲試誰家新釀好，東風楊柳第三橋。

韓洽 二十四首

洽字君望，長洲人。隱居羊山。有《寄菴詩存》。《詩話》：崇禎之際，言詩於吳下，吾必以君望爲巨擘焉。匪特高節軼群也。所撰《篆學測解》，釋訓考源，足證《說文長箋》之誤。

猛虎行并序

蘇郡故無虎，比歲數獲虎，云自宜興諸山渡湖而至。擬古樂府，作《猛虎行》。

虎欲異群虎，舍山而渡湖。自失嶮岨窟，託身就菰蘆。村落齊戒嚴，鄰保相招呼。耰鉏代戈矛，勇鋭當先驅。爪牙豈不猛，其如處世孤。奮鬬亦良久，力盡乃告殂。錦斑斃野草，割剥無完膚。嗟彼田舍兒，曾非卞莊徒。何乃百獸尊，輕身死庸夫。萬類固并生，所宅各有區。一朝處非據，適足亡爾軀。持此告群虎，毋若此虎愚。雄長山林中，賁育孰敢圖。

野田黄雀行

每每野田廣，習習雀聲微。飲啄豈或異，性情能不違。翔集繞溝畎，樂我禾稼肥。禾稼雖未登，西成今庶幾。皤皤野田叟，羸拙無俗機。猜嫌兩不作，相向心依依。有時爭隴行，先我後我飛。農望甔石儲，餘粒雀所希。同在田中生，安知是與非。

蹡帆行

舟之有帆檣，本爲順風設。逆風亦張帆，湖船技獨絶。逆來以順用，其妙在曲折。峭帆必斜張，左右隨所拙。旋轉分寸間，向背遂迴別。風來雖當頭，我舟顧斜掣。轉側以背承，風過自後撇。帆勢從風欹，船舷半没滅。所恃旁版垂，故不至横截。斜行既良久，轉蹡柁旋捩。其塗稍紆回，其勢已飄瞥。小水難迂行，拘于勢狹劣。大海太渺茫，回旋恐無節。惟湖既開廣，諸山復眉列。是法獨可行，雖險無阢隉。我來包山游，其事始親閱。巨舟數播蕩，狂濤湧如雪。同行未習見，驚悕膽欲裂。我心自恬然，壯觀殊可悦。古來處横逆，濟險賴明哲。遜順無力爭，所志終必徹。屈曲委蛇間，大巧固若拙。

沈烈女詩

婦道從一終，風詩著共姜。不聞在室女，守節稱未亡。當年沈氏女，許字黄于庚。黄郎抱羸疾，十九乃上殤。女聞哀且泣，髽髻縞素妝。不復下樓梯，惸惸守空房。爺孃謀改聘，投繯自捐生。急救乃得蘇，日夕常周防。從容告阿女，禽鳥必雙翔。汝年纔十九，前路正未央。阿女謂慈親，百年豈久長。死爲黄氏鬼，不復累爺孃。意欲歸黄室，守喪事姑嫜。黄家日凋落，旋復值姑喪。號慟復衰麻，長齋事空王。歷載二十八，世變大倉皇。家人遠奔竄，閉門絶餱糧。從容死不悔，全節凜冰霜。黄家往迎柩，同穴葬山岡。世道日頽敗，四維棄不張。匪惟閨閤中，窺穴而踰牆。君臣朋友間，反面殊炎凉。側聞烈女風，其能不慚惶。以此較諸彼，奚啻梟與凰。愧彼懷二心，所宜急表章。雖然聖人道，中正斯可常。律之以禮經，此事實可商。吾家有兄女，與此正相方。所字曰顧氏，一門有二貞。三郎聘虞女，吾壻第五郎。虞女聞壻死，誓言不再更。有母議別字，墮樓幾欲僵。顧家遂迎歸，所志乃得償。吾姪實繼之，信誓由中誠。二女竟同居，食貧飫糟糠。今將三十年，高節如冰清。當時壻没後，顧母來相迎。女遂喪服往，執禮如嫠孀。余力言其非，禮文明且詳。六禮苟不備，貞女不妄行。惟兹六禮中，親迎尤大綱。雖聘未及娶，夫婦禮未成。自稱彼家婦，得無過乎情。太過猶不及，於禮俱有妨。先王制喪服，恩義爲權衡。未嘗一識面，未嘗一聞聲。恩義其何居，哭泣服衰裳。婦人有三從，在家從父兄。此非父母命，自專非所當。女子不出梱，乃登他人堂。共姬不避火，高節無與京。猶言女不婦，致惜于丘明。況婦而不女，安得無譏評。禮言婦既娶，三月見宗祊。婦未廟見死，歸葬女氏塋。如何未娶者，瀆禮相合并。或言吳季札，脱劍挂冢旁。彼以劍許人，死而猶不忘。況以身許人，其可負衷腸。余聞無可答，拜伏久屏營。審思至再三，請告諸貞良。女身與劍異，身重劍則輕。器物可持贈，身不可自呈。同異誠較然，何得相比量。守節豈不賢，過禮非所望。割股療親疾，國法垂煌煌。雖不加譴責，不以孝子旌。貞女亦此例，宜著爲法程。并作《女史箴》，垂訓閨中媖。余言非過刻，析理誠宜精。豈其毀節義，鄙性亦硜硜。

言懷四首

農工與商賈，是名曰四民。四者雖異業，皆以資其身。未有身不謀，而可以治人。奈何今世士，所飾空衣巾。沾沾弄文墨，垂涎要路津。問之經世略，棄置若浮塵。達則誤天下，窮則老且貧。身世兩相誤，風俗何由淳。法久乃滋弊，末師焉可循。

古之兵皆農，農富兵亦強。古之士皆農，農樸士亦良。兵農一以分，家室無餘糧。士農一以分，耒耜無文章。待哺雖爲兵，忍飢難爲士。分之則三傷，合之則一理。請告當塗人，治亂實在此。

人人知愛敬，天下無賢聖。人人務耕織，天下無道德。六經諸史外，文字皆蟊賊。百家競紛紜，聖教愈充塞。勇哉秦皇帝，一火祛其惑。

天地生我時，孑然惟此躬。飢渴與寒暑，百患來相攻。我無辟穀術，口腹何以充。又無革與毛，可以禦霜風。養生各有待，資彼萬物功。萬物非我有，一身徒空空。持此問彼蒼，何道得不窮。

宿堯峰壽聖寺寺舊名免水院

兹峰吳中秀，何事乃名堯。游侶爲余言，在昔懷襄朝。下民苦昏墊，聚族此山椒。陶唐有遺風，淳樸今未凋。荒遠弗可詳，登陟聊逍遥。土厚石亦雄，曠衍仍沃饒。一巖特險峻，絶徑凌層霄。幽崖集仙靈，龍洞興雲飈。暝投古寺宿，庭宇虚寥寥。玉泉湛深碧，飲酌心神調。拂蘚讀殘碣，懷人想遺謡。飢鼯走荒徑，哀禽響寒條。晨光動石壁，鐘梵開烟樵。振衣上危岡，目豁情已超。群山互回伏，俯仰如相招。蒼茫太湖波，掩映長林標。顧瞻横天翼，自哂枋榆蜩。

訂友人春游縹緲

我思在何許，縹緲湖中峰。穿雲陟其巔，浩蕩開心胸。幽竇出地底，澗松偃虬龍。嘗聞獨往客，每與靈仙逢。徐生家莫釐，隔水聞僧鐘。兩峰近相望，一葦能過從。顧言叩草堂，遂躡幽人蹤。相將訪靈異，布韤隨孤笻。山路梅花開，烟嵐晚逾濃。扁舟儻乘興，花水春溶溶。

清溪

白石何粼粼，清流亦泥泥。輕舟渡前溪，兩岸饒萑葦。落日秋風生，停橈弔山鬼。

一草亭爲許南宫作

欲作草亭詩，試問草亭狀。草亭高幾尺，草亭廣幾丈。亭名誰所題，亭詩誰所倡。何人常往還，何景可眺望。待余到草亭，言之始不妄。

小魚

小魚長寸許，杯水足自適。置之几案間，聊以供戲劇。不自量微弱，似嫌所處窄。一躍落泥沙，將爲螻螘阨。回思杯水中，咫尺千里隔。我今憐爾愚，復爾舊安宅。傳語戒群魚，安分無求益。

利觜蠅

永叔賦蒼蠅，具言可憎態。猶幸無利觜，不爲人所畏。不知蠅之中，别有利觜派。蜂蠆雖有毒，遠之斯無礙。蚊蚋雖侵人，扇撲亦一快。今此利觜蠅，罪甚蚊與蠆。其喙如鍼錐，其性復狡獪。忽去倏而來，掩手不能逮。平生未嘗聞，乍見頗疑怪。蕘豎向余言，是物出牛穢。惰農與倦牧，一見輒飽啜。譬諸蛇虎然，第爲山澤害。君胡遠市廛，曠野近此輩。我心豈豎知，聞之發深嘅。

龍母祠歌

龍雖靈，鱗甲之物非人形。何爲人母産龍子，或言子産母即死。或云龍去母尚存，敝衣匃食行荒村。鄉人惡之父母擯，龍子思親來省覲。龍入母懷母乃驚，母翻因此喪厥生。豈非人龍本殊類，母亦不能通子意。子愛母兮母不知，母既逝兮子乃悲。龍一怒，忽然平地爲深池。役風霆，走蛟螭，築高墳，葬母尸。或言母非死，從龍赴淵水。貝闕珠宮奉母居，龍子龍孫盡歡喜。神奇恍忽不可推，惟見羊山塢裏巍然祠。祠前一古柏，滑澤無皴皮。龍來目如炬，蜿蜒柏上如藤垂。前此數十年，父老猶見之。世間萬事無不有，所以史策傳信兼傳疑。但願神龍有神禱，輒應五風十雨無愆期。高原下隰多稼穡，受龍之施報龍德，子母千年長血食。

石鼓歌

昌黎始作《石鼓篇》，後來繼者相連延。皆言字出史籀手，歌頌宣后中興年。或言成有岐陽蒐，事見左氏非周宣。揣摩時勢雖互異，同在姬氏西京前。尊崇謂是古逸典，直與雅頌堪齊肩。我生未及見此鼓，竊睹摹本相流傳。文辭脱落不可讀，字畫譎詭猶能沿。古人制書法有六，形聲意象非徒然。及觀此鼓殊不爾，文繁義晦徒枝駢。聖王制作乃如此，武周遠遜秦斯賢。若言此書籀所創，考文自是天王權。下逮春秋戰國世，同文之治猶星懸。况當盛時職太史，敢變王制爭奇妍。其他鐘鼎金石刻，蛇神牛鬼紛糾纏。是皆秦皇漢武代，古籍焚滅成寒烟。燕齊方士逞妖誕，欺世惑衆談神仙。或言掊地得古鼎，或造圖讖窮虛玄。謬書僞器旁午出，後人誤信何拘牽。古文雖廢有明據，物象滿目陳方圓。參之聖經及史傳，是非不啻如山淵。誰能力闢謬妄説，一掃昏霧開光天。

爲深慈上人題畫冊

上人示我畫十幅，烟水林巒紛在目。誰拈彩筆爲此圖，乃是練川李自牧。上人之兄黄懋昭，頃者與余論素交。自言今歲得一友，李君意氣真吾曹。信知李君故佳士，豈直丹青稱畫史。日來旅寓向禪房，不惜揮毫呈妙技。師言冊中第九圖，短垣修竹對浮屠。仿佛慧隆菴内景，只多山色近城隅。慧隆佳景吾曾識，開門恨少青山色。故敎化筆役神工，移得崚嶒置菴側。

周烈女

何家郎，身病亡。周家女，心暗傷。墨朱履，縞素裳。夜竊起，懸高梁。周家女，信節烈，不知男女貴有别。女道婦道相殊絶。雖許字，尚未婚。目未識何郎面，足未踏何郎門。女兒之身父母身，何爲忍割慈親恩，捐軀欲殉他家人。舍生爲取義，殺身爲成仁。非仁復非義，自經溝瀆真無因。何郎母，方卧疾，朦朧曉夢中，新婦奔喪來入室。朝來聞訃知女死，心既悲，仍竊喜。昔日病，今良已。夢中語，不足憑。若言女有靈，雖死猶如生。從來女子不出閫，何得冒禮私自行。郎家來載靈轝，生未偶死相於。舟前忽躍雙鯉魚，雙棺權寄古寺居。鄉人聚觀咸嗟吁，上請當事旌門閭。背經瀆禮不可訓，徒詫奇節驚庸愚。在家從父嫁從夫，禮經明明不可踰，願言正告閨中姝。

石儔失去地理書一册經歲覓歸作珠還篇次韻和之

方術種種皆誑語，相地之説害尤巨。人世禍福本自求，豈有種麻翻得黍。諉之天命已不然，何况駕言地所與。著書欺衆徒紛紜，智者誠宜付一炬。古人喪葬有定期，宅兆雖卜有常處。安有擇地并俟時，停喪不葬歷寒暑。悖禮非分覬福澤，致令死生胥失所。起爭滋訟傷骨肉，平地無端成險阻。願君悉屏非聖書，修道致福咸自予。天經地緯亘古垂，慎勿旁求别機杼。

雪裏紅

籬落遍積素，愈知顔色丹。故非嘉卉列，聊作野花看。天道存微物，韶華惜歲闌。芳心良獨苦，誰謂不知寒。

鐵馬

急響中宵發，凌空鐵騎行。不知風信至，頓使旅魂驚。當世正多事，吾儕方苦兵。那堪簷宇下，又作戰場聲。

黄孝子端木萬里尋親

父子分殊域，趨庭道路難。間關衝虎豹，生死涉風湍。乍識容顔在，翻悲涕淚乾。故園今共返，猶作夢中看。

張良椎

一擊或幸中，扶蘇作天子。劉項雖亡秦，未必速如此。

聞雁

朔風吹雁渡江干，月白霜清響尚寒。孤客幾回愁裏聽，故鄉何處報平安。

王錫闡 三首

錫闡字寅旭，一字昭冥，吳江人。

《詩話》：寅旭博綜群書，尤精歷象之學，創新法候日月食較密于前人。撰有《歷法》《歷説》《大統歷啓蒙解圜》《三辰儀晷》諸書。爲人耿介拔俗，詩亦不沿時習。

國有君

國有君，不立太子立監國。立子要當急奉迎，立弟始知重社稷。社稷危，君不歸。社稷安，君自還。都門揖讓臣民歡，誰爲謀主生讒言？南城樹可伐，東宫位可易。復儲未許已復辟，哀哀萁豆煎何急！

遣興

大木蔭數畝，青蟲生其陰。垂絲自相絡，枝葉交受侵。樹影日夕疏，蟲窟亦不深。貪生戕厥本，徒然飽飛禽。

幽居

北牖微風度，斜陽意獨醒。寒溪沉鷺白，夏木挂蟲青。理釣竿成曲，爲農具有經。鄰翁尋舊約，倚櫂渡前汀。

沈祖孝七首

祖孝初名果，字因生，一字雪樵，又字雪漁，烏程人。有《湖干》《硯傭》《當泣》《陶年》《吟安》《下簾》等集。

《詩話》：雪樵至性之士，詩皆從肺腑流出。

擬孟武昌答元道州并序

道州刺史元結作《退谷銘》，指曰：「干進之客，不能游之。」作《杯湖銘》，又曰：「爲人厭者，勿泛杯湖。」後獨作詩招孟武昌，則士源可知矣。疑其必有答，而未之見也。因擬作詩，以補之。

君言退谷好，令我移神情。又言杯湖上，坐見夜氣清。白雲自來去，明月照薇蘅。湖魚躍波出，山鳥相飛鳴。江水漱絶壁，斷壑回春聲。嗟彼武昌客，一命羈塵纓。退谷石峩峩，杯湖水盈盈。來游苦不早，爲君矢平生。

歸里

宿昔有故人，意氣聊自厚。五年生死塗，沉骨或已朽。存者會面稀，相見倏老醜。上追喪亂端，下道别離久。陳説艱難中，往往開笑口。哀哉隔世人，今夕復杯酒。

感述

河海東北流，日月西南行。治亂會有數，智者誰能爭。干戈循道路，豪傑從中生。致身青雲端，豈少韓與彭。所貴能識時，不在標英名。南陽非三過，沉志猶躬耕。

于忠肅墓

不讀先生傳，誰知社稷危。中原無恙日，少保大名垂。獨定千秋業，偏留萬古悲。自來墮淚碣，寧止峴山碑。

翫月

月色仍無際，長空失半輪。關山初一雁，寇盜尚三秦。已近聞砧夜，方悲落葉新。秋風蘇病骨，擬作渡江人。

蟋蟀

夜蟲啼不已，向曉益啾啾。八月寒如此，終宵恨未休。有聲寧待和，無力自知愁。總值秋風裏，何能逭百憂。

無題

相見何由恨亦空，畫樓簾卷怕花風。枝頭葉葉今朝緑，苔上星星昨夜紅。西鳥有生多共命，春蠶無歲不同功。偶然閲罷昆侖傳，便欲焚香拜此公。

戴笠二首

笠初名鼎立，字則之，改今名，更字耘野，又字曼公，吴江人。縣學生。

《詩話》：曼公谷隱巖耕，不入城府。句如「愁邊細雨孤舟遠，夢裏青山故國春」，「夜雨聲中流水急，東風陌上野花開」，「眠鳧夢裏誰家地，啼鴂聲中故國秋」，大有孤山處士遺韻。

秋望

晴空浩無垠，一碧淨千里。有似至人懷，澄泓湛秋水。寒鴉起半山，孤飛不能已。蕭然萬感集，四顧蒼茫裏。

有感

老大徒傷事事非，三年客裏故山違。凉風動地迷衰草，白露侵人透葛衣。江漢數行鴻雁斷，天涯幾箇友朋歸。凭闌盡日思佳句，西北遥瞻是落暉。

彭士望三首

士望字躬安，寧都人。有《恥躬堂詩集》。

小姑山

昔日元道州，曾運醉魚舫。豈若兹石奇，兀傲群流上。日月與俱浴，雷雨亦相盪。樹無凡鳥栖，檗共山僧養。山產檗木。苦節風波中，獨立本無黨。

湖上獨眺

湖水尚如昨，樓臺望已稀。可憐相識燕，猶向舊家飛。

雨中寄山中人

漠漠湖天雨坐閒，濃烟疏樹有無間。懷人似共瀟湘遠，一點輕帆九面山。

湯燕生二首

燕生字玄翼，一字巖夫，寧國太平人。有《商歌集》。

赭山二首

赤鑄山頭烏不飛，朱衣曾此易青衣。連營戰士爭投甲，古寺殘僧但掩扉。姑孰湖陰俞騎失，景陽樓下遠鐘微。傷心莫唱淋鈴曲，未得生從蜀道歸。

淚逐天風向北揮，山僧指點舊重圍。軦車東駐泉偏咽，代馬南來草不肥。野老久知今日事，侍臣猶護昔年非。延秋門外王孫盡，司馬元戎自錦衣。

張宗觀四首

宗觀字用賓，一字朗屋，紹興山陰人。

《詩話》：朗屋以王霸之略自許，與朱朗詣齊名，時號「山陰二朗」。朗詣坐事繫獄，朗屋號呼於所知，斂重貲賄獄吏，得不死。既而論釋，朗屋聞之大喜，踊躍夜渡江，爲盜所殺。其詩恢奇磊落，樂府古風，尤絶倫品。

獨漉篇

獨漉獨漉，高岸深谷。豈不欲渡，慚無車軸。解一 鴻生北野，翩翩南翔。悲風四合，亂我行藏。解二 普天同雲，雨雪灑灑。念我故人，躊躇中野。解三 天生快馬，必有健兒。士無知己，泣下語誰。解四 猛虎在山，亦有人行。一夫執志，七國縱横。解五

代阮籍詠懷三首

朝雲發空山，薄暮不顧歸。曖曖結重陰，白日沉光輝。日斜凉飇起，飄飄西北馳。念子永滅沒，有何相還期。寄語世上人，浮游安所依。

灼灼樊中茗，苦畏白日光。太陽榮萬物，念子何獨傷。池魚依水游，飛鳥因風翔。浮沉各異勢，性情亦有方。至人齊萬囿，大小以何量。

麋鹿空山游，壽命懸庖廚。人生盛繁華，結根在丘墟。容顔不常好，懷抱亦區區。悲風飄白日，百年何須臾。不見柱下史，骨肉沉山隅。尊酒聊自寬，爲子立斯須。

朱士稚六首

士稚字伯虎，更字朗詣，紹興山陰人。門人私謚「貞毅先生」。有集。

《詩話》：山陰二朗，具郭景純雋上之才，仗劉越石清剛之氣，令假以年，直可凌顔鑠謝。陳卧子詩云：「越國山川出霸才。」二子咸以管、樂自命。誦朗詣《讀史》詩云：「英雄窮賤盡無策，天下侯王自有時。」慨當以慷，不啻擊缺壺口也。

折楊柳行

鸖鶴出雲霄，黄鵠參天飛。憒憒世俗間，遠道隨所之。一解。百川日以東，日月日以西。在生獲笑語，何必故鄉依。二解。遊盼不恒處，所遇皆新知。邂逅成歡悦，及彼未生疑。三解。行行過崇朝，豈能若初期。一去自參商，克終有阿誰。四解。愁來北上堂，撫絃調哀絲。清商變流徵，莫怨他人非。五解。

怨詩行二首

國亂治以猛，民乃懷其刑。稂莠既不除，佳禾無由生。報虐罔或干，孥戮垂章程。漢術雜王伯，故能致清寧。徒爲仁者言，法亂國是傾。明刑以弼教，後世稱聖明。

事間不容髮，脱兔非可追。機宜不在大，所貴無失時。若以一朝宴，便遺終身危。是以天下士，斷絶乎多私。功成以明決，敗謀在蓄疑。

臘月

今年臘月歸未得，獨在烏程縣可憐。隔岸横飛西塞雁，前門數纜下江船。高城哀柝兵戈側，短布單衣雨雪邊。笑語逢迎隨契託，故園何處淚潸然。

寓揚州

淹留車騎引杯看，獨上高樓愁未闌。千里鄉關過雁，萬家風雪醉憑欄。天涯客子依人苦，江上梅花倒地殘。莫道春來動南北，故人尺素遠長安。

與嵩菴宿普照寺梅花書屋懷寓邗諸子

普照堂前三樹梅，天涯詞客過徘徊。卷簾當戶分晴雪，倚檻層霄放酒杯。漢苑春風江上隔，揚州驛使笛中回。自憐遲暮逢花滿，欲折瑶華幾度哀。

吳騏十一首

騏字日千，松江華亭人。有《顑頷集》。

吳六益云：日千詩法隨意轉。

《詩話》：日千力崇正始，其詩沉厚不佻。

幽州馬客行

渴馬不擇水，飢烏不擇食。健兒貧欲死，那得不作賊。

塞下曲二首

固原城郭控西秦，遠戍今經二十春。家在洛陽城下住，經年不見洛陽人。

四牡騑騑出玉門，詔持繒帛賜烏孫。爲言侍子今無恙，初在京師讀魯論。

少年行二首

下馬同傾酒一尊，侍兒匕首劃蒸豘。生平不著黄金甲，醉袒貂裘數箭痕。

紅玉鞍橋碧玉驄，樂遊原上柳絲風。詔求季布今何處，只在三千奴僕中。

讀史雜詠

販繒洛陽市，恒受市賈欺。關津征税重，折閲苦不支。市籍非所樂，况復寒與飢。相驅入大澤，揭竿爲旌旗。從龍入灞上，神器忽以移。南面據茅土，成績銘鼎彝。人生非困窮，孰能履危機。安危在反掌，詎申難前期。寄言猗頓流，終無封侯時。

送别陳皇士王雙白

西風吹孤雁，嗷嗷多哀音。張燈對離觴，愁思故難任。與君雖異縣，纏緜結中心。願采芙蓉花，爲君製衣襟。願琢荆山玉，爲君備華簪。願折若木枝，爲君斲鳴琴。微誠苦未致，驪駒何駸駸。疏星燦河漢，殘月下北林。攜手立斯須，厚意比兼金。相思各自喻，滄海未云深。哲人重名節，歲寒心所欽。高義良不渝，在遠匪難諶。

寄許子山

望爾歸吳下，仍聞到洛陽。多才應自惜，信美豈吾鄉。北望雲千疊，南來雁數行。客衣殊可念，昨夜有微霜。

苦雨

石罅泉俱發，湖田岸不通。侵堤初作浪，仆樹更兼風。溟涬千村黑，微茫一火紅。烟波歸櫂晚，獨立羨漁翁。

和張昊東秋圃閒吟

暮雲收盡楚天青，銀漢高寒玉露零。誰伴孤臣雙淚落，夜深殘葉下空庭。

鬼語

茂陵枯柏自巑岏，露重珠襦馬上寒。獨與銅人相對哭，淒凉殘月下金盤。

朱鶴齡 二首

鶴齡字長孺，吳江縣學生。有《愚菴小集》。

《詩話》：長孺說經鏗鏗，長於箋疏之學。所撰《毛詩通義》《尚書埤傳》《禹貢箋注》《左傳日鈔》，發明宋儒集注集傳所未及，顧不甚傳。惟杜甫、李商隱集注，盛行於時。松陵文獻，稱其「遺落世事，晨夕一編。行不識路塗，坐不知寒暑。人或謂之愚，因以愚菴自號」。蓋實録也。

廣志詩

溪流湯湯，下田得魴。網罟既設，淵魚知藏。棗實離離，蒺藜間之。阪田自美，奈何不治。蘭艾同榮，望秋則槁。雖在束薪，終是芳草。日出日入，皇皇宮庭。含精吐景，爰保吾生。

感遇

薇蕨苟可采，何必在首陽。清流苟可汎，何必在滄浪。至人處委蛇，守己非一方。直木寧見伐，芳蘭寧遂傷。縱志游霄漢，俯仰隨翺翔。

歸莊 三首

莊字元恭，崑山人。有《恒軒集》《山游詩》。

《詩話》：恒軒好奇，世目爲狂生，善行草書，嘗題其齋居柱云：「入其室，空空如也。問其人，囂囂然曰。」鄉黨傳之，謂可入《啓顔録》。其名字屢更，崇禎中，忽請于學使者，改名祚明。自是以後，或稱歸妹，或稱歸乎來；表字或稱元功，或稱園公，或稱懸弓；恒軒其别號，亦號普明頭陀，又號鏖鏊鉅山人。没後，女壻金侃輯其遺詩及文，名字一從其舊焉。侃，處士，俊明子，能詩畫，亦隱居不出。

游石公山

昔年游石公，困頓不賦詩。今來登臨罷，援筆狀其奇。龍渚絶流來，遥指山之厓。舍舟明月灣，一杖尋湖湄。仄徑數上下，雲木相蔽虧。橙橘雖未熟，垂實方離離。初歷歸雲洞，石勢高且欹。懸知陰雨夕，䨴靆繞四陲。行過招提境，岡巒峙參差。雲梯落照臺，所在恣娭嬉。微嫌標題多，反非洞壑宜。絶壁數十仞，仰首歎巉巇。中爲一綫天，股栗步難移。攀援僅得上，俯瞰彌浮危。五湖三萬頃，波濤堆琉璃。青峰七十二，羅列如奕棋。豁然盪胸懷，置身如雲逵。山頭名甪里，水上呼鴟夷。東行駕青虯，西邁驂白螭。翱翔帝座旁，棄世忽若遺。悲哉塵中人，仙蹤不可追。下山憩石坂，湖水激其涯。可以濯冠纓，可以垂釣絲。老僧指其旁，石屋如雲垂。深在太湖底，大旱始見之。探幽得石梁，水深不可窺。有洞名盤龍，蜿蜒復邐迤。石上鱗甲痕，定非人工爲。雙屐窮高深，佳處輒栖遲。頗幸筋力强，殊勝前游時。僧房不禁酒，入門索深卮。一酌解飢渴，再酌忘勞疲。今日樂相樂，爲問同游誰？山中兩比丘，同邑葛雲芝。

入鄧尉山

我行入西山，山谿涸無水。舍船就籃輿，旋轉三十里。四望梅花林，不辨香所起。夾道無斷續，依山有層累。彳亍斷橋邊，登頓深林裹。飢劬固不辭，日暮焉棲止。疏鐘雲際出，循聲進屐齒。玄墓吾舊游，古刹無乃是。老僧引前路，灑掃延客子。入門問枕簟，傾壺酌甘醴。斯游無前期，當窮洞壑美。湖山百里間，登臨自此始。

登嚴州城

嚴州州城高且堅，東北直亘山之巔。千嶂回環失朝旭，萬家稠疊霏寒烟。浮圖雙立自俯仰，江水一帶遥盤旋。我行從此恣登矚，心畏猛虎不敢前。

陳三島九首

三島字鶴客，長洲人。有《雪圃遺稿》。

《詩話》：鶴客志士，所居蓬戶席門，而求友若不及。中懷孤憤，恒露于眉宇之間。其詩初神游于大樽，後心折于朗詣，華整之中，間以清商變徵之調。惜乎早逝，未盡其才。

贈魏允枘

子春刺船去，伯牙鼓素琴。群鳥相鳴號，海水爲陰沉。寥寥千載下，四望無知音。朝歌猗蘭操，暮歌梁甫吟。抱膝一室内，俯仰增悲心。孟秋凉風至，颯然吹衣襟。

出門

出門何所之，茫茫使人悲。俯視江澥流，仰觀星漢垂。舉世趣荒淫，我獨無因依。采苦充飢腸，其味甘如飴。存亡且不恤，毁折何所辭。窮塗共抵掌，俠骨輕流離。揚旌建枹鼓，舍矢貫熊羆。躍馬出戰場，決死夫何疑。繾綣戀妻子，壯夫所弗爲。

同顧茂倫對酒有作

盈握寶燕石，遺棄荆山璆。束芻飼駑馬，騄駬困道周。窮達各有命，智勇難自謀。飄飄閲年歲，坎壈生百憂。黄金一散盡，骨肉誰見收。雖有命世才，蹇步悵夷猶。烈烈鳴悲風，蕭蕭吹敝裘。飲酒不自快，拔劍逝難留。仰天長歎息，揮淚别故儔。

雜詩

引領望閶闔，白日何蒼蒼。同心乃離居，隔越成參商。憶昔夢乘雲，凌風過沔陽。頃刻千萬里，飄然在瀟湘。陳辭就重華，摳衣上玉堂。虙妃吹参差，玉女奏霓裳。婉孌相攜手，沉歡不可忘。

川扇

險絶蠶叢地，緜來宫扇傳。大都白帝竹，盡用錦官箋。出匣風初轉，垂綸月半圓。人間遺玉柄，猶是漢宫年。

盤龍

開簾方過錦，刻燭進盤龍。玉樹低宫月，春風度苑鐘。霓裳昨夜舞，垂手昔時容。寂寞昭陽殿，還應白露濃。

白門寒食

每逢節序益堪悲，栗杖過頭強自持。水闊孤舟諸弟隔，春深斗酒故人遲。行廚粔籹停新火，廢苑棠梨發舊枝。欲上風香高閣望，石城密雨正垂絲。

山中逢王雙白

攜筇獨步避青苔，悵望南峰烟霧開。半岸夕陽長笛起，滿山落葉故人來。天空孤鷺飛横渡，日暮飢鷹下戍臺。握手相逢難即别，關河此日重徘徊。

登湖州城樓

白蘋洲上晚峰晴，峴北苕南百里平。湖口寺從雙樹出，城陰潮自五亭生。春歸井邑桑榆暗，雲散溪山島嶼明。擬向烏巾沽宿釀，故人迢遞若爲情。

徐晟三首

晟字禎起，一字損之，長洲縣學生。有《陶菴詩删》。

魏冰叔云：禎起，吳門隱君子，其詩頓挫沉鬱，幾與古人方駕。即使辭有未工，必不稍有矯飾，以自害其性情。

《詩話》：禎起交情真摯，悃愊無華。詩皆自道性情，雖以陶菴自稱，不盡規橅栗里。

上山采蘼蕪

戚戚遠行邁，悠悠芳草深。芳草亦何思，感此懷春心。懷春苦離別，邈若雲漢沉。聽彼晨風鳥，隔林振好音。雌雄相鳴和，顧盼同高岑。鷩颷無失侶，歸雲有定林。如何形影弔，不獲偕飛禽。采采上山去，賤妾長苦吟。

秋夜讀書

開秋滌煩痾，暫息桐花陰。抗言懷往昔，大雅力不任。秉文遡漢魏，禁使流俗侵。古之風騷徒，皆知天地心。落魄草澤間，哀怨遂以深。感物懷殷憂，濁酒聊自斟。來者日以促，升者日以沉。蟋蟀鳴我堂，中夜起悲音。微風吹羅袂，明月輝前林。先民不可作，厲志登高岑。

題昭明讀書臺

地有昭明蹟，山因虞仲開。千年圖畫裏，登眺幾人來。故國江花發，春城海燕回。年年孤嶺月，偏照讀書臺。

明詩綜卷八十上

小長蘆　朱彝尊　録
武林　裘濮生　緝評

談遷 一首

遷字仲木，一字觀若，海寧人。

《静志居詩話》：仲木留心國史，考證累朝實録、寶訓，博稽諸家撰述，於萬曆後尤詳，號爲《國榷》。中年燬于火，乃復沉思强記，覆閲群書，詢之故老，墨枯筆秃，飢不及餐，晚克成編。南都議上景皇帝廟號曰代宗，一時以爲當，仲木獨以爲非。有《答友人》五言辭，雖云二，有關典故，特録之。

答友人問景皇帝廟號

成周作謚法，大小行乃傳。公旦暨師望，肇制自聖賢。相古后皇陟，南郊必稱天。易名典克慎，敘法宜精專。漢後避帝諱，臨文率拘攣。唐以代易世，宋以真易玄。其文雖或殊，其義則一焉。景皇承大業，即阼凡七年。多難固邦國，文武要略全。屢遣奉迎使，事兄禮罔愆。及乎裕陵返，黄離位南偏。初非囚堯城，奪門言何諞。梁瑶策始建，張懋册用宣。廟號猶未備，何以垂簡編。禮臣失不學，代乃居世先。相越僅五世，文義詎可沿。謚説十五家，秉禮恐不然。盈庭以爲是，横議臣談遷。

柴紹炳 一首

紹炳字虎臣，錢塘人。

吴山春望和張子

及爾吴峰攬曙暉，江南風景自依依。雪消春色江湖闊，樹隱晴烟島嶼微。故苑草生麋鹿上，高臺花滿鷓鴣飛。誰知目送年華好，腸斷登臨淚濕衣。

徐繼恩 一首

繼恩字世臣，仁和人。崇禎壬午貢生，晚爲僧，名靜挺，字佷亭。有《十笏齋詩鈔》。

錢塘懷古

胥丘西郭水連天，慶忌孤墳落照偏。夜夜海潮飛白馬，年年江月度烏鳶。越王臺榭愁荒草，吳苑笙歌泣斷烟。七十二峰零亂後，只今依舊采蓮船。

沈謙 六首

謙字去矜，仁和人。有《東江集》。

陸麗京云：去矜少喜温、李，見華亭陳給事作，乃循漢、魏之規榘，踏初、盛之風致。其意貞而不濫，其聲和而不流。

毛馳黄云：去矜上溯漢渚，下泛唐波，操律比韻，特見精妙。

《詩話》：「西陵十子」，多以格調自高，去矜兼采組于六朝，故特温麗。

情詩

高臺薄蒼天，日夕悲風興。軒牕啓四戶，曠望凌百層。圓景皎夜光，文昌低玉繩。拊劍發長嘯，涕淚沾我膺。游觀以解憂，彌令心蘊蒸。慷慨進美酒，安復計斗升。故鄉在東南，馳情念良朋。我亮無六翮，焉得遽飛騰。

擬古

崔嵬上北邙，墳冢何纍纍。珠襦與馬革，共盡知阿誰。朝見烏鳶飛，夕聞狐狸悲。信誓匪不堅，誰爲同棺灰。長歎内傷心，富貴亦何爲。

山居

昨辭郡邑游，歸就田園居。早穫既已畢，比舍停役車。天澤幸不偏，大小各有儲。蒼茫十月交，霜寒林木疏。墟烟暮曖曖，落日照我閭。牀頭酒應熟，喚婦羅前除。彈我匣中琴，讀我枕上書。亦知爲農樂，富貴復何如。

石彭亭晚步

野徑愁行客，危亭噪落鴉。川虹秋抱日，山鬼夜迷花。塔古郎當語，碑殘贔屓斜。桐魚焉可問，博物愧張華。

夜寄張祖望

憶汝空齋裏，悲歌靜夜闌。酒醒啼絡緯，燈暗出豬貛。落木山牕曙，明星布被寒。漫憐作客久，詞賦且江干。

宿長春山

琳宮寂寂啓牕紗，誰把瑶笙弄月華。春冷鶴棲珠樹雪，夜深風掃石壇花。天門北望來真氣，海色中宵見曉霞。欲覓長生知有地，豈須勾漏采丹砂。

胡介九首

介初名士登，字彦遠，錢唐儒學生。有《旅堂詩集》。

陸冰修云：彦遠古詩澹宕頓挫，自有神韻。近體在隨州、黄州間。

《詩話》：新安程觀生仲孚，奇士也，好談王霸之略，兼治青烏家言。其持論謂「人家葬吉壤，出聖賢者第一，其次忠臣節士，又其次博學就徵，以科甲爲最下」。嘗坐事繫獄，當論辟，先君子力救獲免。恒下榻寒家，學《易》於蒙難之後，平生最契合者，先君子之外，與彦遠稱碩交。所載漢、唐以來《易》義，動累百家，同異紛綸，條分縷解。兩人皆好游，亦皆無子。彦遠自河渚徙宅一畝田。暇與室人翁少君門内唱酬，晚逃于禪，年未五十而卒。其詩不屑效西陵派，謂「吾盡吾意，免俗而可矣」。仲孚有弟，忘其名字，五經進士。譚公元孩之客死漳州也，先君子請程君入閩扶其柩，程君許諾，先君子坐之堂上，行四拜禮，程君受而不答。甫度梨嶺，而程君病卒，目不瞑。予中表兄舟石哭之逆旅，枕中得先君子書，回視，君目瞑矣。此又一奇士也。

答萬年少

蘭葉被芳洲，春花吹白日。平生此離居，懷子念非一。江淮成阻修，合并喻琴瑟。會合曾幾時，春風送行客。

十五夜至江上作

夜是中秋夜，船隨估客船。塔凌青漢迴，月湧大江圓。節序消行旅，關山入暮年。故園猶在望，獨立轉茫然。

蕪城訪龔半千

陋巷龔夫子，重來郭北尋。到門還傍柳，種竹未成林。易失青山約，難消白日心。不須傷老大，絃絕有知音。

北還夜泊吳門

身從江北歸，愛看江南樹。烟樹夜冥冥，知入吳閶路。

清源道中

寂寂關山對落暉，平沙千里旅人稀。健兒一騎投南去，衝起飢烏掠地飛。

雨中懷陳四康侯東歸

楓落吳江客路寒，布袍江上思漫漫。孤舟一夜風兼雨，人到嚴陵第幾灘。

西谿竹枝詞 三首

山行處處曉光開，十八溪邊載舊醅。有屋盡從梅裏出，無泉不自竹邊來。
溪上女兒鬢蓬蓬，鬢邊滿插映山紅。逢人問路公然應，指點前溪東復東。
郎住前溪妾後溪，采茶生小慣相攜。月明各自提筐去，一縷茶烟隔竹西。

沈蘭先 一首

蘭先字甸華，仁和人。

雜詠

末世好祥瑞，朱草生殿傍。五蹄爲白麟，一角名神羊。長尾稱騶虞，華彩類鳳皇。大僚揚雅頌，小臣獻文章。皇帝千萬歲，盛德追陶唐。

查崧繼 一首

崧繼字柱青，後更名遺，字逸遠，號學圃，海寧人。補海鹽縣學生。有《澄清堂集》。

揚州詞

江都士女蕩輕舟，傳説當時翠輦留。二十四橋人散後，風吹螢火徧邗溝。

陸啓浤 三首

啓浤字叔度，平湖人。貢生。有《賁趾山房集》。

《詩話》：叔度論詩，以杜陵爲圭臬，然大陸才多，少枚賦敏，酒酣擊盋，興會所至，累牘連篇，亦不復拘格律也。性最豪邁，游金陵，大會詞人于桃葉渡。妓有呼延紅菊者，武安人，倚船牕謂女伴曰：「今日之集，惜無兩岸芙蕖。」君乃復治具張讌，至則晚風拂席，荷香襲人，四座莫測其故。蓋先一日以善價購得百缸，碎而沉之。自是十四樓中，奉爲上客。既而走京師，詩名藉甚。遇寇亂歸里，阨窮而死。其友趙退之誄曰：「總君一身，頓殊今昔。翩翩五陵，蕭蕭四壁。金散名成，人完代革。」聞者以爲括其要云。

送姜子宣南歸

與君結情好，盼睞非一時。疲馬惜同路，倦鳥惜同枝。自顧各飢寒，誰能相護持。夜來樽酒共，朝起東西馳。飄風吹浮雲，聚散安可知。客久思故鄉，力往不復疑。結鄰昔有約，慎勿乖前期。寒當共我寒，飢當共我飢。

高粱橋

冬郊未經雪，殘葉猶戀樹。山水入高粱，淙淙橋下渡。萬物靜相忘，豁然領奇悟。及此見夙心，斜陽忽西暮。

送王鱗長之襄陽

襄水東流入漢長，大堤兒女踏春陽。客心滿醉宜城酒，不用登樓望故鄉。

錢士馨二首

士馨一名㮚，字稚拙，又字稚農，平湖人。貢生。有《賡笳集》。《詩話》：稚農韶年儻蕩不羈，游白門，與青樓妓暱，欲挾之歸。妓曰：「以君之才，妾侍箕帚宜也。但觀君談論，恨讀書尚少，願以異日。」稚農恥之，還里門，假東湖僧舍以居。夜讀《昭明文選》，一沙彌前曰：「秀才年不爲少矣，乃尚讀此兔園冊邪！」稚農益以爲恥，發憤研究經史，多所撰述。從來說《周禮》者，謂《冬官》不亡，散見五官之中，故自臨川俞廷椿後，多以意取五官之屬以補《冬官》。稚農獨据《尚書》、大小《戴記》《春秋内外傳》以補之，君子以爲篤論。晚入燕，遇寇變，著《甲申傳信録》十卷，頗不失實。平生賦詩無多，能遠時習。

黄鵠

鴻雁憂同群，終夜多彷徨。鷙鳥愛其儔，宿昔同相將。何況雙鳳翮，臨風欲分翔。所貴詩言志，可以陳離觴。被之空桑琴，凄其發清商。歌管相與和，聲繁益悽愴。中心已如結，何能使復揚。聽此意不平，改絃欲更張。呻吟未成曲，淚下沾衣裳。

甲申三月紀事

建章宮殿鬱蒼茫，極目空餘複道長。血濺珠襦迷斷篋，露零銀樹覆宮牆。出犇惟有趙宣子，結客曾無秦舞陽。悵望衣冠在何許，橋山西是白雲鄉。

彭孫貽五首

孫貽字仲謀，一字羿仁，海鹽拔貢生。鄉人私謚「孝介先生」。有《茗齋集》。

王貽上云：仲謀詩宏深奥衍，窮變極奇。

建昌城

白水横官道，青山繞廢城。餘民百戰盡，落日一江明。露下秋菰斷，營空野鶴鳴。僕夫已憔悴，前路自相驚。

自豫章上虔南

南上千盤路，東風半月程。浮雲鄗子驛，殘日灌嬰城。江色連吴楚，溪陰變晦明。兵戈漫回首，總是故園情。

發南浦

渺渺西風引素波，片帆南浦入烟蘿。空城木葉驚秋早，故國浮雲帶雁過。白髮暗生江月滿，青山無主夕陽多。天涯游子增哀怨，腸斷吴西囉嗊歌。

雞鳴

怪殺長鳴雞，自謂知天曙。歸夢不分明，又渡秋江去。

聞鷓鴣

章水東流貢水西，鬱孤臺下草萋萋。雲山萬里行應遍，山鳥空勞向客啼。

吴蕃昌 一首

蕃昌字仲木，海鹽學生。

《詩話》：仲木，貞肅次子，師事劉念臺先生，與海寧陳確潛夫、桐鄉張履祥考父，講洛閩之學。詩非專務。卒時，母喪未除，遺命以衰絰殮。其從弟裒仲，居母憂過哀，卒於喪次。里人並稱爲孝子。

初夏浴鶴亭即事

桐花初吐燕歸巢，卷幔荷亭草樹交。浴罷清池一雙鶴，雨餘斜照滿林梢。

吴謙牧 二首

謙牧字裒仲，海鹽學生。有《困勉齋稿》。

谷水歌二首

雲峰九十九，蒼翠滿山松。借問清秋月，先懸第幾峰。

我登湖上樓，湖上秋風發。蕩摇湖水光，欲墮雲中月。

吴統持二首

統持字巨手，嘉興府學生。有《危齋集》。

題畫

古寺寂無僧，山深寒更雨。泉流暗竹中，似覺有人語。

題山居圖

移家避地入山深，恨未藏名尚可尋。喜得秋來黄葉下，不知有路到雲林。

金蕳孫四首

蕳孫字龍友，秀水儒學生。有《鐵巖集》。

《詩話》：龍友下筆，不能自休，間有合作。

正德宫詞

月射牕紗映畫梁，芙蓉闕北鬱金香。西宫今夜停歌舞，聞道官家宿豹房。

天啓宫詞

玲瓏玉束繫鮫綃，素腕雙擎碧玉簫。萬壽山頭歌急拍，一聲聲唱雒陽橋。

崇禎宫詞

雉扇乘雲啓鳳樓，特宣命婦拜長秋。賜來穀雨新茶白，景泰盤承宣德甌。

九日風雨舟過長溪

白蘋風起冷荒丘，小雨輕寒水國秋。四海交游半飄泊，幾人憶我上重樓。

李標 一首

標字子建，嘉善人。有《東山遺稿》。

《詩話》：子建精於戎機、戰略、軍律、營陣、壬遁諸書，史閣部道鄰辟爲記室，見事不可爲，返里與魏吉士子一深契。當吉士公車北上，執手河干，謂子建曰：「子夢斜塘，見茫茫一片土，無復雞犬桑麻。行後得無有變乎？」子建戲曰：「君且富貴，宜目中無人爾。」甲申，吉士喪車還經斜塘，子建撫棺曰：「子一子一，果妖夢是踐邪？」因慟哭失聲，旁人無不流涕。繼聞史公殉節揚州，渡江會葬其衣冠于梅花嶺，歸而遶屋皆種梅，賦詩三十首，蓋自託於西臺慟哭之謝參軍云。

寄懷無塵上人

蒲柳先衰感鬢絲，孤蹤不定益淒其。十年結客家貧日，萬里懷人淚盡時。渤海波深龍卧穩，江山秋老雁歸遲。長天一望情無極，空寫新詩寄別離。

沈起 二首

起字仲方，嘉興縣學生，晚爲僧，名銘起，字墨菴。有《學園録續集》。

《詩話》：仲方質敏，讀經不沿傳注，每自出意解，聞者解頤。年近三十，始列青衿。有御史某按嘉禾，倨坐自尊，屬吏皆股栗。謁孔子廟畢，進諸生講四子書，仲方請説「攻乎異端」義，拱而前曰：「太祖高皇帝曾説此章書。」御史乃出位，旁立鞠躬，輟講方坐，觀者肅然。中年入東禪寺爲浮屠，非其好也。嘗擬撰《明書》，謂明不亡于流寇，而亡于廠衛，斷自成化十二年秋，始設西廠，絶筆焉。晚節以窮死。

謁泰伯祠

古廟當閶闔，遺碑讀未休。景陵乙卯歲，知府况鍾修。輪奐今何在，榛蕪更幾秋。人情日涼薄，至德竟荒丘。

宿彭澤

帆影收南岸，江聲斷不流。秋高彭蠡澤，雁下荻蘆洲。一水天無際，千山月上頭。墟烟人語雜，鄉思倍悠悠。

吳系 一首

系字方輪，後更名宗潛，吳江人。補秀水學生。有《東籬野人詩草》。《詩話》：方輪兄弟九人，兵後存者，率棄諸生不就試，與鄰壤隱君子相與往還，酬和篇章甚富，於是方輪輯其詩爲《驚隱篇》，方輪弟九畹輯其詩爲《歲寒集》。是亦「月泉吟社」、「玉山雅集」之流也。

夢亡姪女有感

一女天何忌，先兄脈竟殲。可憐形旅夢，猶自索香奩。負託心嘗愧，來依鬼不嫌。五年如昨日，別淚醒時添。

吳振蘭三首

振蘭字九畹，後更名宗漢，吳江人。補湖州府學生。有《南村集》。

於忽操二首

於忽乎，不可以爲，其又奚爲？并坐而嬉，吾安知其爲魑？雙笑而視，吾安知其爲魅？謂神姦可避兮，神禹鑄以貢金。孰虞世事之茫昧兮，經泗水而銷沉。魑兮魅兮，爾何忌兮。

於忽乎，不可以爲，其又奚爲？轒轀之軸積羽，折之孟津之隄。群蟻穴之物，莫不輕于所忽。致今日之若斯，嗟前人莫之圖兮，後來者若之何其。

和孟東野審交詩

枳棘初生時，青青似柑柚。滋養待成林，芒刺傷我手。結交非其人，不但初心負。名義如日星，斯人等埃垢。君子田中禾，小人田中莠。同畝而異根，安得秋實茂。寧爲管華薄，莫效蘇李厚。厥初或依違，鮮終誰執咎。

吳重暉二首

重暉字曉山，後更名宗泌。有《西山集》。

經新市廢刹

破寺僧亡盡，巢烏遍老松。獨憐今夜泊，月落不聞鐘。

將移居題壁

淵明歸去來，門栽五柳碧。待得柳成陰，主人翻作客。

吳如晦 一首

如晦，吳江人。有《今樂府》。

五人墓

尚公坐，群兒趨。清流士，當受誅。周吏部，灑別淚。尚公聞，檻車逮。吏部行，吳民驚。毛開府，喑無聲。較尉言，尚公詔。嗟鼠輩，勿聚嘯。謂汝詔，出天子。尚公誰，惡敢爾。五人呼，萬人起。緹帥血，滴泥裏。此五人，良非愚。慷慨死，真丈夫。虎丘南，飈以馳。巍然者，尚公祠。祠未成，冰山傾。山南土，俄已平。廢基下，新碑樹。巍然者，五人墓。

范風仁 一首

風仁字梅隱，嘉興人。

秋日村居

一川秋色淨蒹葭，南浦風多日易斜。越客夢隨江上雨，山城月照柳梢鴉。蕒洲有曲翻漁譜，蟹舍無人落藕花。新水滿湖閒縱櫂，市喧應不到農家。

金甌一首

甌字完城，一字寧武。秀水人。

春晚

竹杖筠車處處山，游人日日看花還。縱然紅紫風吹盡，依舊鳴禽緑樹間。

朱復一首

復一名臨，字瀹六，又字載陽，嘉興人。

七夕

城頭涼月到溪亭，銀漢無光掩鵲翎。可怪女牛終古渡，不愁化作老人星。

黄宗炎 一首

宗炎字晦木，餘姚人。有《二晦山棲集》。

《詩話》：晦木厭時流詩派之熟，專學宋人，講《易》獨開窔奥，力辨《太極圖》之非。禮法之儒，攢譏不顧，蓋崛強其天性也。

屯溪至漁亭

竹筏清溪逆水牽，魚游常在鏡中天。夜深孤雁驚船尾，日落雙猿抱樹巓。九里十灘尤懊惱，一程五舍尚遷延。胡麻赤米村村種，翻羡山家墾石田。

董鎡 一首

鎡字子長，會稽縣學生。

唐宮詞

羯鼓聲高舞袖長，製成小管自寧王。太真獨愛《涼州曲》，自出金錢賜耍孃。

《詩話》：此詩曾刊入《今詩粹》，及見子長稿本改定，覺詞意倍工。詩所以貴推敲審酌也。

朱用調 五首

用調字子彝，紹興山陰人。有《固亭遺稿》。

《詩話》：子彝五律，原本襄陽、太白，故以跌宕見長，誦之如食哀家棃，但覺甘脆。七言如「古祠老樹寒鴉集，官路斜陽牧馬還」，亦名句也。

江南曲

蓮葉南塘暗，蘼蕪官路齊。相逢弄珠客，舊識浣紗溪。子夜歌初變，牆頭烏欲啼。莫愁何處住，言訪石城西。

西陵望江樓送客

驛樓數去程，臨別酒復傾。幾日樓前柳，春風吹滿城。雲帆忽遠去，水鳥齊哀鳴。浩蕩西陵路，離懷若與并。

送陳無名歸暨陽

歸去楓溪好，千山如畫圖。花邊開板屋，竹裏見晴湖。送爾惜芳草，到時聞鷓鴣。應憐浣紗石，酒罷月明孤。

鑑湖寄錫鬯

烟暖紅蘭新，鴛鴦飛近人。一壺如碧玉，愛此鏡湖濱。年年二三月，日日桃花春。不減武陵渡，欲邀劉逸民。

秋夜奕喜宅送姚文初

曲池高館鏡湖偏，錦樹黄花照别筵。客醉暫同今夜月，鴻飛遥指暮秋天。孤村風起蒹葭岸，故里寒生橘柚烟。歸去正逢摇落後，倦游寂寞有誰憐。

張杉 二首

杉字南士，蕭山人。有集。

《詩話》：南士周見洽聞，賦才獨步，詩篇和雅，無傲志之音。

苦寒行

玄冬凉節届，朱方寒氣侵。天地自騷屑，原野何蕭森。長晷匿北陸，遠飈激中林。白日澹無色，同雲凝層陰。履霜知冰堅，集霰悲雪深。空山號飢獸，古木喧寒禽。但聞落籜響，豈復流泉音。朔風襲阿閣，重裘苦難任。顧此貧居士，短褐無完襟。慷慨誰爲語，苦寒徒自吟。

雜詩

翩翩雙白鶴，飛鳴相徘徊。朝發青田鄉，暮入紫蓋陲。良辰忽已去，雨雪正霏霏。中路多艱阻，不免寒與飢。稻粱非不甘，常慮虞人機。矰繳方交互，禍患昧前期。躑躅樊籠間，每令鷃雀嗤。願言厲六翮，努力慎高飛。

戴鏡曾一首

鏡曾字餘照，蕭山人。

香山

香山小而高，側立太湖上。鳥從澗底飛，泉落樹頭響。

魏方炳 一首

方炳字大方，紹興人。有《問霞閣集》。

廣陵有懷故鄉諸子

作客還依客，思歸只夢歸。愁連春草長，意逐野雲飛。自是三江隔，毋嫌尺素稀。登高儻相憶，應亦望斜暉。

史玄 一首

玄字弱翁，吴江人。

東湖雜詩

西望藏軍洞，君王舊事非。城空賓客散，戍老甲兵稀。香徑埋幽草，梧宫暗落暉。山頭迷眺處，白鶴自忘歸。

徐白 一首

白字介白，嘉興人，徙居吴江。有《竹嘯菴詩鈔》。

朱長孺云：介白自鍾、譚入門，能不熏染其流弊。

潘次耕云：處士詩幽冷刻深，不肯蹈襲前人一字。

《詩話》：介白初師景陵詩派，務以幽深孤峭爲宗。後以《太湖落日賦》見賞于陳卧子，晚年持論，稍歸和易。

江上遇亦于大兄

百種愁回一寸腸，更罹多難又他鄉。與君一世爲兄弟，只是相逢在路旁。

顧有孝 一首

有孝字茂倫，吴江縣學生。有《雪灘釣叟集》。

《詩話》：處士甄綜百家之詩，開雕分授，盛行于時。賓至輒留，江左有齏菜孟嘗君之目。由其胸無柴棘，故月旦同辭。晚自稱「雪灘釣叟」。松陵女子沈關關，刺繡作《雪灘濯足圖》，一經裝池，過江人士以不與題辭爲恨。

石湖曲

朝向石湖游，暮向石湖游。湖水明如鏡，倒影橋外樓。秋來一串月，處處漾輕舟。了自不相顧，清光樓上頭。

周安 一首

安字安節，吴江人。有《草閣集》。

顧茂倫云：安節泊懷幽詣，躡武宗雷，清音琅琅，不減魚山仙梵。

潘次耕云：處士詩辭旨清遠，不激不靡，外淡而中腴，蕭然絶俗。

游道場山

逶迤步崇岡，奔迫下林麓。至止歸雲亭，秋花滿山屋。修廊聳基階，清池間松竹。青雲停幽牕，白鳥下喬木。昔聞孫山人，茅堂于此築。高情屬雲天，長嘯響巒谷。一瓢常自挂，采采東籬菊。雲卧三十年，遺墳傍榛曲。再拜酹尊酒，同調尚堪續。逸氣振素襟，清風來肅肅。

文枘 一首

枘字端文，長洲人。有《慨菴詩選》。

訪邵僧彌

入寺遥瞻閣外松，到門恰值午時鐘。不知精舍看山色，畫到秋雲第幾峰。

俞粲 一首

粲字受子，吴人，隐居縹緲峰下，自號「洞庭農夫」。有《芥菴集》。

舟行逢雪圃出山

昨夜舟中行，月冷秋江口。濛濛蘆荻花，欲掃愁無帚。寒山君忽遇，共酌楓亭酒。一雁落長空，帛書今在否。君言懷袖無，合在佳人手。

湯祖祐 一首

祖祐字耿遥，號桴莊，吴縣人。有《五峰草堂集》。

道林菴看千年桂花 傳係支公手植。

孤徑時獨行，忽聞桂花發。空香來無方，境静心自豁。入寺訪幽蹤，古樹千年活。夕陽步踟躕，含情不忍捋。

方其義 二首

其義字直之，桐城人。有《時術堂集》。

黨禍

北都既陷賊，南都新立帝。宵人忽柄用，朝野皆短氣。魑魅登廟廷，欲盡殺善類。忤者立齏粉，媚者動高位。麒麟逢鉏商，豺虎遂得勢。手翻欽定案，半壁肆羅織。蕭遘反被誣，趙鼎亦受詈。直以門戶故，忠邪竟倒置。可憐士君子，狼狽竄無地。我家爲世讎，甘心何足異。寃死不必悲，所悲在國事。先帝兒難保，我輩合當斃。仰首視白日，吞聲一灑淚。

夜泊赤壁秉燭游之

秋雲黯澹愁荒野，孤舟夜泊赤壁下。江月不出行人稀，四面棲烏啼啞啞。欲眠不眠重秉燭，曳杖披衣駭童僕。臨江把酒酹坡公，獨飲一杯歌一曲。曲終仰看天蒼涼，清風颯颯吹衣裳。武昌夏口在何處，白波萬頃空茫茫。此時星河亦錯落，葦岸秋蛩鳴絡索。登舟四顧夜無聊，酒醒不見横江鶴。

薛珩 一首

珩字楚材，吳縣人。有《研山稿》。

新嫁孃

有淚應偷滴，人前不敢彈。縱令郎愛惜，猶恐事姑難。

王鐕 一首

鐕字叔聞，金壇人。有《病餘存草》。

馮衍

馮衍才華世絶倫，時清主聖不容身。江淹賦裏誰堪恨，獨有關門對孺人。

韓畕 一首

畕字石耕，宛平人。有《天樵子集》。

《詩話》：石耕善琴，所操北音，恥作妮妮兒女之語。終身不娶，游覽江湖以終。今之牧犢子也。五律清穩，頗足名家。

望天台

望裏天台近，群峰秀幾重。回看青嶂斷，忽有白雲封。絶壁垂樵徑，春泥陷虎蹤。石橋今夜月，應爲照長松。

劉文炤 一首

文炤字雪舫，任丘人，新樂忠恪侯文炳弟。有《攬蕙堂偶存》。

稽山客懷

江東風景近如何，十里錢塘倚櫂過。白髮每從愁裏盡，青山偏是客中多。攢宮草沒冬青死，禹廟碑傾古字磨。獨有若邪溪畔女，秋來猶唱舊吳歌。

徐夜 一首

夜初名元善，字長公，更字東癡，濟南新城人。

九日得顧寧人書約遊黃山

故國千年恨，他鄉九日心。山陵餘涕淚，風雨罷登臨。異縣傳書遠，經時怨別深。陶潛籬下意，誰復繼高吟。

張蓋二首

蓋字覆輿，一字命士，永年人。有集。

《詩話》：覆輿詩哀憤過情，五言尤高簡。

客中送人歸鄉

雲没青山頂，風含白岸波。離情秋更苦，歸路雨偏多。小巷臨漳水，荒林帶女蘿。附書愁不達，汝到定相過。

同申凫盟殷伯巖諸子集飲

屢宿陶潛宅，今來得數公。竹斜燈影外，人醉雨聲中。老惜歡娱異，交緣出處同。病軀先就榻，應恕鹿皮翁。

費經虞 一首

經虞字仲若，新繁人。有《雅論》。

思蜀

垂老無家只自憐，不堪往事益淒然。春來更覺傷人意，寒食青青麥滿田。

車以遵 一首

以遵字孝思，邵陵人。有《高霞堂詩集》。

蟋蟀

蟋蟀疏名異，霜深在戶宜。漸知牀下穩，甘與草根辭。暗雨聞遥夜，明燈避小兒。那能驚懶婦，秋士但增悲。

張家珍 一首

家珍字璩子，東莞人。有《寒木樓遺詩》。

哭馬

久失飛黄馬，空餘血戰衣。可憐横草後，不得裹尸歸。力盡猶追逸，功高幾潰圍。年來生髀肉，夢爾淚頻揮。

屈翁山云：璩子年十六，從其兄家玉，身歷戎行，騎黄馬摧鋒陷陣。馬死，璩子哭之慟，葬之龍門山中。既十年所，忽夜夢馳馬如昔，悲鳴躑躅，覺而爲詩弔之。

潘章 三首

章字更生，吴江人。有《力田餘稿》。

賦得梅影

移席苔陰古，横枝偃自如。笛中吹不去，松下掃仍疏。近月孤香接，當春積雪虚。周遭三百樹，入夢認吾廬。

立秋

蕭瑟知秋早，明河看兩星。孤雲空外落，一葉病中聽。兔乍騰深窟，鵰將嘯近坰。鷹鸇宜順擊，仗爾刷霜翎。

荆卿

燕市悲凉擊筑旁，更需何客入咸陽。百金購得夫人匕，不敵無且一藥囊。

陳忱 一首

忱字遐心，烏程人。

閱羅隱詩

餘杭山水役精魂，末世才人眼界昏。憔悴感恩依尚父，可憐尚父事朱温。詩中稱錢鏐爲尚父。

祝洵文一首

洵文字眉老，晚更名遁，自號山臞，海寧人。補縣學生。有《影山樓詩集》。

夜集湯仁侯宅贈王元倩

故人相見倍相憐，別去追思便十年。亂後滄桑歡會少，老年身世感傷偏。婆娑枯樹今如此，唱和清歌久不傳。懷舊竹林餘向秀，山陽鄰笛意淒然。

談允謙一首

允謙字長益，丹徒人。有《樹蘐草堂集》。

聞内臣述往事

潛邸曾親到市廛，民間物價每留連。西華鵝炙前門鮓，一箸纔消半百錢。

《詩話》：崇禎初，大官庖開應支物價簿，帝詰内侍，謂太浮，且曰：「炙鵝醃鮓肉鮓，在某肆市之，錢半百耳。」内侍驚愕。録長益是詩，足以徵思陵留心民事之一端也。

祁班孫三首

班孫字奕喜，紹興山陰人，都御史彪佳子。有《紫芝軒稿》。

折楊柳辭

上馬不捉鞭，但折楊柳枝。出門不垂淚，但歌楊柳辭。

宫中樂

春到六宫齊，花深輦路迷。昭陽歌舞殿，不許夜烏啼。

寄朱子彝

日下江色寒，雲山遠明滅。高興憑層闌，對景自怡悅。方當怡悅間，忽焉愁如結。言念美人居，隔此烟波闊。烟波亦云遥，思心差可越。蕭蕭孤鴻飛，肅肅寒風發。鴻飛自往還，風來無斷絶。儻能挂雲帆，乘此江上月。

魏允枏四首

允枏字交讓，嘉善人，孝子學洢子。有《維風集》。

野田黄雀行

百草被路衢，春風揚其蕤。本無歲寒姿，青葱會及時。翩翩田中雀，飛不出藩籬。罻羅布四方，投足多危機。壯心而弱植，感之良可悲。鳳皇絶雲霓，斥鷃亦笑之。遨遊快適意，大小安所知。

有所思

佳人邈難見，遠在天一方。夢想覿音輝，仿佛接容光。文犀爲君門，紫貝爲君堂。珊瑚爲君枕，玳瑁爲君牀。駕言我所思，山川淼以茫。方舟雖利涉，道遠不可航。何以寄相思，篋中雙明璫。

早秋游北園

朱明駕云邁，凉飈發新秋。爰有同懷客，招要出行遊。修柯交密蔭，嘉木翳崇丘。時禽變好音，雌雄鳴相求。綺疏結長軒，戶庭一何幽。攜策登高岑，揚舲眺中洲。芳荷映緑池，游魚激清流。良苗亦懷風，遠烟輕且浮。爲樂未須臾，白日忽已遒。弭節薄虞淵，丹霞夾重樓。聆彼蟋蟀唱，聿爲良士謀。賞心寄所宣，使我忘百憂。

古意

蕩子戍龍城，倡樓月自明。綺疏蟲網合，碧瓦昔邪生。萬里金微夢，三更玉杵聲。遥傳鐃吹入，含笑下機迎。

侯潽二首

潽字智含，蘇州嘉定人。有《孝隐遺集》。

萬安

倦客猶高枕，朝帆入五雲。城外有五雲洲。櫂歌隨曉定，城鼓及春聞。白雨江灘合，青山瘴雪分。南康風物近，猿鳥日爲群。

春游

亭午風鳶盡出村，餳簫社鼓又黄昏。獨愁看到冬青樹，寒食棃花早閉門。

王廷璧一首

廷璧字雙白，武進人。

五月望夜同夫山禪師翫月西湖

衆籟鳴蕭蕭，微風來遠岑。命儔理筇杖，相將出青林。輕舟漾花溆，孤月明潭陰。溯堤北垞去，高閣當湖心。汎汎水中景，迢迢雲外音。訪客不復值，層軒恣憑臨。眺望情彌愴，曠然懷古今。嘯詠匪任誕，山川發高吟。撫襟有餘慨，靜言知所欽。

殳丹生一首

丹生字彤寶，一字山夫，嘉善人。

泊潤州

昨朝發毘陵，今夜宿京口。片月照高堿，寒鴟上衰柳。

明詩綜卷八十下

小長蘆　朱彝尊　録
于越　傅景俞　緝評

許友四首

友字有介，候官人。有《米友堂集》。

《靜志居詩話》：先生才兼三絶，名盛一時。虞山蒙叟最愛其詩，録之入《吾炙集》。要其篇章字句，不屑蹈襲前人，正如俊鶻乞駒，未可施以鞲靮。

放鶴篇

予與鶴一隻，親厚無間然。近日恒苦饑，人鶴兩可憐。老僧意悃悃，投我詩一篇。勸我縱遣之，俾其返瀛壖。予聞情憫默，招鶴立于前。拱手與之别：「君今得遠遷。煩以許生貧，試往海外傳。長路多矰弋，君當慎弓弦。」鶴亦白主人：「世無如君賢。予久服馴養，多年伴林泉。聞雞君懶舞，著鞭讓人先。獨我霜夜鳴，君起聳寒肩。長吟與子和，月落猶未眠。前歲有估客，自矜多腰纏。購予以重價，不惜費十千。意欲媚權貴，籠致東廂偏。主人拒之去，義不受一錢。齋廚近蕭索，休糧信所便。不願入華亭，不樂還青田。長依小池曲，飲啄終殘年。」

龍洞

怪巖幾千古，藤蘿挂其膝。有洞可行人，僅容六與七。謖謖聆秋風，炎炎銷夏日。雲從洞口歸，《吾炙集》作「入」。水從洞口出。

題淵明獨酌圖

黄花初放酒新香，門巷蕭然意味長。不管人間有風雨，先生高卧過重陽。

作畫

靈谷官梅放未曾，石頭懷古不堪登。無端縛就松鍼筆，畫出青山是孝陵。

孫爽 三首

爽字子度，崇德人。有《甲申以前詩》《容菴集》。

竹枝鹽

吴娃蜀女貫如魚，官家行樂信有餘。合歡只合青羊車。青羊車，捷於馬。彼美人，竹枝下。

太湖戈船

嘗讀眉山詩，雅羡魚蠻子。誰知五湖中，漁樂乃過此。寬如數畝宫，曲房不見水。雙舫截湖來，横綱亘數里。高眠狎波濤，天風聽所止。長魚幾人摶，尺許無足齒。鬻賣逐自然，通侯富可擬。亦有童子師，書聲到水市。衣食既鮮華，絃誦恒清美。雖有桑大夫，差科未擾是。人云老戈船，頭白何須恥。

《詩話》：子度《戈船》之作，係《太湖雜詠六首》之一。戈或作罛，大艑巍峩，占湖西石磯，自非風動天不開也。峭帆六七道，破浪而行，曳巨綱於船尾，獲魚多至千頭。東望甪里而止，不能登岸。吴興丘大祐《竹枝》所云「郎如湖裏泛罛船，逐浪隨風不到邊」是已。船人生子，仍課以書，具束修延師，白金必三四鎰，女子塗妝綰髻，臂金跳脱拽簦，船中雞栖豚柵，靡所不有。昔皮、陸《松陵唱和》，天隨自詡矢魚之具，窮極其趣。竊疑兩公未曾覩此，其中漁具尚多，定不止襲美所添而已。

秋日晏起作

風葉喧宿鳥，露草竚晨光。無營偶晏起，杲日臨我堂。衆卉爭小妍，貞脆分有常。既得娱君子，亦各全其芳。時哉歎遲暮，孤節諒所當。

吴嘉紀五首

嘉紀字野人，泰州布衣。有《陋軒詩集》。

贈程澎

末俗慕繁華，衆人悦雷同。城中與四方，相效何時終。廣陵侈尤甚，巨戶如王公。食肉被紈素，極意媚微躬。歡樂成惛愚，不幸財貨豐。我愛程仲子，矯矯魚鹽中。春草野萋萋，内有幽蘭叢。何以别氣味，君試臨清風。

送吳麐

去年同送客，載酒入菰蘆。松柏露筋廟，波濤甓社湖。春風幾人到，暮雨一舟孤。明日盂城泊，知君憶老夫。

宿白木村

黄葉樹頭下，北風溪上凉。村孤愁獨夜，人老適他鄉。水店飛螢入，秋田晚稻香。故林望不見，葭菼暮蒼蒼。

過史公墓

纔聞戰馬渡滹沱，南北紛紛盡倒戈。諸將無心留社稷，一坏遺恨舊山河。秋風暮嶺松篁暗，夕照荒城鼓角多。寂寞夜臺誰弔問，蓬蒿滿地牧童歌。

玉勾斜煬帝葬宮人處

莫怨他鄉死，君王也不歸。年年野棠樹，花發路傍飛。

呂茂良一首

茂良字仲音，崇德人。貢士。有《蔭芳園集》。

訪友西郭留飲草堂

金風吹急井梧稀，訪舊郊原一叩扉。商略枯荷包冷飯，丁寧吉貝補秋衣。亦知東海栽桑近，應訝南山種豆非。不用尊前更拘忌，漢陰遺老已忘機。

呂瞿良二首

瞿良字念恭，更字耕道，崇德人。有《後死集》。

題仲兄村居

負痾因避世，閴寂此荒村。卜宅斜臨水，扁舟直到門。隔籬供芋栗，在野察雞豚。取次幽期熟，真嗟市井喧。

西湖柳枝詞

白公隄畔段家橋，垂柳垂楊拂畫橈。二百年來歌舞地，一時回首晚烟消。

陳恪 一首

恪字子肅，一字威如，嘉興學生。有《瞿菴詩草》。

九日風雨作

風雨淹重九，幽人得自娱。東籬花罷采，下若酒停沽。已免題餻字，真成潑墨圖。登高何處望，新漲滿江湖。

劉雲 二首

雲字師望，長洲布衣。有《劉氏詩存》。

《詩話》：師望詩體清剛，原出牧之、東野。

秋夜讀書

澄懷坐清夜，虛堂生早涼。遥岑吐明月，天地皆秋光。此時開我書，心魂肅尋常。古人不可招，千載徒相望。

九日懷楊明遠

今朝九日風雨急，澗水活活喧戸庭。青山可望不可即，緑酒獨醉還獨醒。籬落黄花自灼灼，高天白雁何冥冥。故人夙約又虛度，日斜剝啄還驚聽。

鍾曉二首

曉字人雅，或曰淳厓，不知何許人。崇禎末，流寓崑山，以醉死。《詩話》：人雅混迹駔儈，屢易姓名，食鮮一飽，而行吟不輟。見巖牆堊粉，輒以所作題壁窠書，人爭惡之。夏日沉飲大醉，溺水死。葉文敏公撰《獨賞集》，録其百篇，謂「風神絶俗，比於初日芙蕖」云。

觀海

窅窅東南無際天，秦時男女漢時船。已疑徐福非方士，復訝孫恩是水仙。運石漫勞隨弱羽，驅山須待借長鞭。何人汗漫乘風去，花發鶯啼不記年。

春愁

虛舘春愁鬢欲彫，更緣多病暗無憀。笋忌出土猶藏甲，柳學迎風漸折腰。盡説黄金長不壞，那知碧血最難消。何須西上蘇臺望，一笛殘陽舊六朝。

夏古丹 一首

古丹不知何許人，或云越人，胡姓，析姓爲名，往來吳興碌山。卒，葬龍興橋畔。有《葫蘆藏稿》。《詩話》：古丹與吾鄉吳吳縣可黄、項上舍子毗結契，是亦湖海之士。詩如「春風明日動，柳色上吳船」，「晴雲一束山腰白，秋色無多樹杪紅」，非《下里》音也。

春草

王孫歸路不分明，愁積天涯到處生。怪底女牆遮不斷，春風吹上越王城。

顧子予 一首

子予，吳人，未詳其名。有《八水齋詩草》。

送管駟卿游白門

不共扁舟去，騎驢獨遠尋。江分吳地闊，秋到石城深。明月他鄉夢，新蟬客路吟。幽期歸莫晚，菊酒待同斟。

屠廷楫五首

廷楫字東蒙，嘉興儒學生。有《待旦齋詩稿》。

《詩話》：東蒙素心人，樂天知命，不戚戚於貧賤，風誼之美，可勵薄俗。詩亦有柴桑遺響。

煙市

初陽散朝靄，曉色連州鄙。延首雙溪西，萬家但一氣。晨雞闤闠開，夕鐘闤闠閉。舜跖同營營，大哉飢渴計。化城良非遥，兹焉足小憩。試臨濠濮上，静觀白鷗意。

馬蘭

馬蘭不擇地，叢生遍原麓。碧葉緣紫莖，二月春雨足。呼兒競采𧝁，盈裓更盈掬。微湯涌蟹眼，辛去甘自復。吳鹽點輕膏，異器共爂熟。物儉人不爭，因得騁所欲。不聞膠西守，飽餐賦杞菊。洵美草木滋，可以廢粱肉。

米蠹

之蟲在囷内，我亦可憐蟲。各食天地物，等使飢腹充。我家八九口，强半雜兒童。日須五六升，我計亦已豐。恣汝所食噉，黽勉必汝供。但恐秋風來，缾罄罍亦空。我飢固常甘，汝徙將安從。

秋村雜詠二首

背郭龐公宅，秋風長薜蘿。琴書存斷闕，戎馬少經過。廚欲同香積，門寧直雀羅。躬耕與挾策，所得兩無多。

東菑收霽雨，茅屋上新煙。暝色林梢盡，秋聲郭外先。感時紈扇屏，隨意葛巾偏。坐對山花晚，淒凉憶去年。

錢熙 一首

熙字漱廣，嘉興縣學生。有《思存集》。

春日風雨

小屋高林雨氣微，游蜂銜濕負香歸。可憐樹樹花千朵，剛被春風一日飛。

沈之琰 一首

之琰字琬倩，吳縣人。崇禎中，内閣辦事中書。有《退翁遺稿》。

西湖

微雲澹澹碧天空，叢桂香生細細風。百頃西湖一明月，此身已在廣寒宫。

朱睿 一首

睿字英袖，海寧人。有《西園集》。

秋興

百萬貔貅戰力微，城南秋士旅魂歸。陣雲薄暮迷征騎，落日西風偃大旂。幾見道通司馬檄，徒聞血污侍中衣。秦關漢塞音塵絶，聞道南昌又被圍。

郭良史 二首

良史字野臣，益陽人。都御史都賢之子。有《燹餘》《快游》《佃香齋》諸稿。

嫠婦行

昔嫠婦，夜牕雨，今也殊，罷機杼。昔嫠婦，但短髽，今也殊，施六珈。昔嫠婦，恒潛身，今也殊，出拜人。昔嫠婦，出辭緩，今也殊，訴夫短。

朱仙鎮岳鄂王廟

鄂王自分黄龍飲，誰料朱仙拔戰營。信誓河山歸狴犴，古祠松柏付鼯鼪。悲來涕淚無今古，事去君臣失合并。辛苦中原諸父老，壺漿虚費馬頭迎。

毛晉 二首

晉初名鳳苞，字子晉，常熟人。有《野外詩卷》。

《詩話》：隱君問業於錢尚書受之、魏孝廉叔子，性好儲藏秘冊，中年自群經十七史，以及詩詞曲本，唐宋金元别集，稗官小説，靡不發雕，公諸海内，其有功於藝苑甚鉅。韻語有和古人詩，和今人詩，大約和平之音，無鏤肝鉥腎之苦。今從《野外詩卷》中録其二律。

過徐元歎落木菴

十年離舊榻，賀九又重登。山翠連村合，花香繞屋疑。尋僧過略彴，呼酒洗瘿藤。重覓題詩處，苔封厚幾層。

移竹編籬

活竹移來帶野泥，安排疏影與檐齊。歸鴉頓失常栖處，穉子難尋舊釣隄。曉露潤生根畔草，晚風吹斷隔鄰雞。老僧相伴逢迎少，話到斜扉落日低。

黄伋一首

伋字細侯，徽州人。仕爲游擊。

《詩話》：細侯畫品最高，疏樹斷橋，秋光滿紙，宜其有「不學米於菟」之句也。

題畫

秋霽愛登臨，歷歷亭皋路。不學米於菟，糢糊雨中樹。

東蔭商 一首

蔭商字雲雛，華州人。

燕市逢韓雨公

春風燕市馬蹄間，道左相逢並解顔。小弟鄉園臨渭水，與君遥隔首陽山。

蔣雯階 一首

雯階字馭閎，後更名平階，字大鴻，嘉善縣學生。

《詩話》：馭閎，海士高弟，力還正始，未免爲格律所拘。

范季友邀飲吼山陶氏園

川原於越地，風物永和時。花塢陶公築，蘭舟范叔移。百年新締構，一代舊招提。峻閣憑霄迥，雕闌倚石危。尊罍傾北海，詞賦溢南皮。萬壑當牕見，千巖向晚披。拂雲歌去緩，坐月酒行遲。支遁情深切，劉伶死不辭。人從花底散，路入夢中疑。何日滄洲興，重來倒接䍦。

姜廷梧 一首

廷梧字桐音，紹興山陰人。

歲暮寄馳黄

花暗春城急管吹，提壺同醉水仙祠。空回南浦青絲舴，曾折西湖碧柳枝。亭畔寒梅前夜發，江南冰雪暮冬遲。離居悵望雙魚杳，徙倚高樓有所思。

徐崧 一首

崧字嵩之，吳江人。

客感呈客菴禪師

日日菰城内，秋深木葉稀。田家緣郭住，溪鳥傍山飛。碧浪圍紅樹，丹厓入翠微。故鄉三百里，瞻望未能歸。

戈如珪 一首

如珪字汝信，吴縣人。以孝行旌。

舟泊丹陽城下

風雨疾如矢，孤舟不可前。離鄉身更賤，作客夜如年。城古無春色，沙平積暮烟。吹簫人去後，吴楚自山川。

錢光繡 一首

光繡字聖月，寧波人。

題丁原躬畫

依依平楚遠黏天，幾點青山斷忽連。春水夜來高似岸，柁樓却並柳梢煙。

褚連時 一首

連時字青還，嘉興縣學生。

《詩話》：青還志士，丘壑不忘。詩非所務，《宮詞》一首，可以嗣響仲初。

崇禎宮詞

日日南薰廣殿風，甆缸初進海榴紅。新調於變時雍曲，詔許中書譜殿中。

黄偉成 一首

偉成字位中，徽州人。補杭州府學生。有《秋鳴集》。

姑蘇楊柳枝詞

武丘西去接閶津，長短亭前濯濯新。煙雨迷離寒食節，不須分手也沾巾。

程家摯 一首

家摯字公衡，歙縣人。補江寧儒學生。有《稼室遺稿》。

九日書感

天時人事謾相猜，秋雨中宵駭疾雷。民命久隨征戍盡，花枝猶傍戰場開。徒傳鶉首張仙樂，誰向昆明辨劫灰。自念暮年遭喪亂，頻看短劍引殘杯。

陳鴻 一首

鴻字叔度，候官人。有《秋室篇》。

題田家壁

十畝五畝園，三株五株樹。荷鉏日暮歸，犬吠門前路。

周青士云：語不求深，是唐遺響。

路澤農 一首

澤農字安卿，曲周人。

立冬日洞庭山社集看菊

三吳秋盡不知寒，黃菊經霜尚未殘。鄉里衣裳少新製，草堂詩酒任交歡。十年旅夢悲王粲，隔代風流憶謝安。且向花前拚一醉，洞天福地此中寬。

何其漁 二首

其漁字樵仲，邵武建寧人。

周元亮云：樵仲詩有苦思誦之，音韻泠然。

梅口待渡

野曠微風起白蘋，村居三里若比鄰。江干風冷秋山暮，立盡殘陽無渡人。

碧簫洞

石橋宛轉竹檀欒，松露侵衣夜未乾。三十六峰秋一色，碧雲吹出洞簫寒。

程奎 一首

奎，徽州人。貢士。

《詩話》：崇禎癸未，湖廣巡撫宋一鶴敗，家屬没官。有妾金陵陳氏，以色藝聞，門客王屋聘焉。謝參政上選先期娶之，奎因作詩嘲笑，一時爭傳誦云。

即事

歌舞叢中度歲華，一朝忽去抱琵琶。前身定是烏衣燕，不入王家入謝家。

胡彧 一首

彧字蓊生，容城人。有《媿林吟稿》。

春堤即事

芊緜翠色鎖灘頭，無限煙波一望收。僧舍全依雲外塔，人家半跨水中樓。過橋草淺堪藏鴨，近海沙平好狎鷗。多少春情供畫筆，天然橫幅李營丘。

趙瀚 二首

瀚字砥之，吴江縣學生。隱居不仕，鄉人私謚「貞孝先生」。有《和雪堂草》。

夜泊青芝山下遇雪懷俞無殊

孤艇依荒岸，濤聲卷雪來。故人居洞口，凍樹鎖池隈。獨剪虚牕燭，頻傾濁酒杯。還將篷底夢，先繞嶺頭梅。

虎洞訪吴茂申不過喜晤俞無殊徐嵩之

絶壑藏高士，梅花此日尋。到門山屢换，入座樹逾深。人已探雲去，泉仍響澗陰。依然逢野服，高詠出重林。

蔣人一首

人字公凡，一字昭遺，嘉興人。

惠陽除夕

十年當此夕，强半在天涯。異地重爲客，殘冬未到家。歌聞蠻調苦，燭暗海風斜。更見梅花發，能無感歲華。

杜湑二首

湑字畹實，一字鄰若，嘉興人。

塞上

旌旗當落日，絶塞陣雲横。曉角驚寒雁，孤烟照暮城。河冰驅馬渡，隴草逐人行。戰骨悲沙漠，年年古北平。

閨思

良人遠戍玉門關，十載烽烟尚未還。縱使裁書寄歸雁，春風飛不到陰山。

何園客一首

園客字閬仙，海鹽人。

《詩話》：閬仙貧士，賣畫爲活。《元日》之作，惄焉傷懷。

元日

幽居鄰碧里，淑氣轉青陽。老畏今朝至，貧看去日長。衣裳任顛倒，兒女異存亡。誰惜頭如雪，棲棲尚道傍。

姚佺 一首

佺字仙期，秀水人，居於吳。

《詩話》：仙期「復社」舊人，以景陵流派盛行，特選李、何、王、李四家詩，發雕以行，然人罕有宗之者。《聞鵑》一絶，極其悽惋，昔宋南渡李御史粹伯《菩薩蠻》詞云：「杜鵑只管催歸去，知渠教我歸何處？」哀音亦相同也。

聞鵑

何事催歸鳥，鉤輈喚我頻。故園經戰後，歸去巷無人。

陳璡 一首

璡字虬似，德清人。有《草亭集》。

藝菊

偶愜陶公興，分苗和土培。疏籬隨意補，曲徑恰宜栽。遲暮三秋感，芳菲九日開。還將桑落酒，重泛竹根杯。

吳懋謙三首

懋謙字六益，松江華亭人。

朱伯虎云：六益雋上之才，託跡林皋，荒茅叢篠，泥水自蔽，雅多慷慨，振刷濃纖譎麗之習，躋於和平之音，與天寶、大曆、鴻烈競爽。

魏楚白云：六益五言，未盡本於建安，而筋力出諸作者之上。

白紵歌

美人含嬌出賓筵，羅衣珮玉綺疏前。華歌妙舞私自憐，雙舉皓腕趨冰絃。繁聲急節凌雲烟，西飛白日東流泉。春花彫落秋風旋，願君歡樂及盛年。

遊横雲山作

徘徊横山上，還顧望四野。黄雲西北馳，清江東南瀉。城闕何嵯峨，山河亦豔冶。俯仰心自哀，悲歌不忍下。時哉不可違，豈無英雄者。

古别離

浮雲蔽萬里，遊子暮何之？尊酒送行人，誰知我心悲。微風時南來，飄颻桃李枝。群卉欣就榮，何能及後時。人生天地間，一别安可知。繁霜被四野，明星正參差。攬衣立前庭，徘徊望所思。努力君自愛，賤妾情不移。

王風 一首

風初名翰，字二飛，自號廢夫，宿松人。

擬讀曲歌

背簪茉莉花，鼓斜倩郎正。儂是鏡中花，郎是花前鏡。

張光裕一首

光裕字特儒，宿松人。

野望

行行日將夕，驅馬欲何之。地久長安遠，人還太室遲。接天江霧塞，撼木野風悲。一望愁無際，長歌采蕨詩。

孫一騮一首

一騮字天卿，秀水人。拔貢生。有《硯隱居集》。

重過高工部寓公西園

十畝閒園舊板橋，道南重過黯魂銷。秋花黄蝶猶成隊，曉露紅蘭惜易凋。事去英雄時坎坷，年來車馬巷蕭條。靈均一去何由返，空對江潭賦大招。

季孟蓮 一首

孟蓮字叔房，無爲州人。

《詩話》：崇禎年，有刊王季重、譚友夏等八家詩以行者，叔房殿焉。今之見者，非訕其打油，輒以之覆醬矣。從斷紙中，覩叔房《聞鶯》作，因删其累句存之。

聞鶯

林深縱屢遷，亦知所止處。獨自語緡蠻，池塘留小住。梧桐葉底風，楊柳枝上露。恣汝擲金梭，如何來又去。

李煒 六首

煒字赤茂，嘉善人。

雜興 四首

夭夭桃李花，雜生丘墓間。丘墓多陰風，桃李難成姸。幽蘭處深谷，草棘相糾纏。亮無容光照，微芳不足宣。

仲冬日晷短，玄雲四面垂。援琴當戶坐，淒風繚繞之。三變入苦節，泠泠聲轉悲。梁塵自零亂，積雪飛參差。攬袂拭流涕，玉顏不可持。推琴還入房，含情當告誰。

豫讓易姓名，漸離混傭保。奇志苟不伸，含垢何足道。七尺報所知，百年付蒼昊。豈不長苦辛，所欲非壽考。人生憂患中，稱心亦爲好。無以松柏姿，零落同腐草。

羲和正中天，晼晚傾日車。一馳濛汜間，誰揮魯陽戈。輕薄游閒子，車馬紛相過。秉燭夜行遊，及時酣且歌。樽酒自言甘，意氣自言多。仰視北斗闌，明發當奈何。

東飛伯勞歌

東飛伯勞何處棲，西烏夜夜空自啼。誰家窈窕當壚坐，翠羽雀釵向君墮。年紀二八面發紅，夭桃婀娜臨輕風。落花片片東西路，何由飛翻復上樹。

春閨曲

碧玉堂前柳絮飛，白狼河外信音稀。征夫不及營巢燕，歲歲春風一度歸。

魏禮 一首

禮字和公，寧都人。

靈巖

靈巖高峙太湖東，一望波光映碧空。多少禪房花竹裏，游人只憶館娃宮。

張履祥 一首

履祥字考父，桐鄉縣學生。

《詩話》：考父撰有《楊園備忘録》，其講學一以鹿洞爲師，仁宅義根，言規行矩，間作韻語，不沿安樂窩頭巾語。

題屠處士壙村居

霍原六聘山，焦先三詔洞。漁子定迷津，只莫桃花種。

董樵 三首

樵字亦樵，萊陽縣學生。

《詩話》：董生高蹈之士，甲申後徙居文登海濱，日荷蓧入市易米，人莫知其住處。縣有紳士要於路，欲與語，生棄薪道左，詭云：「吾科頭，當取冠與公揖。」竟去，日暮不復來。紳士取棄薪以歸，曰：「此高士所遺也。」生從此不復入市。其詩合《騷》揜《雅》，惜不多傳。

詠懷 三首

蘭生託層巖，幽獨鮮人知。正當揚葩候，所遇非其時。采采桃李花，乃在山之蹊。豈不豔目前，難免達士嗤。珍重語國香，長守貞潔姿。

朱明運徂謝，金風來何早。肅殺氣一變，蕭蕭摧百草。百草不自立，隨風任顛倒。顧瞻芙蓉花，顏色轉妍好。祇恐鴂舌鳴，芳菲難遽保。亦有美樅柯，亭亭出物表。

黄塵蔽廛市，步出西郭門。悲風四面至，白日爲之昏。鵂鶹傍我啼，虎豹向我蹲。雖無咥人意，其視眈眈然。吾無太陰弓，難使惡鳥翻。我無湛盧劍，莫驅猛獸奔。傍徨覓歸塗，雲煙隔通津。安得貫月槎，乘之入星源。

王巖 一首

巖字築夫，寶應人。有《白田集》。

《詩話》：築夫肆力爲古文辭，要以醇樸勝，若惟恐其文之工者，頗有類於穆伯長、柳仲塗、尹師魯、石守道諸家。賦詩不多，源本杜曲。

送雷伯籲之鹽場

壯心銷欲盡，流落又東行。晚歲愁飢渴，窮途别友生。人煙依海市，沙鳥汎潮聲。此地藏名好，渾忘世上情。

周容 二首

容字鄮山，寧波人。有《春酒堂選稿》。

行路難

餐晚食逾甘，見疏交得久。明月不常圓，牽牛不常耦。古人重别離，相思勝聚首。

釣臺作

江潮去自杭，江流來自婺。兩山相縈抱，誰辨江來去。挂帆過頃刻，抽帆守晨暮。清風不下山，長拂亭前樹。

李沂 十二首

沂字子化，別字艾山，晚自號壺菴，揚州興化縣學生。有《鸞嘯堂詩集》。

宗子發云：艾山與物無忤，酒酣益覺温克。偶有感觸，寓之於詩，往往逃於神仙家言，冲雅澹遠。

《詩話》：啓、禎間，詩家多惑於竟陵流派，中州張瓠客暨弟晁客，避寇僑居昭陽。每於賓坐論詩，有左袒竟陵者，至張目批其頰。是時艾山特欣然相接，故昭陽詩派，不墮姦聲，皆艾山導之也。

送陸蕙晦

挺挺梧桐樹，託根泰山岑。良工一朝遇，斲爲堂上琴。我友之海上，三載賞高深。今當旋舊墟，發聲爲我吟。初歌淥水曲，再鼓清商音。四座忽惆悵，俛仰内賞心。

冬日同縣圃過子發齋中酒闌登拱極臺眺望

歲暮百感集，孤居增鬱陶。我友久離析，兹晨遠相招。杯酒興未終，白日隱層霄。送子越煙浦，溯洄乘小舠。遥望城北隅，高臺正嶕嶢。登臨忽慷慨，感此故業彫。興廢在一瞬，得失誰能操。流淚四顧望，衰草遍寒郊。極目無人跡，曠野何蕭條。

驢

水邑資舟航，利涉自疇昔。居民至皓首，未覩車馬跡。頃遭旱魃虐，洪波化原隰。魚鼈悉播遷，蛟龍渺蕭瑟。起視四境内，長耳忽充斥。健者爭馳驟，跛者亦努力。日有數百頭，清曉城南集。駔儈立門户，漁利司出入。穉子競揚鞭，長年坐歎息。秋深連日雨，河流添一尺。群驢無所施，岸草閒共齕。驅之適他方，散去何倉卒。念此菰蘆中，素非爾所歷。時事雖有然，恒理不可易。

聽楊懷玉彈琴歌

楊君善彈思皇操，自言崇禎末年作。强之再三始肯鼓，拂絃沈吟意不樂。引商振角時叩宮，八荒蕭摵回悲風。天地愁慘白日凍，啾啾鬼哭空庭中。絃鳴指咽絶復生，曲終激烈多壯聲。四座慷慨不能平，楊君彈罷淚縱横。楊君早年西蜀豪，素精馬槊兼弓刀。三巴健兒誇好手，一生好著團花袍。是年天子開明堂，臨軒三歎古樂亡。或薦楊君通律吕，徑來天上調宫商。鼉翻蛟躍乾坤改，垂老飄飄適東海。千金囊槖散無餘，惟有内府琴猶在。陽山客舍長莓苔，重門小院碧桃開。静檢道書春寂歷，細爇柏子雲徘徊。滄浪之水何清清，波底墜雪白鷺明。布帽青鞵又西去，日暮相思空復情。

贈魏叔子

魏生嶔崎目如電，董子祠傍忽相見。豫章國士天下聞，生不逢時且貧賤。東西奔走非無故，側身海内求英彦。即今屠釣豈無人，常恐摧頽筋力變。握手數語露肺肝，别我西歸尋考槃。子之往兮各努力，歲暮雨雪江風寒。

送雷伯籲移居樊汊

積水寒仍漲，荒城海氣侵。故人重避地，此别最驚心。野竄名流盡，煙藏釣艇深。今宵尊酒意，斟酌爲知音。

喜平菴病起

憔悴緣兄病，冬深喜漸蘇。自來簷下曝，不用小童扶。老被文章累，貧愁藥餌無。憐才二豎子，有意活窮儒。

村夜

野老茅堂外，中宵倚戶看。一輪明月墮，萬里大江寒。魑魅青林嘯，蛟龍碧海蟠。愁多不成寐，風露夜漫漫。

夜

委巷人聲寂，高齋夜氣清。亂鴉塗暝樹，列宿動寒城。漏遠聽頻斷，燈殘剔乍明。鬢邊霜雪滿，慚愧學長生。

客舍遣懷

江城畫角起高秋，漸覺霜威冷石頭。長夜河山羞短鬢，故人風雨入新愁。庭空野水蒹葭老，歲晚他鄉芋栗收。頗怪薄遊成汗漫，朝朝天際有歸舟。

采蓮曲

蓮塘三十里，四面起清風。鴛鴦飛不去，只在藕花中。

張奐客至自河南

布衲蕭蕭物外身，亂歸梁苑幾經春。只今誰似張公子，遠歷山川爲故人。

雷士俊六首

士俊字伯籲，涇陽人，僑居江都。有《艾陵詩鈔》。

欲雪

今歲愁多雨，冥冥此夜陰。風依寒樹起，月隱暮雲深。已覺河冰合，還看柳絮侵。酒酣應有作，自付惠連吟。

廣陵送姊夫張六息歸關中二首

君又故鄉去，惟予尚未歸。丹楓飄颯颯，白露冷霏霏。歲月衰容改，兵戈短札稀。三杯岐路别，相對淚沾衣。

楚塞風塵暗，秦關道路長。離情同此日，會面更何方。警急新烽火，蕭條舊戰場。中原經到處，眺望幾凄凉。

安豐九日即事兼寄王築夫

無處登高去，柴門只晝關。遥知同學侶，應已上平山。僻地黄花少，佳辰濁酒艱。牀頭書幾卷，坐誦破愁顔。

哭六弟敬直二首

今日吾昆弟，堂前少一人。姓名登鬼録，魂魄寄江濱。素幔侵寒月，丹旌落暗塵。空閨遺一女，嗚咽淚沾巾。

高堂垂白父，老力已難支。每飯常防鯁，衰年再哭兒。蕭蕭秋葉落，淅淅曉風吹。稻熟新應薦，愁看滑滿匙。

陶澂七首

澂字季深，寶應人。有《舟車集》。

入壺口關

地絡蟠三晉，關門控兩河。舊傳山國小，新築塞垣多。候吏無烽燧，居人有薜蘿。不圖天下脊，今日馬蹄過。

送客之武昌

勝地推南郡，空江接大荒。樓船倚橫吹，山郭閉殘陽。濁酒當壚滿，嘉魚入饌香。相過正春盡，煙樹各微茫。

汎陂

久愛南陂好，今乘放鴨船。瀫紋元不定，菱葉正相牽。細雨侵衣濕，回風著帽偏。紅蕖易零亂，攲立最堪憐。

江陵過龍灣市

近日三鴟寺，誰參百丈禪。樹猶依斷壁，花不散諸天。小市方祠鬼，荒湖忽聚船。歸塗望城郭，重沓夕陽邊。

兖州曉發

郭外連山暗，林間宿霧收。信知東郡好，何處覓南樓。

故宫詞二首

水殿風摇楊柳絲，先皇朝罷獨憂時。抽毫却寫賢臣頌，面敕中涓賜主兒。自注：故宫人左氏，今爲民間浣衣婦，能言掖庭舊事，云：「宫中稱皇太子曰『主兒』。」

慈寧宮禁老莓苔，元日鶯傳法從來。上下隔簾遥拜畢，六龍飛輅一時回。懿安張后，居慈寧宫，帝朝后不相見，於簾内答兩拜。

姜安節 一首

安節字勉中，萊陽人，給事埰長子。給事葬戍所，安節因徙家宣城，居墓傍。卒，同人私謚曰「孝明」。有《永思堂詩鈔》。

泊寶應

河伯由來悍，秋霖勢更張。屋沉餘井竈，樹滅辨微茫。萬里湖天闊，千村稼穡荒。農家無住處，草舍架官塘。

明詩綜卷八十一上

小長蘆　朱彝尊　録
義和　吴寶庚　緝評

王翃 三十四首

翃字介人，嘉興布衣。有《秋槐堂集》。

周青士云：崇禎之季，《詩歸》盛行，人沿竟陵流派。介人崛起禾中，惟唐音是尚，惜知己寥寥，阨窮以沒。伯道無兒，若敖不祀，良可悼也。

沈山子云：介人所居，止破屋一間，種牽牛小庭中，曉露未晞，即對花吟詠，日課數詩。旁精詞曲，有《紅情言》《榴巾怨》《詞苑春秋》《博浪沙》諸傳奇，頗慨忼自喜。遺稿多逸，僅存百一而已。

《静志居詩話》：介人初擅詞曲，後研聲詩，志取多師，不遺僞體。其論詩於合處見離，于離處求合。啓、禎之間，大雅不作，毅然以起衰自任，而知者寥寥，惟平湖陸職方嗣端心賞之，嘗訪君於長水，值君洗硯河頭，挾之登舟，家人不知也。遍游苕霅乃返。既而入越，謁陳推官卧子，方置酒送客，君詩有「前路夕陽外，行人春草中」之句，卧子擊節曰：「此今之高三十五也。」爲序其詩詞。遭亂，所居不戒於火，惟餘小屋二間，一供婦爨，一吟詠其中，有故人官府寮者造之不見。尋卒于京口。五言如「江湖長至日，風雪上方山」，「驛路通秦遠，峰陰入晉多」，「桄榔千樹雨，瘴霧百蠻天」，「日氣淫秋雨，嵐光變夕曛」，「楓林依水盡，雲物近秋多」，「一二故人在，飄零佳訊稀」，「江山雄白下，人物近黄初」，「山雪行人少，江梅臘月多」，「文章身後事，丘隴夢中山」，「白社違人日，玄關閉子雲」，「江山開一望，吴越在孤舟」；七言如「夜月旌旗五馬渡，秋風草木八公山」，「周道秋風行黍稷，漢宫春雨長蒲桃」，「西蜀喻通司馬檄，中山謗滿樂羊書」，「秦塞忽驚三月火，漢家空待貳師功」，「三月晴風高戰鼓，九江春水下樓船」，鑄語高華，此方虚谷所云「律髓」是也。

銅雀謡

銅雀來，起高臺。銅雀落，高臺作。銅雀飛，臺成基。

夭桃三章

灼灼夭桃，花于中林。顧子惠我，寧不嗣音。
夭桃灼灼，花于林薄。遲子不至，憂心鑿鑿。
陟彼南岡，晨露瀼瀼。匪岡則高，我心孔勞。

登臺

日暮登臺，秋風雁來。慨然念遠，離居寘懷。躊躇千里，靜言勞思。爰有旨酒，斟之酌之。拔劍高歌，哀音孔多。沉吟忽斷，中心奈何。繁星告夕，薄寒求衣。明月不墮，輕霜自飛。稽山之東，大海處之。衆水所歸，曾不盈而。逶迤今古，山川屢更。嗚呼往者，實多于生。

民兵行

朝廷徵民兵，移文下鄉縣。縣官承選募，抽丁悉貧賤。含悲釋耒耜，努力負弓箭。未諳邊塞苦，先絕室家戀。臘月到漁陽，飛霜割人面。來朝兩軍合，生死期一戰。吞聲告同列，封侯爾何羨。

牧牛詞

二月三月春雨晴，渚田水暖芹牙生。牧童驅牛出原隰，細草青青牛可食。夕陽短笛不見人，吹過村南又村北。

園桃

春花爛熳開，春鳥間關啼。一朝坐見物華改，鳥聲啼盡花成泥。園中桃須老，園中樹莫遺。隨風到處飛，飛出園中去。

休洗紅

休洗紅，洗多紅漸失。曾記初著時，人矜好顏色。徒傷未敝成棄捐，悔不作事慎從前。

烏栖曲

深宮烏啼天未旦，城頭擊鼓明星爛。吳王宴罷星未稀，繁霜落樹烏驚飛。

官船曲二首

礲中水勢急，與石相牴牾。月暗富春山，官船乘黑去。
山家畏虎狼，日斜閉門卧。向夜官船來，捉人嚴守邏。

靜夜思

虛帳含秋月，高樓怨别情。明河一萬里，夜靜水無聲。

長干曲

揚帆下長江，日落秋雲起。夜半聞鄉音，知是長干里。

江皋曲

爲愛新妝好，東皋出采蘋。春江千里色，解珮不逢人。

會稽竹枝詞

秋風秋雨正淒淒，荷葉荷花香滿溪。越女蕩舟愁日暮，歌聲盡在若邪西。

楊柳枝詞

春寒殘雨日瀟瀟，一曲驪歌上灞橋。想到啼烏今夜宿，不教攀折最長條。

清涼山寺

蒼山樹如蓋，乘高御清涼。地遠暑亦寒，江色明虚廊。層崖仰萬象，古寺崇榱梁。眼迷金銀界，鼻擁梅檀香。白雲照巖穴，有若日月光。極視但長嘯，凌風思翱翔。

寒夜談遷至

故人越江海，細雨連孤舟。叩門告飢乏，剌剌語不休。自從遠游歸，中塗歷窮愁。豈無相識人，掃迹如仇讐。腹值今日飢，問余能食不。聞之發長歎，誠爲吾道羞。青眼古所難，况於末世求。伊余雖苦貧，一飯君必留。中園翦寒韭，糟牀瀝新篘。酒酣兩耳熱，率意成歌謳。人生感行樂，不醉非良謀。

待范四不至

落日澹清輝，幽人在林樾。回看往來路，蒼蒼翠微沒。天高秋月空，夜午星辰闊。之子期不來，長歌爲誰發。

宿董氏宛委山房

中夜虎渡水，溪樹初風生。颯颯吹哀湍，衆山皆有聲。深庭久無月，黯然三四星。憂人獨求醉，釋此離居情。

王貽上云：警拔可傳。

寄沈十二

橫山生白雲，鬱鬱半空起。知君住其下，獨宿白雲裏。冬月靜巖扉，寒泉滌心耳。嗟余役風塵，引領望之子。

王貽上云：及格。

江亭遇舊

老畏干戈滿，愁聞羽檄頻。鶯花射堂夕，風雪故園春。泉下悲先帝，人間識舊臣。空將垂白淚，嗚咽對沾巾。

二十七夜見月

纖月依微見，愁人起四更。暫時成死魄，幾日又哉生。花霧冥冥重，星河湛湛傾。鄰雞催薄曙，知爾有同情。

四十初度

不才吾老矣，萬事一蹉跎。今日尚如此，他年知若何。空囊初罷酒，樂歲且狂歌。每欲尋巢許，無從訪薜蘿。

送客還山右

春草太行山，行人一騎還。夕陽前路遠，離夢索居閑。鳳舉今誰匹，鴻歸不可攀。所悲流水意，千里送潺湲。

石城晚眺

客心正摇落，獨上石頭城。天遠垂垂下，江寒混混平。愁兼多病日，老作異鄉情。況值秋風後，清砧急暮聲。

村居

獨樹寒烟外，孤村流水間。偶隨花草去，遠逐漁樵還。川暝罷垂釣，日斜長掩關。何年事高隱，歸卧鹿門山。

周青士云：全學輞川。

去越

步出越城門，回看越城樹。久客成故鄉，徘徊不能去。

客中九日

細雨成陰近夕陽，湖邊飛閣照寒塘。黄花應笑關山客，每歲登高只異鄉。

沈山子云：不失唐音。

亂後得張子書

沁園秋草舊回車，惜别西湖歎索居。萬里河山經百戰，十年重到故人書。

露筋祠

野岸分流截海垠，安歌誰復賽波神。孤舟夜向祠前泊，商女挑燈説露筋。

漂母祠

一飯當年報所知，王孫今日更何之。平生自歎無知己，千里來尋漂母祠。

維揚逢張子

輪蹄自送出吳關，楚乙燕鴻信不還。誰料十年兵火後，故人今日在人間。

夏錫祚五首

錫祚字玄寵，别字書巖，長洲人。補崑山縣學生。有《雪鴻堂詩草》。

《詩話》：書巖五古，居然作家。

化城菴舊是趙凡夫隱居處

入門無寸土，起伏盡崖石。其中窪者泉，一一湛寒碧。稍加斧鑿功，構此幽人宅。不忍山骨傷，廬舍寧取窄。崇卑就石勢，爲磴亦爲壁。雖行密室中，犖确響行屐。軒廊倚斷壑，渡以橋盈尺。昔人栖遯處，遠與市塵隔。今爲佛子廬，筠籃有游客。是時春事動，山氣潤泉脈。環轉軒檽間，漸聞聲湱湱。岑樓面青巘，飛翠坐來積。西牕杏一枝，鮮妍合畫格。尚想寫生人，玉臺去無跡。謂文夫人俶也。空山萬籟靜，鐘磬響晨夕。

自紫蜆澗至旋螺頂

荒蹊尠人蹤，樵路僅可辨。忽焉耳官清，泉聲泠然善。入谷山四合，仰視天一綫。陰陰冷翠滴，竹色緑人面。泉行如秋蛇，赴壑隨所轉。回磴或阨之，怒歕亦飛濺。偃木傍石梁，渡客攀援便。故令坦塗隱，不使門扉見。路窮出階墀，曲折趨古殿。苔衣鹿胎斑，亂點落梅片。巖阿架精廬，清閟獨所擅。幽意領已永，奇勝探未徧。復尋來時路，一步一繾綣。夕陽照歸人，紛紛下華甸。

鄧尉妙高峰

玆峰昔言峻，豈意乃平坦。倚竹爲幽深，徧植萬竿滿。蒼蔚四面來，不使濃翠散。春時此天地，未屬鶯花管。相去叢林遥，所喜游蹤罕。法侶罷逢迎，經過便疏嬾。勿嫌坐箕踞，我佛亦偏袒。第損趙州茶，一喫至七盌。豈惟小住佳，直可適予舘。

度風篁嶺至龍井

不知何年代，人家猶太古。叢篁高百尺，深密掩村塢。寥寂絶人聲，濃緑滴環堵。徑轉下坡陀，丁丁響樵斧。道旁萬松樹，落落清可數。叩門墮山翠，竹裏僧開户。呼童汲新泉，泉自石穴吐。烹以瀹茗牙，炒焙初出釜。客言香色絶，僧意不自詡。乍與佳勝辭，回顧失紺宇。樹密天疑陰，泉吼聲帶雨。忽聞遠村雞，有路出漁浦。

詠龐德公

風塵擾天地，不到漢沔東。至人所栖息，山靈護微躬。力田自弢晦，婦饁耕者翁。群雄戰四野，雲表翔冥鴻。靜中有定鑒，人倫識統宗。詭辭對景升，遺安樂貧窮。豈知天下事，已付南陽公。方其拜牀下，深意默已通。漢燼既可噓，匿影歸龍嵸。采藥入鹿門，世莫知所終。神龍不見尾，雲霧深濛濛。

顧圤 三首

圤字琢公，一字山臣，錢塘人。有《今年草》。

《詩話》：山臣工繆篆，詩不爲格律所縛，持論亦復不羈。家居奇窘，有桑門勸其修行，以資來世福。山臣笑曰：「不知前身是何雞狗作之孽，使我今生窮苦。若從上人修行，又不知來世是何雞狗，安享是福。」傳者以爲笑端，然正可發愚夫愚婦深省也。

有夏

淫雨積洪滂，八十有八日。是月月小盡，九十日餘一。所剩無幾時，夏令倏云畢。陽光久淪滔，陰慘恣騰溢。龍蛇起平陸，鬭水入人室。翳此白晝輝，恐爲魑魅叱。阡陌匯爲海，何有蓬與蓽。人非金石軀，浸寢自腰疾。赤帝職烜赫，位莫與甲乙。豈問大火亡，秋冬竄爲質。江南號炎方，古語亦妄述。土山焦欲流，說者第詼譎。彼蒼奪農夏，豈有富民術。無已請端策，筮卦十之七。其占不濡尾，是日卜乃吉。無何若木枝，影向意表出。朝光被畎畝，疆理辨溝洫。鉏鎒四五動，田父不終逸。時還衣我葛，饑也樂我泌。譬之出幽谷，暗昒忽自失。又如殿後師，師老摭軍實。取勝在一伸，安問嘗九絀。無夏忽有夏，有夏乃有秫。有秫且釀酒，以醉契玄謐。

江皋

江皋有梅梅有枝，青樓悅君君不知。水郭舟喧趁潮去，月落沙禽啼滿樹。

夜思

疏雨乍過菡萏陂，好風微動楊柳枝。前溪後溪櫂歌歇，夜半水明飛鷺鷥。

陳道永二首

道永字非玄，更名確，字乾初，海寧學生。

《詩話》：先生《難經》鏗鏗，詩不求工，然亦流暢。

柬董子

春風亭子雨迷離，旅思紛紛憶舊知。别去好山游幾處，倦歸蕭寺記何時。期君南閣尊前話，看我西湖隄上詩。莫謂兩人容易見，滿頭白髮已如絲。

偕吴仲木再游西谿

秦望歸來興尚賒，幅巾筇杖入山窪。迷離不記前朝路，寂寞還開古寺花。春水橋邊雲萬樹，晚風亭外月千家。可憐潦倒吴公子，頻道西谿勝若邪。

孫茂芝 一首

茂芝字若英，嘉善人。有《燕游稿》。

江南曲

少小住江南，忘却江南好。辛苦北游還，喜見江南道。

魏禹平云：口頭語却佳。

蔣之翘 一首

之翘字楚穉，秀水布衣。甲申後，隱于市。

《詩話》：楚穉居射襄城，詳對《楚辭》《晉書》、韓、柳《文集》，鏤板以行。又輯《檇李詩乘》四十卷，搜録鄉黨先正詩無遺，兼能備舉軼事，使聽者忘倦。晚年無子，書籍散佚無餘，《詩乘》亦亡，可歎也。

泊

止櫂知何地，攜藜復有村。落花緣艇出，鬬鴨近人翻。未乞田家火，先邀野老樽。百年知幾醉，潦倒復誰論。

沈自昌 一首

自昌字君克，吳江人。禮部主事琦子，國子監生。

客夜聞笛

爲夢西洲蚤閉門，高樓横笛正黄昏。關山風月愁清夜，楊柳梅花憶故園。波起湘江飛落葉，雨淋蜀道叫哀猨。沙場多少征人淚，一曲吹來欲斷魂。

沈自然三首

自然字君服，吳江人。副使玧子。居母憂，不勝喪而卒，其友私諡孝介先生。有《來思》《閒情》二集。

江南樂

初景爛銀浦，溘溘浮雞鶒。儂情兩摇蕩，持比春江色。江深蓮子齊，水暖鴛鴦栖。不須更相問，家住横塘西。横塘連夾浦，曲曲明如許。誰打白蘋開，前溪夜來雨。雨霽上南樓，天高水影浮。出門郎不見，仍蕩采蓮舟。

曉别曲

月沒星闌曉雞唱，離人催起同心帳。殘膏無燄淚花紅，不語含顰兩相向。安得紅輪葬海底，千年長伴多情死。從此人間無别離，門前不種相思子。

寄居湖上樓

藕葉將凋桂葉濃，隔湖隱隱見雷峰。獨松關口秋聲急，并入南屏寺裏鐘。

沈自徵 一首

自徵字君庸，吳江人。亦副使玧子。辟賢良方正，不就。

《詩話》：沈氏多才，自詞隱生璟訂正《九宫譜》，爲審音者所宗。而君庸亦善填詞，所撰《鞭歌伎》《灞亭秋》諸雜劇，慨當以慷，世有續《録鬼簿》者，當目之爲第一流。詩則嫌其稍平衍也。

和施壘山學博送别韻

苜蓿闌干春漸肥，榆關濱海雁書稀。管城亦有封侯骨，磨盾看君試短衣。

沈自友 一首

自友字君張，吴江人。都御史珣子，承父廕入國子監。有《綺雲齋稿》。

平沙灘

雲淡迷遥樹，沙平障晚烟。亂帆爭破浪，斷岸遠連天。野渡傷歸客，斜陽冷釣船。荻花風起處，聞雁獨淒然。

徐韞奇 一首

韞奇字季華，吴江人。有《西濛吟稿》。

田家樂

水遶莊窩竹遶牆，宛然風景似柴桑。雨來大芋高荷夜，秋在鱸魚蓴菜鄉。戶外最憐楓葉赤，籬根也有菊花黄。東鄰穫稻西鄰秫，勸我先營碌碡場。

魏廷薦一首

廷薦字友莊，嘉善人。有《息踵居詩草》。

家子一畫淵明采菊圖見貽戲作

茅屋四五間，修竹一二畝。東籬繞曲折，南山安戶牖。芙蓉既盛開，菊又當重九。此際陶淵明，寧無人送酒？

徐開任二首

開任字季重，崑山人。有《愚谷詩稿》。

朱長孺云：季重詩原本少陵，深情至性，激發而出，使讀之者留連往復而不能自已。

咏史

新都居攝時，符瑞日盈耳。不有翟將軍，人心俱已死。移檄建義旗，威名震遐邇。時命雖不成，稱兵從此始。悲哉兩黃鵠，無人卹義士。

送人游下邳

江南春色不勝情，俠士辭家事遠征。天下侯王寧有種，世間豎子遂成名。故交亂後無同志，羈客愁時有定盟。豪氣未除淮海習，知君此去慰平生。

屠爌二首

爌字闇伯，嘉興縣學生。有《勗齋集》。

《詩話》：闇伯言無枝葉，行有規矩，詩亦雅正，不以風華見長。

古意

素絲非一絲，機中織成帛。卷舒生容光，從郎自摇襞。愼勿染爲緇，終身不見白。

贈别袁重其

高飛鴻雁滿關河，此日寒江起夕波。庾信哀時常作客，梁鴻去國獨行歌。霜淒茂苑清砧急，月照荒臺落葉多。爲問吴中舊知己，空山叢桂近如何？

孫治 二首

治字宇台，仁和縣學生。有集。

《詩話》：宇台刻意摹古，寧質不佻。

渡漳

河北臨大水，清漳還濁漳。草迷銅雀緑，沙走直沽黄。疲馬愁荒渡，飛烏逐野檣。比來憂汎濫，何計築渠塘。

與關六鈐

故人栖託近如何，聞道玄亭自詠歌。梅福游吳辭宦久，虞卿去趙著書多。秋風絶塞來鴻雁，白露寒塘遍芰荷。君意陸沉堪寄傲，獨慚年歲轉蹉跎。

張彦之 一首

彦之一名愨，字洮侯，松江華亭人。

朱朗詣云：洮侯爲人寬博無同異，其詩莽蒼不事繩尺，質本景純而臻于嗣宗。

擬古

小鳥愛初陽，交交鳴條柯。皎日麗牕牖，惠風揚薜蘿。蘭蕙豈不懷，馨香隔巖阿。所思悵道遠，軒車寧能過。仰睇浮雲馳，志意成蹉跎。烟海既迢遞，雲峰亦嵯峨。百年會有盡，日暮徒悲歌。

馮班十首

班字定遠，常熟人。有《鈍吟集》。

錢受之云：定遠詩沉酣六代，出入于温、李、小杜之間。

陸勅先云：定遠詩敦厚温柔，穠麗深穩，美刺有體，比興不淆，無字不有來歷。《詩話》：啓、禎詩人，善言風懷者，莫若金沙王次回，定遠稍後出，分鑣並驅。次回以律勝，定遠以絶句見長。大都次回全學温、李，而定遠多師，其源出于《才調集》也。

戲題四韻

三十六鴛鴦，輝輝滿路光。花衫迎日薄，草帶引風長。不隔車中笑，從飄過處香。專城方四十，年少不須狂。

游仙詩四首

書邀女伴看桃花，三鳥回時滿地霞。記得明朝是丁卯，青童又合上東華。

紅桂開時試舞腰，素娥爭換白鮫綃。歸來更按鈞天曲，吹裂真妃碧玉簫。
貪看對弈不歸家，誰折當門玉樹花？特勅雷公往追取，半空鞭下阿香車。
玉洞桃花又爛開，等閒相望隔塵埃。劉郎也似山中水，一到人間便不回。

無題

叢桂風多起夜遲，柔腸已到九回時。瑠璃牕外姮娥影，喘殺吳牛自不知。

雨霽

溪水溶溶拍野橋，薄雲開日露林梢。不知一夜前村雨，多少春泥上燕巢。

梅花

長廊盡處是東牆，柳絮風中見謝孃。今日不堪簾外樹，一枝和粉弄殘陽。

立春日

梅花拂拂柳毶毶，半夜春來睡覺酣。曾向羅敷牕下坐，最思朝日到東南。

題畫

柳花飛盡緑陰肥，雨到濃雲濕不飛。村酒正香茅屋小，漁翁閒却釣魚磯。

董說十二首

說字若雨，烏程人。晚爲僧，名南潛，字寶雲。有《豐草菴》等十八集。《詩話》：若雨腹笥便便，未免有才多之恨。至其硬語澀體，絶不猶人，方諸涪翁不足，比於饒德操有餘。

讀曲歌

歡是嶺上雲，朝往暮來過。斜陽照殘雨，儂處獨晴多。

清明竹枝詞

碧紗轎駐水塘灣，楊柳風吹燕尾鬟。要赴燈前絃子社，莫攜儂上虎丘山。

南村秋鬼謡

妖狐拜月霜花青，髑髏騎馬空中行。秋魂吹作塔鈴語，叫斷東流一溪水。鬼車曉喚精靈去，緑燈移過江楓樹。

盂蘭招魂詞

靈風飄幢塔鈴語，小玉魂歸立秋渚。只言夜踏陽臺雲，蒼茫乍隔青楓雨。擁髻來看水燈緑，法王正奏無生曲。

春日

煮茶烟透緑陰中，遮屋黄茅間瓦松。但遣異書供研北，不妨野語聽齊東。香拈細雨招新夢，門閉春風仗短童。秋色今年應更好，小牕移得碧梧桐。

山行

落日射背木葉滑，横挑拄杖懸詩囊。海天二月發新翠，野廟斷烟生古香。洞口楓樹根可坐，山腰亭子名難忘。垂藤松鼠忒孤僻，纔遇游人竄道旁。

西溪客過期不至

往昔刻約言不食，此回遠游心已貪。夜來坐到露花滴，更復望君蓮葉南。眼底青天星四五，夢中破琴徽十三。豆棚放語自清絶，莫待霜落分黄柑。

蠶豆

誰賦田園雜興辭，琅玕記取夏初垂。喜看桑底懸新莢，恰值蠶眠未吐絲。細雨賣茶聲過後，竹爐燒筍火停時。沙鉼滲櫑分前詠，豌豆今逢第二詩。

秋夜吟

人行積水涯，踏亂青松影。吹滅秋牕燈，月白飛光冷。

夢華潭口聽客話嘉隆間大内舊事記之二首

月華門外轉靈旂，照夜銀盤碧藕肥。祠罷天孫桐葉落，君王新賜鵲橋衣。

江南風景藥王灣，霧縠單衣緑玉環。紅芍藥邊棋局罷，自裁團扇畫秋山。

秦良玉詞

追奔一點繡紅旗，夜響刀鐶匹馬馳。製得鐃歌編樂府，姓名肯入玉臺詩。

何述稷一首

述稷字公藝，常熟縣學生。有《晴蓑草堂詩集》。

苦雨

客舍淹淹雨，春愁甕裏天。竹含千嶂霧，柳罨一溪烟。凍鳥翔還下，飢蠶起乍眠。茅柴鄰酒熟，慚媿貰無錢。

朱扉 一首

扉字開仲，嘉興布衣。

《詩話》：開仲弱齡多病，終其身不婚。獨處深村，破甑勞薪，手自執爨。間賦小詩，不輕示人，《簡吴生》一律，興會自如。

簡吴生

自誦梅花人日詩，五旬不見但相思。一春多雨愁無麥，二月輸官定賣絲。行藥橋東逢客返，著書牕下少人知。近傳孺子司村社，想見粗豪割肉時。

金德開 一首

德開字爾宗，蘇州嘉定人。國子監生。有《詒翼堂詩》。

紅葉

濃緑看初改，江頭日漸紅。寒生一樹早，秋老萬山同。最豔朝霜後，尤妍夕照中。自能成晚興，不欲媚春風。

奚濤 二首

濤字大蒙，崑山人。有《肆閒堂詩草》。

雨霽自光福至玄墓

幽尋無定期，興發及新霽。移舟入林烟，登歷從所契。杖策踰山橋，淙淙澗流細。蒼松夾道深，修竹分籬翠。草甲抽故心，梅香有餘蔕。登高一憑眺，湖水白無際。微茫水鳥翻，斷續雲峰繼。有懷云誰思，榛苓徒款睇。

舟行即事

蠶月江橋外，荆扉八九家。鶯啼兩岸葉，雨漬一籬花。溝響新流細，門抽穉竹斜。村農行漸少，無處問桑麻。

胡山二首

山初名日新，字天岫，宜興人。僑居海鹽，徙嘉興梅會里。

與彭仲謀

武原吾舊住，結屋近滄溟。鹽井縈沙曲，魚風入市腥。秋雲蜃浪黑，夜雨鬼燈青。會有乘槎興，還尋織女星。

題畫

漁家背山郭，門掩青楓樹。夜半潮水生，孤舟渡江去。

李麟友三首

麟友字振公，一字于苑，嘉興布衣。

沈十二以匹練見遺賦謝

梅溪李生長衣褐，冬亦不加夏不脱。已經寒暑六七年，領衽不完襟縫豁。沈郎好我情不疏，贈我匹練五丈餘。製以爲衣見賓客，舉止覺與常時殊。鄉人重衣不重德，談笑從今壯顏色。

客夜

夕陰山翠重，寒色上河橋。夜雨三更雁，秋風八月潮。官亭人寂寂，驛路馬蕭蕭。裘敝經年客，歸魂不可招。

登審山有懷周質沈進諸子

長水通梅里，横山近硤川。登臨猶可見，惜别已經年。葉落清秋樹，鴻飛薄暮天。故人無恙否，却望一凄然。

劉純熙一首

純熙字晦生，慈谿縣學生。

日暮

牛羊下日夕，素月柴門生。宿鳥樹高下，微風雲重輕。孤村轉闃寂，萬象歸虚明。地僻無鐘磬，惟聞泉夜聲。

胡嗣瑱一首

嗣瑱字暎日，平湖人。有《墨龕集》。

秋泛

舟痕移處一溪凉，柿葉初紅豆葉黄。不獨蓴鱸秋正美，村醪也自發新香。

程用楫八首

用楫字濟臣，休寧人。有《遜敏居遺草》。

《詩話》：濟臣詩清真堅老，卓然名家。

雨宿桃源菴

夕雨四山來，奔瀧萬松裏。卧聞藥銚泉，激激聲不止。道人然松膏，中夜更坐起。何處一燈青，明滅深壑底。曉看白龍潭，應添數尺水。

慈光寺神廟賜額

白雲斷峰腰，峰下亂松栝。盤盤一徑盡，金碧見雙闕。飛閣跨虚空，長廊翳修樾。風箏四角鳴，香氣諸天發。緬昔普門師，王城走鉼盋。道感帝后尊，帑藏賜禪窟。幡幢内家製，像設天宫豁。鬱鬱慈光書，銀牓何飛越。人代復幾何，下界事飄忽。豈惟陵木拱，講席亦消歇。我憩娑欏陰，窺牕牕櫻拂。三歎出寺門，幽篁吐微月。

月夜宿院中小閣

暝色起平坡，鐘聲滿山戶。一禽忽驚聒，凉月已復吐。牕櫺色如水，松葉紛可數。樹底坐白猨，鬚髯極清古。

湯泉

黟山崚嶒神所家，丹厓石柱攢蓮葩。陰陽爐炭爇坎窞，温水千斛流谽谺。人言驪山亦礜石，惟有此地根硃砂。傳聞軒帝服丹匕，肌膚皴裂人驚嗟。香泉一浴浸七日，白龍晝見何訝衙。珠衣寶冠照山谷，便跨鱗鬣隨青霞。至今玉壺酌酒處，石室尚有樽罍窪。嗟予清淨本無垢，追逐世好羈籠笯。裹糧偶到天子鄣，解衣初試靈泉涯。浮丘天子不可見，身輕疾愈還足誇。山亭晞髮長歎，安得躡足登雲車。

喝石居

石室雲正暮，溪流聲更長。嬾殘何處去，虎跡滿繩牀。下食白鷳靜，侵階紅朮香。無人指歸徑，獨自立殘陽。

祥符寺

即軒轅宮。

松梢佛刹金銀色，傳是當年軒后宮。陰殿已無丹鼎火，古壇惟颭寶幡風。烟中白鶴參差下，屋裏清泉曲折通。小坐山房話疇昔，木蓮花發數枝紅。

初冬送友游浙

江水新安淺，雲山太末通。行吟隨處好，烏桕與丹楓。

巨門樓

唐人于德晦詩云：「閒倚朱闌頻北望，只宜名作巨門樓。」遍詢樓址，無一知者，成一絕句。

千層翠色向空浮，百道紅泉石上流。閒詠唐人舊時句，朱闌何處巨門樓？

戴長汛一首

長汛號澄齋，嘉興人。有前、後《征草》。

苕溪漫步

四野干戈急，蕭條此地秋。村尨吠山鬼，水鳥狎溪牛。落葉飛重起，哀湍咽更流。無才堪濟世，只合老林丘。

明詩綜卷八十一下

小長蘆　朱彝尊　録
義和　吴寶芝　緝評

張鹿徵四首

鹿徵字瑶星，後更名怡，亦作遺，應天人。都督可大子，以府學生承廕歷錦衣衛正千户。甲申陷賊，不屈受刑，潔身歸隱，居攝山不出，自號白雲道者。有《古鏡菴詩》内、外集。

《靜志居詩話》：山人生時，園中鹿亦産子，因名鹿徵，而以瑶星爲字。崇禎間，曾仕錦衣，故其《六十初度》詩云「當年執戟侍明光，親見彤雲捧玉皇」也。山居鈔書頗多，著述甚富，予所見者，僅《玉光劍氣集》《謏聞正續筆》數種而已。曩造其山居，見案頭有手抄宋季張炎叔夏詩集一卷，今其遺書不可復問，詩亦流傳者寡矣。

友人移居

居市厭市囂，入山苦山僻。非山非市間，卜兹五畝宅。到門水一灣，眠沙鶴一隻。遥望鐘阜巔，雲霞幻朝夕。乍見雨脚沉，忽焉晴絮襞。主人如冥鴻，高舉不可弋。丘壑盪心胸，花竹恣夷懌。何時載酒過，爲君理雙屐。

送萬年少歸淮揚

握手與子別，勸子進一觴。風日何黯澹，道路阻且長。舉世矜中行，無復狷與狂。達人志寥廓，世事等粃糠。濯足臨溪水，散髮晞朝陽。溪水日東流，歸彼百谷王。朝陽隱豐蔀，昏曀鮮晶光。擾擾棼絲中，誰爲振其綱。慨彼北風詩，虛邪徒自傷。

雜詩

淺水平沙路，淪漣繞一村。夢回天地老，亂後友朋存。芳草生幽澗，新鶯語小園。看山廣武後，久不望中原。

送葉榮木入閩

野鶴孤蹤道士顔，層林千里入閩關。不知烏石峰頭路，可似江南雨後山。

薛暨 一首

暨鄞縣人。縣學生。有《面牆小稿》。

夏日

水閣虚涼枕簟清，榴花梔子覆牕明。緑陰滿地日卓午，卧聽鶯黄啼一聲。

陸璉 一首

璉字茂璩，吴縣人。兩中武科。甲申後，削髮居蓮子峰下，自號了緣道人。有《楓江遺稿》。

題徐元歎落木菴

棲巖有精舍，窈窕挂藤蘿。天與幽人占，山偏落木多。連峰當戶立，一澗遶門過。近有離騷作，非因學楚歌。

張紀 一首

紀字齊方，崑山人。振德子，承廕錦衣衛所千戶，挂冠歸。有《槩菴集》。

江村春望

春風爛熳遶天涯，曳杖江村攬物華。身在故鄉仍是客，心從安處即爲家。貧來生計號寒鳥，病後居諸赴壑蛇。更得幾年還健在，青門常種邵平瓜。

吴璵 一首

璵字于庭，休寧人。國子監生。

答閨人寄懷

東風妝閣廠檐牙，春鎖重扉樹樹花。自是王孫歸未得，漫隨芳草到天涯。

龔賢 一首

賢字半千，上元人。

百苦

百苦不一樂，中宵夢忽清。有家長作客，到老尚謀生。牆月背人下，野風空自鳴。明朝渡江水，前路未休兵。

楊焯二首

焯字俊三，吳縣人。

秣陵雜詠二首

形勝瞻天闕，飄零問故宮。金笳淮水北，玉露蔣陵東。百戰黄圖盡，重來紫氣空。西京耆舊在，辛苦説關中。

西望窮牛渚，中流雙闕分。征帆江外斷，鼓角夜深聞。地擁龍山雪，天連鵲塞雲。開平飛渡處，寂寞百年動。

戴冠一首

冠字峩仲，一名昜，字南枝，紹興山陰人。有《釣臺詩集》。

《詩話》：峩仲高人，與徐孝廉昭法結物外之契，嘗賦《釣臺詩》累百首，託以見志，裒而成集，覽之未免牽率。友人續示集外詩四首，録其一焉。

釣臺懷古

已分垂綸老此生，山田是處可躬耕。遠攜仙女全家隱，深悔羊裘大澤行。一夜星辰淩帝座，九重貴賤見交情。請看七里瀧中水，未到錢塘徹底清。

張穆 一首

穆字穆之，東莞布衣。有《鐵橋山人稿》。

酬客

吾本羅浮鶴，孤飛東海東。寧隨南翥鳥，不逐北來鴻。坐愛千年樹，高逾五尺童。乘軒亦何苦，隨意水雲中。

温良一首

良字叔子，一字散宜，烏程縣學生。有《大愚詩稿》。

冬日游景谷

寒原林壑静，獨往暮雲生。嶺雪兼山遠，河冰激石鳴。修篁翻鳥影，古寺報鐘聲。塵壒無由到，臨流罷濯纓。

汪中柱一首

中柱字爲石，歙縣人。杭州府學生。有《光霽軒集》。

唐栖夜泊

停橈繫淺岸，寄迹似飄萍。稻黍平疇熟，魚蝦晚市腥。殘烟籠古樹，遠火映回汀。盍旦爾何意，勞人枕上聽。

陸來一首

來字陶孺，吳人。

梅花

踏殘山徑草蕭蕭，藉有幽花慰寂寥。幾縷炊烟恒遶屋，一灣流水慣依橋。寒輕籬落禽初啅，春入園林雪未消。卧後參星横夜半，冷香吹夢月迢迢。

杜濬十四首

濬字于皇，號茶村，黄岡人。有《變雅堂詩集》。

《詩話》：啓、禎之間，楚風無不效法公安、景陵者，于皇獨以杜陵爲師，是亦豪傑之士。惜其阨窮以老，孟貞曜所云「好詩多抱山」也。

游夾山漾

出塢謝群賢，放舸理長嘯。烟岫映澄波，始知所歷妙。林壑羅秋姿，紫翠罥寒照。蘋汀欲爲雪，楓岸忽如燒。目逐絶境往，意愜佳處要。層峰何嬋娟，灣環亦窈窕。泛漾疑江湖，回帆復蘿蔦。面面見道場，山名。一一起憑弔。尋幽不覺遲，歸晚顧而笑。石門免見訶，登樓感同調。

九日一草亭時將與天章别感賦十六韻共用日字

秋深雨廉纖，意外晴此日。薄雲雖未歸，解散已可必。危坐傷我懷，雅意不欲出。歘聞良友招，不待盥漱畢。登高一草亭，豈在山崒嵂。幽人先入座，鳴琴未離勑。盤槅但隨時，杯香帶橙橘。暫覺百慮蠲，遊從任疏密。叢菊花故遲，黄蕊苞漸茁。籬蔓弱迎霜，宛結小紅實。獨感薜荔枝，來時侔繭栗。于今已扶疏，殘陰映緗帙。白頭久飄零，俗態如蟣蝨。遥遥三令節，過眼一何疾。念此動衷腸，匪第憶家室。悵别方自兹，歌笑忽如失。

揚州雪

揚州雪，積如山。滿城乞兒盡凍死，商人亦覺今年寒。客子衣單資用竭，偏到揚州來看雪。雪下白莛蓰，入釜不可炊。江南亦有雪，江北來何爲？

金山

山從南北望，孤櫂始登臨。坐覺春雲動，行看水國深。江流元自湧，天地亦何心。獨拜蘄王廟，英風爽客襟。

登金山塔二首

極目非無岸，滄波接大荒。人烟沙鳥白，春色嶺雲黃。出世登初地，思家傍戰場。咄哉天咫尺，消息轉茫茫。薄暮難爲狀，空中別有聞。懸燈江海合，望月水天分。寥廓身何往，飄零興不群。向來峰頂色，看作下方雲。

焦山

出郭來差遠，憑高望獨深。江分神禹跡，海見魯𨓏心。密竹藏金像，回流灌石林。擬尋幽絕處，却誦白頭吟。

茭涓舟中偶成

一雨連三月，開帆趂晚晴。春風吹岸草，知是石頭城。

臘盡還冶城寓戲爲口號二首

淮水凍仍緑，鍾山燒更青。一椽來復去，只似短長亭。

妻孥誤見嗔，我信如潮汐。出門必上元，還家必除夕。

泰州

窮海三秋盡，扁舟百里行。夕陽無近色，偏照遠帆明。

道中望棲霞

目極危巒日下春，茅君廟裏幾株松。心知不及中峰宿，今夜猶聞寺外鐘。

佛殿

大樹風多葉盡飄，莊嚴猶自見前朝。黑頭江令殘碑在，不記君王舊姓蕭。

白雲菴

松篁自結一幽蹊，積葉柴門咫尺迷。我記白雲菴去處，過山又過小橋西。

方文十五首

文字爾止，桐城人。有《嵞山集》。

潘蜀藻云：爾止詩陶冶性靈，流連物態，不屑章縫句繪，間有率意之作，頗爲學者口實，不知皆嘔心刻腑而出之者也。

《詩話》：爾止間作可笑詩句，頗爲時論揶揄。然如嘉穀登場，或舂或揉，秕穅終少于粒米。

田居雜詠

平生好結交，雅多同契友。相見輒稱詩，詩罷即呼酒。小飲須數升，大飲必數斗。家貧苦無錢，質劑隨所有。有時酤不得，顰蹙循牆走。百畝今始歸，種秫先廿畝。秋冬計釀數，三百六十缶。一日一缶傾，早晏惟吾取。茅堂客來過，杯斝勿離手。爛醉與狂吟，兩者俱不朽。

華不注

歷城東南隅，故有華不注。晉師逐齊侯，三周即此處。其山拔地起，四面無依附。孤峰秀插天，娟娟入雲霧。我來恣游覽，艱險殊不顧。磥砢千萬石，上下無一樹。遠望如芙蓉，菡萏未開露。所以名華不，古人亦善喻。今人罕識字，相呼失其故。趙李乃詞宗，如何音亦誤？不音芙，花跗也。趙子昂、李于鱗亦誤。

再游焦山

匡山以續著，嚴州以光名。二公皆寒士，千古垂英聲。乃知山水性，弗以人爵榮。我今登茲山，緬懷焦先生。蝸廬僅容膝，獨往栖柴荊。鄰火延其居，露處了不驚。斯人胸臆間，寧復有世情。所以京江上，名與匡嚴并。

左蠡行

小艇迎風發星渚，纔到揚瀾日過午。榜人貪涉不肯停，黄昏必抵都昌浦。俄頃狂飈自西來，水聲騰沸山崩摧。況兼雷雨助其勢，同舟面色如死灰。急曳半帆回左蠡，暝黑仍馳二十里。依稀見岸不得近，沙淺曾無盈尺水。終宵漂泊蘆葦邊，風波震蕩誰敢眠？世間平地皆好住，何事江湖年復年？

吳門行

一年一度過吳閶，腰下百金千金裝。今年行李獨蕭索，布衣白帢秋風凉。鄰舟新到惠泉酒，青錢一緡沽一斗。顧我囊空無百錢，仰視秋天但搔首。可憐書劍老風塵，客路栖遲多苦辛。明朝況是重陽節，風雨飄摇愁殺人。

題張大風山人松石圖

泰山上有百尺松，可惜曾受秦時封。蔣山下有一片石，亦受陳時封可惜。世間土木本無情，且以微寵累其名。士人守身若處子，豈肯輕受微塵滓？張翁贈我松石圖，筆意瀟灑形高孤。自言此是唐宋物，不是陳卿秦大夫。

除夕歎

去年除夕歸自北，行李到門天已黑。今年除夕客南方，江路逢兵歸不得。山妻凝望眼將穿，只道今年似去年。高樹夕陽鴉影亂，尚同小女立門前。

湯氏宅

浴罷坐林中，開襟受夕風。巡檐驚宿鳥，滅燭救飛蟲。野哭聞鄰婦，方言報小童。夜深微雨過，點點在梧桐。

攝山絶頂

下方惟見石，不信有柴荆。仄徑盤空上，危峰到頂平。夕陽千嶺秀，春水一江明。愁絶浮雲外，蒼茫舊帝京。

章門訪陳士業故居

南州耆舊近蕭然，碩果惟君亦可憐。典冊高文傳海内，短牆破屋住江邊。白頭不忍聞時事，皁帽相過說往年。欲訪故人埋骨處，亂山孤冢沒寒烟。

苕上送曾青藜之吳門

歲暮來游碧浪湖，愁看鷲鴨占菰蒲。獨攜破笠尋山寺，稍喜貧交得酒徒。往事那能如百粵，蚤春端合去三吳。停舟先問靈巖路，鄧尉梅花天下無。

遇鄉人

君從石城來，曾過青溪否？我家傍青溪，門前數株柳。

潯陽夜泊

微微秋月照江沙，兩岸楓林蘆荻花。苦憶當年白司馬，不知何處聽琵琶？

猷州城

陵陽山下稻花秋，南陌東阡自一丘。聞道沉沙多折戟，老農知是古猷州。

舒谿

一灣春水漾晴沙，兩岸居人十數家。溪上重尋仙女廟，門前依舊碧桃花。

紀映鍾 一首

映鍾字伯紫，上元人。

城邊路

城邊路，歌舞處，十年變爲墓。十年犂爲田，十年成淺渡。

曾傳燦 三首

傳燦字青藜，寧都人。有《止山集》。

月夜渡淮寄懷魏東房

孤舟夜趁風，微波濕星漢。四望無一山，乃知南北判。天水摇空翠，新月出西岸。故人在蕪陰，音書未應斷。

淮陰釣臺

漢高櫟釜羹，劉敎子鵝炙。古人恩與仇，遂乃在飲食。至今漂母祠，朱甍耀霜日。

夜坐

古樹摇寒風，空牀對覊旅。夜坐寂無人，孤燈竄蒼鼠。

陳祚明二首

祚明字嗣倩，仁和人。有《稽留山人集》。

北征雜詩

秦郵湖曲路，夜半獨行舟。月出光於水，蟲鳴響似秋。荻蘆明遠岸，城闕漾中流。更照蓬牕裏，蕭蕭映白頭。

送劉石生歸秦中

送爾難爲别，迢迢惜遠征。君言不得意，匹馬返西京。冰雪辭燕市，烟花入渭城。計程逢改歲，千里客裝輕。

陸嘉淑四首

嘉淑字冰修，海寧人。有《辛齋遺稿》。

《詩話》：冰修崇情遠跡，高酣長謡，文采風流，溢于賓座。晚雖藏身人海，而青蓮在泥，心終不染。

中秋

長記中秋月，當年坐夜闌。衹今雙鬢影，畏向一輪看。節序驚心換，光輝到面寒。清尊不堪把，哀樂本無端。

登縹緲峰

樹杪輕輿去復留，百盤初盡午烟收。岡巒委地低全見，墟市浮空翠欲流。輕浪受風摇別島，斷雲兼雨失前洲。山根處處堪垂釣，何日滄浪具一舟？

姑蘇懷古二首

離離春草射臺迷，苦酒城荒舊築低。一夜虎丘山下雨，萬株楊柳緑初齊。

戰殘江郭楚公旗，野笛吹過短簿祠。山上有城人不識，蛇牀花滿舊時基。

韓純玉十一首

純玉字子蘧，歸安人。修撰敬少子。有《蘧廬詩集》。

《詩話》：中吴韓君望、西吴韓子蘧，皆輯明一代之詩，君望曰《詩存》，子蘧曰《詩兼》。惜其書均未布通都，二子先後奄逝，其家人故友不復肯出，恐終歸覆醬而已。

雜感二首

穠矣棠棣華，開當芳春時。繁霜將洊至，何爲發高枝？霜飛一何早，花開一何好？但恐忘憂萱，化作斷腸草。蓼蟲及桂蠹，甘苦各自安。賦性固有在，分定不可干。我珮雖言雜，豈充椒與蘭？

游黄龍洞望太湖

登山水始白，映水山更青。山水相照耀，萬象無遁形。遥天覆笠澤，遠岫浮洞庭。群峰七十二，散布如漂萍。遊雲變湖影，長風吹漻泠。中多萬斛舟，揚帆無時停。東流趨瀚渤，北望窺支硎。直欲傲廣漢，豈止欺濁涇。崖端冠危石，崔嵬復瓏瓌。混沌不自惜，穿鑿疑五丁。險怪駭神鬼，鬱積生雷霆。

深淵開絶頂，習坎類井陘。井收原勿幕，天闕終未扃。神龍在其下，屈伏猶蝘蜓。潛雖勿當用，時或肯效靈。春秋虔祀典，歆享惟德馨。遺黎苦旱魃，好雨亦既零。吾來恣憑眺，徙倚觀翠屏。漁歌和樵唱，風磴連雲汀。時見莓苔際，古人曾勒銘。撫掌笑伯益，失載山海經。

題張鐵橋畫馬

鐵橋年已七十五，醉裏蹁躚拔劍舞。餘勇猶令筆墨飛，迅掃驊騮力如虎。維縶蕭蕭古白楊，四蹄卓立明秋霜。昂然顧盼氣深穩，風鬉霧鬣非尋常。用之疆埸一敵萬，如何閒置荒坰畔。壯心烈士悲暮年，永日披圖發長歎。

鼠晝遊

嗟爾穿墉物，晝游安所之？見人空有禮，出穴竟無疑。五技未曾有，兩端宜自持。漫漫失長夜，比去亦堪危。

春日過金陵

策馬丹陽道，行人白下來。山青龍虎地，草緑鳳皇臺。舊苑花仍發，新亭客自哀。蒼茫風景異，懷抱幾時開。

菱湖晚泊

望望武林城，扁舟兩日程。遥峰天際沒，孤月霧中生。澤國長多盜，荒村亦駐兵。昇平何日事，把酒壯心驚。

楚歸歲暮江行雜詠二首

久泊忽開艭，鄰舟欸乃同。沙明千里雪，帆借半江風。皖口之京口，吳宫望楚宫。溯洄尋往蹟，泯滅亂流中。

一舸乘流下，臨風望玉臺。遠帆如不動，近筏忽浮來。水過潯陽急，山從建德開。長江天作塹，此際重徘徊。

寓興國寺作

擔簦栖古寺，倚杖識殘碑。柏樹傳神禹，桃花祀息嬀。尋幽歸路晚，望遠下山遲。浩浩長江水，東流到幾時。自注：興國寺古柏，相傳大禹手植。息夫人廟在桃花洞，稱桃花夫人。

起戧 江中順流而下，逆風使帆也。

江舟強于邁，風水力相爭。潦尾循環見，波心曲折行。持盈看往復，濟險任縱橫。閲世從吾術，危途處處平。

楊炤 二首

炤字明遠，先世清江人，移家長洲。補縣學生。有《懷古堂詩選》。

錢受之云：明遠高才，盛年遁跡，自引疏布，不厭妻子凍餒。長篇短詠，矢詩遂歌，響振林木。

顧與治云：明遠詩一往超詣，出人意表。

《詩話》：明遠詩，評者比之雪山醍醐，吾嫌其太滑。

長蕩春汎

春心不自抑，率意爲歡賞。既洽尋山興，復生涉江想。恰當風日佳，悠然進蘭槳。緑楊映垂垂，黄鸝鳴兩兩。此時盡一尊，浩歌激清響。遥望秦餘山，開懷對西爽。斜陽半村户，遠岸挂漁網。逶迤出前浦，蒼蒼月初上。

戲詠

顏子陋巷居，安貧固爲好。萬一受命長，簞瓢至於老。此時白髮翁，非肉則不飽。百年常飢𠠑，無乃太枯槁。

安夏二首

夏字大己，無錫人。有《九龍山樵詩》。

雜興

日日雙扉掩，經旬罷整冠。夕陽僧寺遠，秋雨女蘿寒。有竹深藏屋，無花強倚闌。新來緣病嬾，不上釣魚灘。

初秋寄友

年年秋水碧連天，望斷楓江釣雪船。彭澤柳絲疏野岸，邵平瓜蔓冷湖田。謀生計拙重憐病，排悶詩多或廢眠。牢落故人空入夢，豈徒雙鬢轉蕭然？

方授一首

授字子留，桐城縣學生。有《奉川草》。

野外

野外無拘束，青鞵東復西。山行憑一杖，草宿慣雙谿。滑想流匙飯，甘餘入饌雞。何時與兒子，隨意得幽栖？

俞南史 一首

南史字無殊，吴江人。

僧舍尋武伯不值

竹戶蘿關一徑深，獨來惆悵對空林。寒梅白徧春山曲，只在花間不可尋。

顧樵 一首

樵字樵水，吴江人。

題吴儀部讀書處

軒牕面水晝常開，嶺樹千重入座來。二月山城飛燕子，銜泥先到讀書臺。

鄧森廣一首

森廣字柬之，桐城人。崇禎中貢生。有《杲園集》。

巫山高

巫山峭石與天齊，巫山峽裏白雲低。行人莫向巫山路，猿到巫山亦夜啼。

陸繁弨一首

繁弨字儇胡，一字拒石，錢唐人。

晨步韜光道中示移暉上人

苔徑凌晨步，籬花帶露垂。溪雲流不盡，海日起何遲。往事每多悔，他生未可期。不如歸白社，杖履日相隨。

馮愷愈五首

愷愈字濟仲，一字道濟，慈谿人。元飈子。有《涉江録》《西江詠》。

贈别方爾止

豐山西距蜀山東，廿載賓朋聚散中。賸我孤遊尋舊壘，把君好句弔秋風。雨侵水榭更籌澀，淚逐歌筵蠟燼紅。斗酒更要連日醉，老年兄弟幾宵同。

舟中寄六弟

家園花事總參差，舊種新栽繫遠思。木筆纔移成玉樹，櫻桃小接是垂絲。曾教隴鳥分明語，未絡珠藤一兩枝。憑仗六郎勤看取，三三徑裏好題詩。

榕堂雜詩三首

紅牌祖訓甚分明，進講詞臣合講經。白日雷霆臣萬死，尚聞天語唤先生。黄公道周平臺召對事。

片語誰傳人不死，一時萬口沸都城。嚴霜獄底黄詹事，棒血淋漓寫孝經。

蘆花殘月并蕭蕭，曾囑金風玉體調。華表夢中先得路，歸魂只溯海門潮。孫公碩膚沒于海外，葬蘆花洲上。丁丑春，公與計偕夢身卧狀元坊下南宫。既捷，常歎其無徵，及窆骨處，乃國初張狀元墓道也。公昔投予手札，有「金風方厲，玉體善調」之語。

謝晉 一首

晉字無可，晚更名孔淵，會稽儒學生。

贈余若水城南隱居

宇内忽岑寂，草木黯不芳。獨有歲寒姿，勁節凌清霜。平居慕栗里，松菊猶未荒。此生但飲酒，笑傲同羲皇。時會既已殊，意計難可量。遥遥北郭望，凄風起白楊。故知年壽永，不若名行章。哲人秉嘉德，自使寵辱忘。屈伸歸里道，出處隨天常。葛巾漉糟粕，短櫂歌滄浪。古人不可即，日月長杳茫。

錢肅潤一首

肅潤字礎日，無錫人。有《十峰草堂集》。

和徐寀之九日雨阻堆山園居

閒居今日易，行路古人難。舟楫江方永，干戈枕不安。遠烟千嶂合，積雨一天寒。此際逢重九，茱萸未忍看。

陸世儀一首

世儀字道威，太倉州人。有《桴亭稿》。

夜泊鹿城

渡頭星月暗，離思滿歸舟。此夜聞風雨，山城一片秋。

顧超五首

超字子超，吴縣人。

《詩話》：韓高士洽有《明詩存》選本，其最心折者，子超之長歌，大約兼仿温飛卿、李長吉而神明之。惜其全稿求之不得，吴徵士景果偶得鈔本，録其五詩。當崇禎之際，吴俗談詩者，多惑於楚人之咻，以空疏蕭寂相尚，若子超之出入經籍，卓然群雅之遺。

葑山亭

鶴艇蕩鷗沙，游人在空曲。年年采香處，露冷蘭苕緑。憶昔風雨中，高牕幾回宿。

鄭駙馬冢〔一〕

南國織錦愁，花草春如翦。驃裹女蘿叢，陰風落紅蘚。非無十畝宫，漸逐耕犂轉。石馬嘶入潭，金蠶

〔一〕按：駙，底本作「鮒」。

不成藹。夜半玉簫鳴，君蒿發淒泫。

東村

包山名勝聞九州，可以卜居非一丘。昔人競誇西蔡麗，吾來獨愛東村幽。梨紅柰紫櫻桃赤，雨後落花分五色。腰鐮手甕鮮游民，出入無非灌園客。桃源去俗僅一塵，孤花片水猶迷人。此間高峙浪千尺，無怪從來少問津。

梅花二首

香雪伶仃瘦莫支，玉壺冰滿漏遲遲。寒生紙帳春多夢，影過銀屏風倒吹。遥憶斷橋無月夜。最憐蕭寺閉門時。梨花白燕空惆悵，前後相思兩不知。

凍碎玻瓈片片冰，珍珠簾外雪層層。飲教月落重開閣，坐到星殘不用燈。谷口去年曾送客，嶺頭今日又逢僧。江山無限留情處，幾欲攜家竟未能。

鄭女冢

自湔金粉割紅緜，桃杏無顔五百年。晉日尼師皈白佛，唐家貴主事金仙。春寒宿草猶迷蝶，露濯空桑欲化蟬。幾處禁烟人涕淚，玉棺風雨但聞鵑。

《詩話》：鄭駙馬家在洞庭山，駙馬生女，示疾不嫁，舍身爲尼，葬于山中。《釋寶唱比丘尼傳》，晉土比丘尼，自洛陽竹林寺淨檢始。《唐會要》，睿宗第八女金仙公主入道。蝶用韓馮事，蟬用齊女事，用古却似玉溪生。

蔡仲光三首

仲光字大敬，蕭山人。

涼州辭

賀蘭千嶂朔風秋，萬里黄河入塞流。滿地胡笳邊月冷，最傷情是古涼州。

排遍

水調聞歌淚滿裾，思君遠戍十年餘。秋來無數南飛雁，不寄雲中一紙書。

送趙魯存北還

蒼茫秋色滿江關，客子菰蘆鼓櫂還。河北諸君猶健否，近聞半入太行山。

項聖謨一首

聖謨字孔彰，秀水人。

客虎丘中秋無月

驚心吳楚客，倏忽度中秋。明月生何處，微風倚寺樓。孤吟淹北渚，極目望西疇。夜靜風傳柝，江皋動遠愁。

侯檠一首

檠字武功，嘉定人。

酬別徐季白

滄江倚櫂且高歌，游子銜杯意若何。亂後飄零親戚少，天涯蹤跡别離多。已悲楊柳愁中折，况遇賓鴻客裏過。握手相期須努力，風塵十載莫蹉跎。

明詩綜卷八十二

小長蘆　朱彝尊　録
月潭　朱明儀　緝評

周篔二十九首

篔初名筠，字青士，別字篔谷，嘉興布衣。有《采山堂集》。

《靜志居詩話》：青士遭亂，棄舉子業，受廛賣米。有括故家遺書，載船鬻於市者，買得一船積樓下，每日中交易，筐筥斗斛權衡堆滿肆，讀之糠粃中。其爲詩，句斟字琢，不輕襲前人片語。胸無些棘，急人患難。視朋友如一身，人或忘大德而思小怨者，不以寘諸懷也。晚年詩趨率易，好與浮屠道士游，題詠極多。嘗醉書五言云：「似士不游庠，似農曾讀書。似工不操作，似商謝奔趨。立言頗突兀，應事還𢘿疏。飢凍不少顧，吟詩作歡娛。」可當一幅寫照也。

和李子見贈作

屠羊亦有肆，賣酒亦有漿。處困無賢豪，在短遺其長。眷言歷饑渴，黽勉方自將。君子采葑菲，遺我瑶華章。遂令樗櫟姿，文采亦得揚。朱子磊落士，掞藻皆稱良。繆生秉高尚，志潔言益芳。泥塗惜偃蹇，韞璞潛輝光。嗟余共晨夕，身隱名莫彰。鮑叔苟不遇，寸心誰能詳？

宿揖山樓

偶爲寂寞游，遂得高寒境。天浮長泖闊，雲落横峰冷。出林鐘磬聲，繞檻星河影。弱喪未知歸，吾衰當猛省。

夜眺

中夜松徑黑，不知山月高。回風動林木，萬竅皆怒號。宛如泛孤舟，危坐驚波濤。濕螢墮遠水，野鶴鳴寒皋。人生亦何嘗，哀樂隨所遭。長歌望河漢，何以解鬱陶？

結交

弟兄本同氣，所稟或有殊。一朝意氣乖，靦然如道塗。結交乃異姓，反覆誠可虞。肝膽空自許，安知非見誣。徒然事談笑，緩急何所須。嗟哉今之人，結交良已愚。

過白蓮寺觀銅塔 是錢鏐時故物，蔣子僧果得之，施鎮此寺。

銅塔如片瓦，鎔鑄何工巧。隆起欄楯形，圖識尚可了。知是五代物，厥惟錢王造。是類萬有千，聚散不可保。幾歷兵火災，存者今已少。蔣生偶獲之，什襲逾重寶。施舍鎮精廬，此意實微眇。誦公喜我至，出示光尚皎。窪處填黃金，顯見諸相好。屠兒額偏廣，下放刀仗小。一者既若斯，諸餘皆可曉。

《詩話》：宋周文璞《方泉集》，有姜堯章金銅佛塔歌云：「白石招我入書齋，使我速禮金塗塔。我疑此塔非世有，白石云是錢王禁中物。上作如來捨身相，飢鷹餓虎紛相向。拄趷靈山受記時，龍天帝釋應惆悵。形模遠自流沙至，鑄出今回更精緻。錢王納土歸京師，流落多在西湖寺。錢王本是英雄人，白蓮花現國主身。蛇鄉虎落狗脚朕，何如紅袍玉帶稱功臣？天封坼開即退聽，兩浙不聞笳鼓競。歸來佛子作護持，太師尚父尚書令。一枚傳到白石生，生今但有能詩聲。同袍秦外銛師兄，哦詩禮塔作佛事，同喫地爐山芋羹。何曾熏陸綺牀供，但見相輪銅緑明。哦詩禮塔猶未畢，蘆葉低飛山雨濕」。曹勛《松隱集》有《淨慈創塑五百羅漢記》略云：「淨慈山光孝禪寺，錢氏時曰永明寺，慈化定慧師道潛居之。嘗請於忠懿王求塔下金銅羅漢像，會王夢十六大士從師而行，密符其請，因如所求，歸于精舍。是當時銅塔率歸淨慈矣。近吾友青士忽於嘉禾白蓮僧寺見之，别是一片，乃鑄「放下屠刀，立地成佛」故事。係蔣處士岍僧果所施，今仿之寺僧，堅不肯承矣。

次韻答吴日千

少壯不自勤，垂老饑凍逼。顧慚蒲柳姿，難與雪霜敵。誰言失東隅，收之桑榆夕？但計一瓦全，寧問十碎璧。讀書不成名，在世奚損益。交游率欺紿，骨肉每戕賊。自非生憂患，於何表勞績？延陵有高風，早得望顔色。介石性所操，詎肯妄衣食？無慚一瓢飲，高卧三畝宅。桓榮亦儻然，取效稽古力。時命苟我違，賢豪困無策。素絲爲玄黄，岐路復何適？同病豈不懷，貽詩解煎迫。

雜感

去年學造蓋，亢旱日已多。今年學造車，陸地忽成河。旱潦會有時，我業則孔訛。蒼蒼既無私，命也將奈何！

擬古贈姜子

客從遠方來，駕言往前綏。入門奉顔色，乃我故所思。所思亦已久，竊擬瓊樹枝。諒節固所欽，況復摛華詞。同方易爲感，遇合誠無時。勿言相見晚，傾蓋良在兹。幽人履貞吉，志士循芳規。道義苟不忒，紛華亦奚爲？與君崇令名，庶幾副所期。但恐分手去，何當復追隨？

同諸子集指月菴 是日立春。

落日步寒郊，清溪望中闊。眷言二三子，精舍喜重謁。庭梅行漸舒，堦草亦微發。冰霜雖滿林，春意辨毫末。開歲尚逾旬，人事頗倉卒。聊乘俄頃閒，神氣得超越。清談不知疲，窣勃深理窟。子忝馬齒加，貧賤苦筋骨。功業無早成，詞華敢輕伐。執鞭旣靦顔，獻璞還遭刖。茅齋歸去來，清醑爲君竭。

登洞山過無閡菴

洞山近湖濱，驚濤走其下。雙林隱青蒼，上有支公社。肅客汲寒泉，軒牕甚瀟灑。指點林外觀，風帆騖如馬。頃時畫舫過，詎非公等者。吾徒本乘興，巖壑肯輕捨？已裹十日糧，要令此心寫。山中橘柚熟，可勿遽歸也。

贈友二首

猗猗龍門枝，八尺何蕭森。朅來遇良工，采斲爲素琴。緪以朱絲絃，清徽間黄金。一彈再三歎，四顧無知音。知音世豈乏，道遠難重尋。平生慎交游，始願方自今。何知歲月馳，涼飇起中林。愴焉感仳別，淚下沾衣襟。努力當反時，慰此千里心。

君子應世務，言行爲樞機。輕發不一慎，前功悉皆隳。飲食雖宴樂，禍患常相隨。所失毫末間，駟馬不可追。三緘古有戒，捫舌其庶幾。復彼白圭章，畢身以爲期。

晚登紫微山

行役喜暫休，偶泊東山麓。杖策登崇岡，聊復肆遐矚。渺然百里秋，蕭蕭方落木。曠野生夕風，天地寒始肅。林開海上峰，隱見遞起伏。崇壇表莪焕，黎庶走威福。徒勞盡脂膏，金碧光草木。隔嶺聞鳴鐘，殷殷動空谷。際夜煙嵐收，初月映深竹。

春日臯亭訪靈章禪師巢枸居

探奇入艱阻，仗策西山巔。盤回出榛莽，始達精廬前。微光射虛堂，夕照猶西懸。遺薪滿林臯，爨室通源泉。愛此山中居，所適安自然。我來雪初霽，巖壑開晴煙。叢梅倚絶壁，皎潔有餘妍。境絶思亦清，心止如澄淵。清談至分夜，擁火不得眠。晨鐘發前嶺，月落空寒烟。

游殳山

清秋氣森爽，一水摇空明。樂哉兹日游，遂我滄浪情。逶迤轉林麓，空翠忽杳冥。隆隆見山脊，隱若飛梁横。得從緇錫侶，復與賢豪并。靈境固有待，高懷亦相成。山房隱松柏，下視原隰平。連岡既窈窕，前峰復崢嶸。泠泠乳泉滴，藥井莓苔生。神迹逝已久，兹山猶著名。幽棲何當遂，使我塵慮輕。

曉行曲

城頭月落雞初鳴，鼓四起坐鼓五行。霜華滿野馬蹄滑，出門莽莽雲山闊。閨人挽衣雙淚流，子啼女號愁復愁。誰能骨肉更相顧，萬里揚鞭且西去。

沈山子云：極類高青丘。

題沈石田溪山圖

平生頗愛溪山游，溪山到處皆淹留。邇來苦爲塵土縛，衣食奔走無時休。眼明得見此圖畫，心境忽覺成清幽。重山疊嶂雲出沒，修篁灌木風颼颸。村農野老各有務，壺漿餉饁來田疇。樵人腰斧漁布網，竊笑各自爲身謀。始歎人生少閒豫，况復濁世多戈矛。先生筆墨不易致，真蹟豈但千金求。吾生雖不識畫理，紙上但喜烟嵐浮。平波浩淼遠無際，五湖萬里來扁舟。同憂相見世尚有，不遺故舊今無儔。古人貴自食其力，種瓜去逐東陵侯。

紫微山歌送胡天岫移居

東風吹煙緑芳渚，送爾移家復何處？紫微山色嵐翠重，蘭楫遥看此中去。此中高隱君故人，藥爐茶竈歡相親。陰崖茅屋結未久，陽谷蘿軒構尚新。昨夜淙淙山雨急，瑶草奇花盡沾濕。今朝君去天更晴，愁絶青峰向空立。與君本擬結同心，那知離隔共沉吟。我留市井人爭羨，君傍雲山詎易尋。世間萬事真難料，智士翻爲愚者笑。樵李行歌且負薪，渭濱不遇空垂釣。紫微山北讀書臺，朝發蒲帆日暮回。爲道相思難解釋，扁舟月下更能來。

醉後率爾作

磨甎作鏡鏡不明，石田欲耕不受耕，貧家讀書那得成。雞鳴狗盜孟嘗客，賺人已出秦王城。

雨牕言懷

蕭蕭雨若絲髮微，中庭落葉高下飛，幽人獨坐愁掩扉。此生虛擲良可惜，修名未立髮早白，回也屢空非計失。牀頭有琴復有書，朝彈暮讀情何如，中懷慷慨那得舒？

繆天自云：三句一轉韻，自岑嘉州後，鮮有効之者。

銅雀伎

可歎漳河水，仍經鄴下臺。金鳧終寂寞，銅雀舊飛來。舞罷羅衣卷，香風繐帳開。西陵松柏晚，歌吹有餘哀。

屈五約游山陰作

五嶽游曾遍，三吳客未還。平生詩賦在，重擬渡江關。日鑄峰何處，冬青樹可攀。遥傳有雙鶴，更放沃州山。

哭然公

遠公釋門老，獨卧孤峰雲。隱德世莫見，高風余夙聞。松杉手自種，虎豹時爲群。歎息永徂謝，山堂空夕曛。

采蓴

細蔓柔柔弱，輕舟箇箇添。參差方未已，采摘定無嫌。入箸銀絲滑，行廚翠釜黏。爲憐滋味別，更下水晶鹽。

懷舊爲亡友王翃作

南浦驚心憶往年，送君獨上子猷船。烏衣舊巷看猶在，馬首長塗信可憐。烟樹瘴深過嶺日，寒潮風急渡江天。寧知陸賈遺歸橐，空爲王孫給墓田。

九日客中寄弟

九日離亭雨，三年異國愁。故園兄弟在，爲我一登樓。

城南尋鍾子不值

由拳城外草萋萋，放鶴洲南夕照低。惆悵相尋不相見，狂歌一曲蠡湖西。

過居東蒙村居

白蓮寺北水東流，白鹿涇西卜宅幽。山雨欲來村樹黑，滿湖菱葉罥漁舟。

夜入青芝塢訪靜遠禪師

雲合山根落照低，亂峰無數客心迷。黄昏暗入松楸路，何處鐘聲是虎溪？

繆永謀五首

永謀一名泳，字天自，又字于野，嘉興縣學生。有《荇谿集》。

《詩話》：天自韶年深懲公安、景陵流派，一以蕭統、徐陵所選，及左克明、郭茂倩之書規模傳習。及周覽四方，風氣雖殊，終不改度，可謂有君子之守者。

述懷

幽居抱長懷，恒苦無近虞。翹首百年内，不足當踟躕。吾黨二三子，頗言心相孚。振策無駑駕，懸乘皆驪珠。結帶從行游，風波忽相渝。失路須臾間，不復同馳驅。聞道初未深，託俗非良圖。安知阮生涕，乃爾雪窮途？

擬古二首

步出城東隅，言登北邙阪。纍纍誰家墳，淒淒白日晚。斷碣時復存，披榛陟重巘。問之何代人，去我亦已遠。抔土一朝封，千年不復返。造化相推移，須臾成聚散。晝夜理亦齊，賢豪終不免。彭殤皆有盡，寧復論修短。笑歌誰與娱，當杯勿辭滿。

嚴霜下林薄，野雀鳴啾啾。念彼客游子，舉袂風修修。我有尺一書，欲寄終無由。朅來入我夢，歡言結綢繆。遺我紫羅襦，被以青綺裘。欲語未及竟，行矣安能留？展轉不成寐，垂涕沾衾裯。相思越萬里，荏苒淹三秋。願保歲寒心，區區復何求？

白溝河

白溝河上雨，一望是寒雲。野曠風難定，天低樹不分。荒原經百戰，遺恨失孤軍。更耐郵亭月，哀笳處處聞。

村居雜詠

園林風景惜當年，零落交游盡可憐。最是東山鄭明府，士奇。白頭追憶淚潸然。

陳恭尹 十五首

恭尹字元孝，廣州順德人。有《獨漉堂集》。

《詩話》：元孝降志辱身，終當進之逸民之列。其自序略云：「志學以往皆爲患難之日，東西南北不能多挾書卷自隨，而意有所感，復不能已於言，故於文辭取諸胸臆者爲多，而稽古之力不及。」其辭可云不自滿矣。論其詩品雖稍遜于翁山，然翁山祇工五言，又不若元孝之諸體相稱也。

企喻歌二首

男兒欲作健，不用持弓矟。師子一顧笑，百獸毛自落。

男兒墮地日，夭壽誰預知？泰山與鴻毛，各是人所爲。

捉搦歌

江東蔗竿長丈二，中間可啖兩頭棄。少年往矣老無濟，四十五十無多歲。

感懷四首

海濱何遥遥，遥遥三千里。一里一千家，家家生荆杞。空房乳狐兔，荒沼游蛇虺。居人去何之，散作他鄉鬼。新鬼無人葬，舊鬼無人祀。相逢盡一哭，萬事今如此。國家啓封疆，尺地千弧矢。人民古所貴，棄之若泥滓。大風松根斷，微風松子委。松根尚不惜，何有於松子？

番禺古都會，佳哉鬱嵯峩。三江交洪流，海水澄其波。劉項爭帝業，閉關自秦佗。山川足霸氣，生齒存亦多。海國誠富强，金鐵兼鹽鹺。百貨走天下，五兵雄諸華。盛朝爲外府，亂政求金車。使者道相望，下民力薦瘥。北臨漢臺上，悵望傷如何？

著我遠游冠，插我忘歸羽。命駕將何之，三星在南戶。夕鳥下高林，翩翩赴其侶。人生各有志，榮辱何常主？浩歌激白日，與此聊終古。誰能共碌碌，身沒名不舉。蒿里足黃塵，徒增一棺土。

秋氣不成寐，出戶月皎皎。我生多憂虞，及壯已衰老。如彼霜下葉，未落忽先槁。當前一尊酒，舉觴望蒼昊。畢昴出東方，天階淨如掃。玉衡無右移，白日不西曉。如何六合內，有此顛與倒。

羅浮蝴蝶歌送屈翁山

羅浮大蝴蝶，言是小鳳皇。六足盤胸間，四翅交文章。修眉若楊葉，繡腹如垂囊。仙人愛文采，挾之游帝旁。雲霞爲友朋，沆瀣爲酒漿。倦息珠闕上，飢采若木英。四海安足飛，來下君子堂。堂中有行子，比德共翱翔。

進帆石門懷古

春至景漸暄，舟行日堪翫。矧抱昔人心，而懷斯世歎。平陂互倚伏，今古如宵旦。石門雖夙游，風物亦殊觀。積峽啓奔流，平沙衍高岸。帆回斷飈急，櫂去餘萍散。融融出渚雲，役役將歸雁。卷舒寧自期，寒暑爲誰換？浮生貴不朽，金石有銷爛。仰羨樓船人，英聲烜西漢。

石湖觀梅花同諸子分賦得動字呈羅仲恭羅顯哉兼懷湖主人羅澹峰

溪西千樹當時種，數尺枝條柔可弄。不踏湖隄向一年，已覺繁花密無縫。經過昨日此忽忽，兩夕幽懷不堪誦。栽花主人隔千里，花下扁舟與誰共？虬髯逸興迥不群，公子翩翩復殊衆。折簡相招到石牀，新醅不惜開銀甕。遠方英俊兼秦越，滿座雄談雜嘲諷。是時霜後積水清，湖西滉瀁波光動。四山開朗有佳色，孤嶼蕭疏欲含凍。共誇密雪賦梁園，復訝行雲入荆夢。幽光漠漠去岸高，素色鱗鱗壓枝重。拂衣屢愛輕瓣飛，行杯更遣濃香送。逆風十里氣尚滿，沿流百步溪猶壅。高天可厭白日墜，厨人未報清尊空。老夫短櫂欲早歸，上客班騅亦停鞚。開牋意思已潦倒，下筆詞章乃狂縱。寄謝梅花勿笑人，繇來韻險難爲用。

歸舟

水氣動群木，虛樓飛葉聲。風燈無定燄，峽月不終明。託宿維舟夜，臨瀧未濟情。寸心平自若，應任險中行。

喜陶苦子還自鹿步

無言終夕坐，一雨散微涼。自有碧天月，隨君歸草堂。荒溝餘溜下，高柳小星藏。世難兼多事，爲歡苦不常。

鄴中懷古

山河百戰鼎終分，歎息漳南日暮雲。亂世姦雄空復爾，一家詞賦最憐君。銅臺未散吹笙伎，石馬先傳出水文。七十二墳秋草徧，更無人表漢將軍。

隋宮懷古

穀洛通淮日夜流，渚荷宮樹不曾秋。十年士女河邊骨，一笑君王鏡裏頭。月下虹蜺生水殿，天上絲管在迷樓。繁華往事邗溝外，風起楊花無那愁。

送姜山上人游南岳

送師西去重低徊，曾上衡山絶頂來。夏帝碑蕪蟲篆遍，楚天峰斷雁行回。燈前鬼芋穿沙出，霽後僧門鑿雪開。正是到時三二月，上方明月下方雷。

屈大均 二十四首

大均少補番禺縣學生，名紹隆。遭亂，棄去爲僧，名今種，字一靈。中年返儒服，更今名，字翁山。有《翁山詩外》。

王于一云：屈五賦質既超選材亦別餘子在人海和酬處士獨拔地作空中語。

繆天自云：詩有俚語，經顧寧人筆輒典；詩有庸語，入屈翁山手便超。

諸駿男云：翁山詩白雪方潔，青雲直上。

《詩話》：翁山早棄儒服，託跡緇藍，予識之最早。其詩原本三閭大夫，自王逸以下，多屏置不觀。後復返儒服，入越讀書祁氏寓山園，不下樓者五月，始具曹、劉、潘、左諸體。要之七言不如五言，五律勝於五古，至歌行長句可無取焉。

詠懷

少年學神仙，披髮羅浮戲。麻姑愛玉顏，爲作芙蓉髻。簪以明月珠，拂以紅羅帨。吹笛東南峰，紫鸞來嘒嘒。歡娛曾幾時，人世苦流離。君爲空中雲，我爲機上絲。將絲繫浮雲，纏緜安可期。悠悠望蓬山，終古長相思。

孤竹吟

我行踰萬里，傍徨思故鄉。黄鵠雖失所，不從燕雀翔。駕言登孤竹，東北望邊疆。驚沙如白雪，殺氣爲嚴霜。遊子一何微，落葉同飄颺。獨智世不容，箕子乃佯狂。神龍爲蟭螟，白刃莫能傷。大義劫天下，湯武誠不祥。夷齊憂無臣，叩馬空慨慷。白日何昭昭，浮雲復茫茫。吁嗟命之衰，揮涕歸首陽。

贈朱士稚

神虬樂泥蟠，鴻鵠安紫荆。飛騰亦何難，所貴忘吾形。子房久破産，一身如浮萍。英雄不失路，何以成功名？高歌送君酒，詞采鬱縱横。神仙爾何愚，猶未齊死生。明月在滄瀣，光華虚復盈。毋懷千歲憂，酣放聊沉冥。天地一塵垢，吾心獨太清。

送朱十

昨冬沍寒時，方舟同入越。君望赤城霞，我弄邪溪月。月出香爐峰，光摇東瀣雪。美人吹瓊簫，一曲梅花發。梅花猶滿林，君唱懷歸吟。未游雲門寺，遽别天姥岑。可憐雙白鶴，相送吴江潯。冉冉芳春晚，桃李皆成陰。貧女無刀尺，誰裁鴛鴦衿？素絲亦易染，孤鳳難爲音。願言秉内美，黽勉同我心。

又寄朱十

公子吾所思，薄游滯于越。秋風兮不歸，巖桂華已發。贈爾浣紗人，耶溪弄明月。

攝山秋夕作

秋林無靜樹，葉落鳥頻驚。一夜疑風雨，不知山月生。松門開積翠，潭水入空明。漸覺天雞曉，披衣念遠征。

送客

莫上高臺望，無窮是楚雲。舊游稀白髮，獨往易斜曛。木落諸峰見，山空一葉聞。祇應盤石上，閒坐對秋分。

初春代州作

二峪冰猶壯，三關草欲薰。積陰開白日，春色散黃雲。帳小箏人合，沙平獵馬分。武皇諸樂府，遺響在羅裙。

忻口

忻口孤城在，横當晉上游。山包寧武戍，河遶秀容樓。設伏宜天險，防邊及早秋。太原此門戶，諸將慎貙劉。

魯連臺

一笑無秦帝，飄然向海東。誰能排大難，不屑計奇功。古戍三秋雁，高臺萬木風。從來天下士，只在布衣中。

通州望海

狼山秋草滿，魚海暮雲黄。日月相吞吐，乾坤自混茫。乘查無漢使，鞭石有秦皇。萬里扶桑客，何時返故鄉？

題龔柴丈園

頻年遠遊去，鸞鶴恨無群。采藥難供母，逢山便憶君。平生無素業，萬里一浮雲。愛爾丘園好，徘徊到夕曛。

自白下至檇李與諸子約游山陰

最恨秦淮柳，長條復短條。秋風吹落葉，一夜别南朝。范蠡湖邊客，相將蕩畫橈。言尋大禹穴，直渡浙江潮。

禹廟

龍蛇盤禹穴，窈窕萬峰連。玉簡藏何處，梅梁失幾年。雙珪開日月，九鼎奠山川。終古思明德，謳歌俎豆前。

浮湘

五年遊五嶽，三度下三湘。今夕衡陽宿，依然風露涼。鐘愁回雁落，歌愛采菱長。木葉蕭蕭下，如何客異鄉？

長沙

熊繹開南楚，長沙應小星。城臨湘水碧，苑接嶽山青。帝子留笙鶴，娥皇隔洞庭。徘徊秋月夜，玉殿見流螢。有吉王故宫。

粤江秋夜

明月生珠澥，蒼茫萬里愁。笙歌喧極浦，風露滿孤舟。落雁栖難定，寒潮靜不流。年來秋望苦，不上五層樓。

琪林晚望

島道盤天外，誰攀太乙林？雲連金闕暗，花積玉壇深。北渚空春草，衡陽正夕陰。雲中君未降，淒斷鳳簫音。

谿雲母峰上大小石樓

獨上朱明頂，高尋仙子蹤。玉樓夾日月，秋瀑飛芙蓉。白髮幾時變，青鸞安可從？何人吹鐵笛，忽過麻姑峰？

揚州

烟火千家在，江淮二水分。通侯曾作鎮，上相亦懸軍。隋苑青春柳，雷塘薄暮雲。玉鈎斜畔月，芳草是羅裙。

過晉太尉劉琨墓

扶風歌未罷，國勢日倉皇。辛苦盧從事，相依在晉陽。風吹沙磧草，月滿塞樓霜。遺墓東安縣，蕭蕭偏白楊。

邯鄲道中

歎息叢臺下，英雄日寂寥。戰場千里在，霸業百年消。草沒廉頗宅，雲横豫讓橋。悲歌誰與和，歸思晚蕭蕭。

篁村逢朱十

黃木灣頭月，扶胥渡口舟。日方逾北至，火已見西流。過雨收紅豆，連波狎白鷗。夫君若萲草，一見即忘憂。

荔子詞

絳囊黑葉滿村栽，小暑園門處處開。五色仙禽餐不盡，又銜飛過越王臺。

朱茂曙九首

先君字子蘅。天啓初，補秀水縣學生。甲申後棄去。既卒，鄉人私謚安度先生。有《春草堂遺稿》。

長洲汪琬苕文撰墓志云：君諱茂曙，字子蘅，姓朱氏。先世自吳江徙居浙之秀水。明故光禄大夫、少傅兼太子太傅、戶部尚書、武英殿大學士、贈太傅、文恪公諱國祚之孫，楚雄知府諱大競之子也。母曰徐安人，太師文貞公階之曾孫。生母蔡氏。君補縣學生，數赴秋試不利，最後佛鬱不得志以卒。卒於康熙二年某月某日，享年六十有三，當君之少也。文恪公方秉國政，聲望赫然，而是時東南全盛，吳越貴公子孫爭以結納，賓客相高，或溺於聲色，飲食翫好，爲游閑之風。其最下者，往往把持有司，數爲人關説，以夸耀其鄉黨，而君皆恥不爲也。布衣蔬食，怡然自適，非雅相故者，驟見之，不知其爲文恪公孫也。文恪公故以清慎知名於朝，没之日，家無餘貲。楚雄公繼之，益謹守其家法，故再傳至君，而其貧日甚，雖名爲累世貴顯，而寔則與寒士不少異。爲人循循儒雅，篤於孝友，所交皆賢士大夫。與之處者，未見其喜慍，而至於取予進退，則又毅然介而有節。文恪公當廕一孫，以予君，君讓不受。叔父某富而無子，君次當嗣，又不受，悉以推其諸弟。浙江巡撫董象恒者，君之友壻也，或勸君往見之，君固避不往，蓋其好遠權勢多此類。少善屬文，文恪公於諸孫中最愛異之。工行楷書，能畫山水竹石，爲董文敏公所稱。性尤喜弈，嘗期故人於閩，行遇善弈者，與留逆旅中久之，失其期，乃大困而返，而君亦不以屑意也。明亡，意頗不自得，太息曰：「吾老矣，尚奚以諸生爲哉？」即弃去經史之外，旁習天文醫卜諸家之書，逾數十萬言，盡通其術。晚歲鰥居，雖書畫亦屏不復爲，惟典衣沽酒，從容從善弈者游，時時寓意於弈以自遣而已。識者謂君之所志，固未易可闚也。配華亭唐氏，禮部右侍郎、掌翰林院事，文恪公文獻之孫，知石屏州事允恭之女。先卒，卜於年月日，合葬婁家橋。子彝尊、彝鑒、彝玠，女壻周吉亥、陳忱、吳周瑾。先是彝尊、彝玠皆出嗣諸父，後彝鑒夭無子，於是以彝玠子德鉉爲之後。彝尊好學有文，今年秋與予定交京師。予竊謂君之葬也，彝尊宜自爲之辭，如柳子厚之表先侍御，歐陽文忠之表瀧岡阡者，以發揚先人之志，而傳示其後人，庶幾可以不媿。顧不自爲而以屬予，予則非其人也。銘曰：「嗚呼！自君卒而浙中諸名士咸慕思之，至相與立私謚曰安度先生。且謂其隱不違親，貞不絶俗，夫亦足以概君之生平矣。傷哉斯人，不可復作。有崇者丘，幽魄所託。既固既安，維千萬年。維不辱爾祖，以克永其傳。

嘉興繆永謀天自等《謚議》云： 古者士有誄則有謚，後世惟卿大夫没而謚于朝，易名之典，蓋綦重矣。然柳下、黔婁，其妻皆誄而謚之。其後如陶靖節、孟貞曜之倫，或謚于門人，或謚于朋友，蓋其行誼章章在人耳目間，雖不得謚于朝，猶得謚于野，禮也。同里朱先生子蘅，高世之士，其平交執友，與夫後生末學，咸及見先生之風烈，僉曰： 先生爲故輔文恪公孫，太守君籲公子，席處華腴，固其素也。布衣蔬食，蕭然如寒士，故嘗以文章經術見重於時矣。年甫強仕，流離世故，遂屏絶交游，堅遯荒之操，非其立義較然者，能若是歟？先生隱不違親，貞不絶俗，與人愉愉，未嘗見喜愠之色，抑可謂與物無忤者矣。考之《謚法》，好和不爭曰安，心能制義曰度，宜謚先生曰安度先生。

魏冰叔云： 先生弱冠日，就婚京師，時太傅文恪公在位，日侍履絇，獲聞中朝掌故。中歲游學留都，譚禮部元孩引以相助，博稽舊典，撰《兩京求舊録》一編。遇亂，避地栖真寺南。盜至，胠篋失去。尋移渚城之西，轉徙新塍塘北，沈上舍駕推宅東北隅霽容閣以居。抄撮《韓詩内外傳》章句，以授門弟子。生平不喜作韻語，偶然成絶句小詩，輒工妙。予嘗過長水，拜先生墓，覽汪戸部所爲志銘，於先生撰述，削而不書，爰補綴其略。

王于一云：先生遇人甚和而守最介，想見陶泉明居栗里，司空表聖居王官谷時。

沈山子云：先生口不言詩，觀評點《文苑英華》，知心賞晚唐者。

張子固云：子蘅絶句，以少勝多。

《詩話》：本生考安度府君，早歲以文受知于吳范君文若，既而侯官曹公學佺、鄭公瑄、崑山顧公錫疇、鎮海何公楷、上虞倪公元璐、崇德吳公之屏，交相賞激。暇寫山水，作行楷書，董尚書其昌見而歎曰：「不出十年，子當亂吾真矣。」家貧無析産，崇禎中，歲饑，飛蝗蔽天，人相食，先妣唐孺人率兩姊刺繡衣裙易米，日趑乃炊。府君絶無憂色，弈譜畫鑑，覆局開圖，不改其樂也。遭亂，盜劫者再，青氊盡失。凡九遷而定居長水。敝衣破帽，口不談天下事，惟與里中耆老，枯棊一局，濁醪數杯，以消暇日。詩不多作，作亦摧燒之，不復存也。故所録止此。

寄王處士遥蒼

自我去城闕，子亦棲畝丘。一舍道豈遠，鋒鏑迷所投。耦耕判沮溺，闢徑違羊求。凌晨起眺聽，登我池北樓。疏梅吐冷豔，小鳥鳴啁啾。春風吹户外，念子心悠悠。

外父石屏守唐公别業池上作

買斷一池水，重編六枳籬。露寒聞蟋蟀，潮落走蟛蜞。柳色陶元亮，山心向子期。逃禪有精舍，留賦八關詩。

逢錫山過叟

圍棊第一品，知有過文年。相值三衢市，且停千里船。寧愁斧柯爛，不顧燈花偏。倚數本河洛，問君然不然。

秦淮河春游即事

橋下溪流燕尾分，灣頭新水慣湔裙。六朝芳草年年緑，雙調鳴箏戶戶聞。春雨杏花虞學士，酒旗山郭杜司勳。兒童也愛晴明好，紙翦風鳶各一群。

秋曉

栖鴉樹杪啼，趣織籬根語。不見拗花人，秋露濃如雨。

鶴洲對酒

已收橋下釣，復此石上酌。百尺凌霄花，紛紛落紅萼。

牽牛花

金飈初動露華滋，最愛娟娟竹尾垂。多少紅樓昏夢裏，不知秋色到疏籬。

周青士云：梅都官咏牽牛花云：「花蔓相連延，星宿光未收。采之亦何早，日出顔色休。」蔣勝欲《曉行》詞云：「月有微黄籬無影，挂牽牛，數朶青花小。」蓋此花日出即萎，晏起者不及覩也。先生「多少紅樓」二語，寫出花神在風露中，可爲絶唱。

京口别元孩後登樓作

西樓昨夜露爲霜，楓葉新紅槲葉黄。愁絶江南望江北，雨鈴風鐸正郎當。

虎丘竹枝詞

懊惱墩邊花滿枝，鵶頭韈小上山遲。新來嫁得兒郎倖，冷笑經過短簿祠。

朱茂曜 一首

先叔字子蕃。天啓中，補嘉興府學生，承蔭入國子監。有《惟木散人稿》。

查韜荒云：先生機事都忘，可狎鷗鳥，然於出處進退之間，毅然不苟。詩取適志，不費濡削，若泉林之水，左右逢源。

《詩話》：先叔行第六，孳孳爲善，惟日不足，舍其田以瘞無主之骨。崇禎辛巳，餓莩滿野，先叔屬納心上人藁葬，不下數千。又屬止觀上人收孩提之童于路，爲粥香花橋僧院，所活又千餘人。焦烟赤日中，奔走不暇。晚栖心禪悦，謂人世大夢，録古今史傳，及所見聞，凡夢兆之可徵者，號《徵夢録》，不啻二百卷。暇則賦六言詩，積累千百，沒後遺稿悉亡，可歎也。生平嫉惡甚嚴，而工于詼諧。嘗客揚州，有通門仕宦，名在逆案者來見，拒之。繼以廩粟庖肉，取而納諸寺中所寄空棺，爲文生祭之，州人傳以爲笑。有新貴人語其客云：「人家子弟不可不令讀《莊子》，只如『養生生』一篇，文已絶妙。」先叔從旁曰：「以言《莊子》，不若『逍遥遊』更佳。」坐客皆爲齒冷。然胸無城府，同里施處士博嘗歎曰：「遇子蕃于道，覺滿街皆聖人。」

人日過伯兄貴陽守放鶴洲別業是宋朱希真園林舊址壁上題高工部詩戲作

舊業朱三十五，曾種梅花滿枝。恰喜草堂人日，高三十五題詩。希真、達夫俱行三十五。

朱茂晥 四首

先叔字子芾，號芾園。崇禎初，補嘉興縣學生，棄去，教授鄉里。有《顑頷集》。

俞右吉云：子芾父君籲公，爲文恪公冢子，十年郎署，青袍駑馬，躄躠長安道中。晚守楚雄，官署如僧舍，民愛之如慈母。至貧不能歸，假貸于上官而後就道，論者比之萬石君而廉過之，則以子芾侍養佐成之也。子芾補諸生，以學古聞，先後從諸父游長安及楚、粵、滇、黔，篁箐之區，無不游歷。窮年矻矻，讐經糾史，蠶頭細書，盈尺滿笥，未嘗少暇息。文筆古奥深蔚，淺學者不能句讀，而子芾未嘗一自表著，處昆弟間默默不出一論。甲申後，棄去不應試，紗帽布衣，徒步闤闠中，或手自攜持菜把，遇之者不知其爲三公子孫，讀數千卷書，游涉萬餘里，著書滿家者也。

《詩話》：先叔父芾園先生行第八，少補學官弟子，遠浮名，務實學。先大父守楚雄，萬里從行，繼又隨從祖思恩守，由楚入粵，周覽西南山水之勝，所至以詩筆自娱。及嘉興城破，避兵夏墓蕩之北，有故人丘岳託其子於先生，而浮海入粵，轉徙閩、廣以死。先生視岳之子如己子，爲之娶婦，教以學文。居室三楹，書籍釜鬵，鹽豉蒜果，雜置几案。客過，或自執爨，集中詩所云「三十即悼亡，所苦米鹽并」是也。村居，恒附載赤馬船入市，市儈或昂物價以相誑者，先生輒如數給之。其後市人相謂曰：「此長者，不可欺。」咸平其值交易焉。先後授徒三十餘載，弟子著録者百人，彝尊亦從受業。崇禎之季，文尚浮華駢儷，先生獨賞嘉定黄藴生文，以稿相授。既而語彝尊曰：「河北盜賊，中朝朋黨，亂將成矣，何以時文爲？不如舍之學古。」乃授以《周官》《禮》《春秋》《左氏傳》《楚詞》《文選》《丹元子步天歌》，人皆笑以爲迂。俄而亂不可遏矣。先生詩質實，象其爲人。

讀陶靖節集

人生兩儀中，形與影相親。雖曰勞逸殊，好醜豈不均？形影莫贈答，贈答辭苦辛。賢愚等湮滅，醉者詎千春。衆輻共一轂，有以無爲珍。思慮廓然空，但隨時運淪。至矣柴桑訓，形影不如神。

涢陽峽

峽口生暮雲，峽中黯如墨。柔櫓聲何多，疏燈影皆匿。八月苦風波，十月苦盜賊。

病齒

十年仳離身，蒲柳零秋節。上齗左右齒，或脱或杌隉。豈惟廢嘯歌，將欲屏麴糵。安得逢真人，授我華池訣。頓令危者安，粲然復駢潔。乾肉及軟骨，入脣便翦截。免效昌黎翁，落勢崩山埒。

哭王處士翔

卜居爲愛一庭梅，人赴重泉花未開。縱使臘前風信準，任他飄落點莓苔。

朱茂晭 二十首

先叔字子蓉，秀水縣學生。有《鏡雲亭集》。

《詩話》：明之詩家，學杜者多，學李者少；學李絶句者多，學李古風者少。第十五叔父，雖曾選中、晚唐人詩以行，然心慕手追，專師謫仙人者。論者謂先叔古風，蕭籥瑟瑟，譬諸華流東注，河澌西來，伏流過峽，終難得其濬發之地。或又比諸出水芙蓉，天然去其雕飾。其爲大雅所推挹若是。

山鷓鴣詞

南北安所習，風土各有宜。如何鷓鴣鳥，翻向燕山飛？燕山苦寒地，雨雪長霏霏。蒼鵝居洛陽，軀體笑汝微。胡雁自矯翼，豈復銜汝歸？曠然中野間，日暮將何依。

古風七首

鴻鵠志千里，豈顧燕雀嗤。庸小委氣運，安知曠士悲？春華鳥過目，弦望良及時。古來成功人，於今知有誰？荆棘鬱相望，冢土自纍纍。富貴苟難期，學仙宜早爲。無使遂蹉跎，中心長怨追。

朔風懷代馬，南枝巢越禽。獨我終無依，動如商與參。束髮事遠游，舉目徧嶇嶔。廓落徐泗間，英風古所欽。圮迹竟冥滅，流水悲餘音。使我長歎息，誰能明此心？

桑田變滄海，滄海成桑田。萬事安可論，天地有固然。奈何世上人，白日苦喧闐。奄冉以百歲，身與名俱捐。何知一長暮，茫茫無盡年。

詰旦别親友，行行辭故鄉。四野何蕭條，邊風生白楊。不辨車馬迹，但覩荆棘場。思心逐轉蓬，飄飖安所將。奈何平常居，使之成不祥。中夜拔劍起，陣星厲光芒。念彼黍離歌，箕子獨哀傷。橘樹生高岡，緑葉發奇色。徙倚戀佳人，當牕耀秋實。竊秉歲寒心，歷年靡見食。諒無風霜吹，于何表貞質。誰云結交易，交友信獨難。平生未遇時，彈鋏歌苦寒。一蹈形勢迹，意氣摧金蘭。廉翟互盈虧，田竇成禍殘。無故相合離，咄咄竟何歎！孟冬朔風興，橘柚落華實。凌晨閲場圃，穡事已粗畢。役車其可休，何以嗣我日。雲中下鴻雁，牀下語蟋蟀。黄花既已凋，田雀去何疾。人生無百年，上壽寧可必。子有羅裳衣，曷不日鼓瑟。

贈朱秋崖

廉慶金石交，尹班芳蘭友。傾蓋在一言，相知何必久。嗟余抱嬾拙，蓬蒿自甘守。冰月皓虚襟，雲泉共爲偶。何緣安宜生，顧我獨能厚。阡陌喜徑越，柴關驚屢扣。投我新詩篇，燁若清風瀏。黄山占逸韻，故人忽聚首。言從攜手來，已歷丑至酉。時維月仲夏，連船泊皖口。纜繫宵江初，話達晨星後。分袂杳蹤迹，相思隔南斗。悠悠限百年，良晤幾回有。契闊不踰三，暌違乃過九。壯髮日彫謝，中情誰爲剖。新知企目前，且復共巵酒。男兒屬有志，接塵亦何取。要自踐所懷，未令出處負。蠡從五湖游，連逃千金壽。臨風豁遐思，相要期不朽。

宿雲門聽竹樓寄蔣七正言

今夜宿何處，雲門聽竹樓。紛紛巒嶂暝，个个琅玕秋。芳桂馥幽巖，空泉響寒流。星出梁棟明，人臨河漢遊。孤雲息以閑，浮子念亦休。風吹野鶴起，月抱孤猨愁。對此達永夜，憶君徒淹留。

感秋寄懷廬山高隱故人

秋氣但蕭索，秋鴻日南征。秋風如故人，對之感我情。愴愴別緒多，瀰瀰秋水盈。故人五峰客，抗志揚高名。自欣攜手來，幾見涼飈生。三秋有遺詠，况乃隔生平。惟應清霜月，千里同一明。側耳聆虹泉，俯聽驚松聲。飄飄石梁步，摇曳虎溪行。引領重餘想，結念徒屏營。

贈別黄山致言法侶還雲門

客從黄山來，欲渡滄江去。于越二萬峰，雲門在何處。致公挺高勝，攀吝從幽栖。解帆樵風徑，爇火蘆洲磯。期我歗之亭，皎月坐山閨。何時遂攜手，共登青雲梯。

出邪溪由東渡橋進帆鏡湖

趁筏下邪溪，溪回水凌亂。指顧未俄頃，雲林已改觀。前瞻群嶺高，卻睇後峰斷。出口尚潺潺，入湖方漫漫。叢叢烟樹分，薂薂蒹葭散。邐迤迅川風，宛轉隨沙雁。蘭亭懷右軍，白洋尋賀監。千載迹如存，一曲情可翫。

於潛舟行抵桐江

浮溪始安行，登山止凌緬。鬱紆倦攀陟，清曠縱游衍。目對川禽飛，耳接迅湍轉。回峰沓屢迷，連烟晦莫辨。夕翫淹水宿，晨興愛沙飯。已入桐廬溪，復歷富春峴。雙臺峙中江，一竿垂日晚。空波澄浩渺，春雲澹舒卷。但乘逸興多，詎覺古人遠。

栗里

陶令辭折腰，達生媿形役。余無腰下組，欣得附遺逸。志愛名山游，不待婚嫁畢。訪古入栗里，摩挲醉翁石。頹然蒼烟中，宛爾面猶識。茅屋隱在望，五柳共蕭瑟。雲山何渺渺，巾車日將夕。瓦雀鳴檐端，稚子候門隙。凡物良有依，孤生貴所適。朗詠田園篇，千載竟不隔。

南園雜詩

鳥啼春晝閑，雨過池草緑。飛花不待風，紛紛自相續。静夜彈鳴琴，湘簾隔華燭。尚想慕幽人，沉思亂心曲。

東溪歌二首

錦鳥迷沙日，花飛一水香。采蓮聲欲斷，愁殺淥川長。水色明晴晝，江花憶去年。前溪好風月，未可即回船。

冬曉

氣峭霜逾緊，牕明日乍紅。昨宵風太甚，寒葉樹頭空。

送友入南岳

洞庭西望楚雲重，一面衡山萬壑松。後夜相思幾明月，憑君書到雁回峰。